[墨西哥] 奥拉·希罗内 著 陈拓 译
Aura Xilonen

异乡拳王

人民文学出版社

Aura Xilonen
CAMPEÓN GABACHO
D.R.© 2015 AURA XILONEN ARROYO OVIEDO
D.R.© 2015, Penguin Random House Grupo Editorial, S.A. de C.V.
Simplified Chinese translation copyright © 2023 People's Literature Publishing House
All rights reserved.

图书在版编目(CIP)数据

异乡拳王/(墨)奥拉·希罗内著;陈拓译. —北京:人民文学出版社,2023
ISBN 978-7-02-018190-2

Ⅰ.①异… Ⅱ.①奥…②陈… Ⅲ.①长篇小说—墨西哥—现代 Ⅳ.① I731.45

中国国家版本馆CIP数据核字(2023)第152690号

责任编辑	张欣宜
装帧设计	陶　雷
责任印制	张　娜

出版发行	人民文学出版社
社　　址	北京市朝内大街166号
邮政编码	100705

| 印　　刷 | 三河市鑫金马印装有限公司 |
| 经　　销 | 全国新华书店等 |

字　　数	197千字
开　　本	880毫米×1230毫米　1/32
印　　张	9.625　插页3
印　　数	1—5000
版　　次	2023年10月北京第1版
印　　次	2023年10月第1次印刷

| 书　　号 | 978-7-02-018190-2 |
| 定　　价 | 52.00元 |

如有印装质量问题,请与本社图书销售中心调换。电话:010-65233595

献给我亲爱的祖父母、叔伯和母亲

献给世上的异乡人，
从根本上说，
我们都是异乡人

文字，如同思想，是野蛮的人类发明。

——利波里奥

那时，当一群小混混骚扰那个漂亮女孩、嘴里不干不净的时候，我就意识到，教训他们一顿，我的人生将会不同。我从来没怕过什么，毕竟，出生的那一刻，我就死了。就在刚才，我把一个混蛋揍得满地找牙。这家伙拉扯着那女孩的狗，女孩看着公交车过来的方向，什么也没说。那个色狼居然伸出肮脏的爪子，在她的臀部蹭来蹭去，女孩的脸色愈发难看。我抛下手头的活计，从书店柜台后飞奔而出，扬起一阵尘土，照着那流氓的脸就是一拳。反正光脚的不怕穿鞋的。我蹿到他身后，猛踹他的脚脖子，他像只雨天玻璃上的臭虫，滑倒在地，蜷缩起来。我使劲抽了他两个大耳光。

嘭！啪！哗！这家伙捂着红肿的脸，哆哆嗦嗦，四仰八叉地躺在人行道上。这时已经有一群人围拢过来，又有街头打架的热闹看，个个都凑着脑袋往里钻。

另一个小混混对我说道：

"小子，偷袭算什么。有种像个爷们儿，当面干，小畜生。"

两三个家伙张牙舞爪，像野狗开道似的，向我逼近。我也没多想，抬起同一只脚，对着其中一人的裤裆就踹，那小子登时倒地，

001

眼珠都白了，估计卵蛋被踹进了脑子里。他鼻子着地，结结实实地砸在地上。

剩下几个小子不敢再上，脸色发青地瞅着我，像风一吹就倒的侏儒。

我想看看那女孩，为了什么，我也不知道，就想看看她好不好，但她已经不见了。周围全是人，我不知道她是上了公交车，还是被哪个流氓趁机拖到小巷里的老鼠窝了。

一个黑人老太婆看见这个场面，走到我身边，拉着我的胳膊把我从混混堆里拽出来，那几个家伙正给倒地的几个厌包做人工呼吸。老太婆把我一直拉到街角，对我说道：

"我的妈，小子毛没长齐，瞎出什么风头，你捅了马蜂窝啦。我不把你拽出来，看你还能横到什么时候。"

我甩开她的手，留她一个人在街角叽叽歪歪。我穿过马路，回到书店继续招呼苍蝇。

* * *

啊，自从一头扎进布拉沃河①之后，我从没感到如此畅快。我全靠两条胳膊，一游就是几个小时，九死一生，蜕了一层皮。上岸后，我呼吸着似乎是生命中的第一口空气，把这艰辛生活的惊慌战栗统统抛进了河里，留在深渊的另一边。

---

① 布拉沃河，美国和墨西哥的界河。在美国境内称为"格兰德河"，在墨西哥境内称为"布拉沃河"。

书店柜台后面,老板像死神似的飘到我身后,问道:

"你卖出点什么了吗,臭小子?"说完,他走到临街橱窗边,大骂一声:"妈的,街角那儿在搞什么鬼?"

我耸了耸肩,手上拿着抹布。为了那女孩冲出去教训几个流氓之前,我刚把柜台擦了一半。

"轧死了一条狗。"我愤愤地嘟囔了一句,朝柜台猛呵一口气。这时,我抬起头,突然抽搐了一下,像肚子挨了一拳:那个女孩正穿过马路,朝书店走来。

我要钻到地缝里。

下身一紧。

口水卡住了。

她的眼神扫到了我,顷刻间,我成了气体。

老板也看见了她,口臭熏天地对我说:

"我来招呼她,臭小子。"他对我做了一个手势,让我躲到书架最里面,免得我给他丢脸。老板像只发情的鸟,捋着小胡子,吸引美丽的母鸟。

女孩跨过门槛,店里的空气随之升温。她看也不看柜子和桌子上成堆的书,径直走进店里,走到柜台前。老板瞪大眼珠,眉毛挑到了天上,生怕看不见女孩的领口。

我低头看地,溺毙在书海中。

口干舌燥,手足无措。

我不知道她对老板说了什么,因为我已经失聪了,只能感觉到太阳穴以每小时千次的速度突突狂跳。老板示意我过去,悄悄

在我耳边说:

"你干了什么,小兔崽子?为什么她要跟你说话?"

老板走开几步,装作没在看我,但我知道,这家伙耳朵后面还有一副眼珠子,眼珠子里还长着一对耳朵。女孩从头到脚打量着我,我像一缕烟,被她一眼看透。她转身离开书店之前,只对我说了一句话:

"小伙,谢谢……但是我不需要英雄相救,明白吗?"她转过身,她的曲线、嘴唇、胸部和气息像飓风一样,席卷我每一寸皮肤。老板盯着她的屁股,目送她走出店门,穿过马路,朝公寓走去。我傻傻站着,不知被什么黏糊糊的东西粘在地上。老板转过身来,皱着眉头对我说:

"小王八蛋,这他妈什么意思?"

我再次耸耸肩,满屋子的油墨味,我一阵恶心想吐。在外面打架的时候,我镇定得很,脉搏平静如水,静得骆驼能穿过针眼儿。我身上起了寒战,都是因为女孩,特别是漂亮的女孩,生气勃勃的女孩。只要一想到她们在附近,我的心就狂跳不止,我不配呼吸她们呼吸的空气;只要看到她们的肌肤,我的骨髓都烧灼起来。打架时,我连眼皮都不眨一下,但是,女人的曲线,怎么说才好,是万丈深渊。那女孩一走出书店,我像丢了魂似的,五脏六腑都搅动起来。

一个字,我连一个字都没跟她说上。

"这他妈是什么情况?"我怔着一个劲儿哆嗦,老板大喊一声,我猛地醒了过来。

"没什么,老板。"我再次夸张地耸了耸肩,"她找一本不知道什么杂志，我们店里没有。"我想赶紧把老板打发了，因为胸口正疼得像裂开了似的。

"不学好的混球，连一本杂志都卖不出去，我们都喝西北风去啊？"

我愣在原地，一阵阵地恶心想吐。

我睡不着，褪色的黑暗折磨着我的虹膜，寒意刺进眼眸。我睡在老板借给我过夜的阁楼上，与甜蜜的蜘蛛、墙上的小虫相伴，它们随时准备蹦到我身上，发动自杀式袭击。我困意全无，想象着那个女孩挂在白炽灯泡上，灯泡粉碎，黑夜中，紫色的指甲刺进我的皮肉。我甚至听见了撕扯皮肤的声音，我像一张擦玻璃的报纸，被大卸八块，发出玻璃碎裂的声响。

"王八蛋。狗娘养的。操，操，操。混蛋，畜生，操，操，操。"老板的声音越来越响，愈发失控。

我不想起床。

我浑身无力，起不了床。我身上发烫，脏腑中有一股激流来回翻搅。太阳的光束里充满灰尘，温暖地浮动着，泛着斑驳的光。突然，老板在楼下大号一声，像是脑袋上装了个喇叭。

我一脚蹬掉身上的毯子，滚下阁楼楼梯，眼睛疼得像是流了整晚的玻璃碴。我睁大因失眠而红肿的双眼，看到了一片狼藉。

书店被砸了，满目疮痍。老板扶起一个书架，拾起一本本被扯烂的书。书店就像秋天的威尔斯公园，无数碎纸铺满地面。一些书被刀捅、棒打、牙咬，到处是残躯，像是一枚火箭炸得书店膛开肚烂。老板手上拿着一卷破碎的书页,看着我,他没有骂我,没有朝我撒火。他两眼涣散,坐在地上,像条去了鳞的鱼,倒在自己的鳞片上。我不知道该做什么,只得又耸了耸肩,收拾身边的残局。我扶起一张四分五裂的桌子,从地上抱起一团书,胡乱堆在上面。

* * *

"书会流血。"我第一天到书店打工的时候,老板对我说。当时他需要一个非常廉价的壮年劳动力钻进书店的犄角旮旯打扫卫生,跑腿打杂:像蝎子一样爬上爬下,把所谓的旷世杰作挪来挪去;把整箱整箱的你情我爱的厕所读物搬进仓库好让书虫慢些侵蚀——书店里头的书都是它们的食粮;以及拖地、擦灰、整理店面。

"小伙,关于书你知道什么?"应聘的时候,老板问我。

"不知道,先生。"我回答。

"什么叫不知道?小伙,你是笨蛋吗?"

"不是,先生。"

"那你知道些什么?"

当时,我看着一本本砖头似的书一直堆到天花板,于是脱口而出:

"占地方,先生。"

"占地方,先生。"

那是我第一次听到老板诡异的、卡通人物[①]似的笑声。他摘

---

① 原文为阿莱布里赫,是墨西哥民间艺术创造的一种色彩艳丽的奇幻生物,集多种动物的特征为一体。

下眼镜，发出蜂鸣似的怪叫：

"咻，咻，咻！你不单单是个笨蛋，咻，咻，咻，你是个彻头彻尾的笨蛋！"他笑得停不下来。

老板咳嗽似的笑完之后，留我试用，让我擦一擦橱窗。

"看看你是不是比看上去机灵一点，给我把玻璃擦得咯吱响。对了，还有，你怎么那么臭，衣服上沾屎了？"

擦玻璃对我是小菜一碟，我把橱窗擦得和水晶棺材一样——当里头躺着的死人彻底咽了气，无所畏惧地去了天那头，就留下毫无水汽的棺材板。我一边呵气，一边用指甲抠下了几个世纪的污垢。

几个月以后，老板告诉我，我被雇用了，因为我是唯一一个看上去不像偷书的。

"偷书有个屁用。"我感到人品遭到了怀疑，说道，"我的目标是去纽约，逃出布拉沃河的这一岸。我在这儿打工是为下一次出发攒钱。"

后面几句话老板没有听见，因为我说得很轻，或许只是我脑中的想法而已。

就这样，又过了几周，老板熟悉我了，就把阁楼交给我。我白天工作，晚上替他看店，而他就可以回家找老板娘和小老板们了。他把我反锁在屋里，阁楼的小窗也被他用木条钉死。

"……如果有事，可以打电话，愣头小子，别忘了打电话，明白吗？"

然后他就乐呵呵地回到郊外的家里，和老板娘生产更多的小老板去了。

后来,我开始在阁楼上随意翻书。最开始看的是有插图的书。我看书是因为有一个美女顾客时不时到书店来找西班牙语书,每次问我,我什么都不知道。一天下午,老板看见了,生气地说:

"不长进的东西,看看书吧,翻翻衬页也行,至少知道他妈的在说什么,好歹卖一本,别整天跟个白痴一样。"

于是我绑架了好多本书,一开始看得眼睛生疼,跟流血似的,慢慢就习惯了。夜里,我把没拆封的新书劫持到阁楼上,夺去它们的贞操,白天再送回楼下。

"喂,小子,为什么这些书上全是手指印?"

"不知道,老板,跟我有什么关系。"

"少给我装傻充愣,猴崽子。"

从此,我看书的时候,手上都套着塑料袋,免得留下指纹,拿书还书的时候也如此。我甚至还学会了把书装回原来的包装里,看上去就像没被拆封过。老板爱书,每次卖出一本,就像少了片魂儿似的。蠢人都是这样,自己折磨自己。

"小子,去告诉我老婆,让她来一趟。妈的,我不能自己跟她说,她会担心的,万一再出什么事。"老板仍旧跪在一片狼藉当中,我扶起所有的书架,打扫地上的书页。我看着老板,他像变了个人,一动不动地跪着,泪滴湿透了手上几本残破的书。他像一座破掉的喷泉,像暴雨如注的乌云,阴郁而无助,在遍地横尸前，发出母猪流产一般的哀号。我扔下扫帚，跑到喧闹如常的马路上透了口气，我不知道这是什么感觉，像一块破布或是一个鳄梨核卡在了喉咙里，像是血管梗塞，让人头晕目眩，像是掉进无底的黑洞。我用鼻子呼了口气。

"哎哟，小娃娃，马蜂蜇你屁股来了？"黑人老太婆在马路对面冲我喊道。她的牙全掉完了，推着一个收破烂的小车，朝街角走去，绕过那女孩的公寓楼，不见了。我像被钉在人行道上，任凭时间流逝。我不知自己身在何处，一群小白领手机不离耳朵，摩肩接踵地走着；年轻男女来来往往，浑身毛孔散发着二氧化碳；车流滚滚，时而停驻，时而加速，交错穿梭。喇叭、人语、阳光照耀屋顶的声响此起彼伏，像被网住的鸟儿。公寓楼的窗户外、防火楼梯上有许多花盆，花盆屁股上是一个个小洞。屋里的百叶窗有开有合。大楼砖红的墙面泛着灰，像茶色玻璃，几户人家门前是修剪过的树木和精致的花园。

拉美裔聚居区像一条堆满破烂家电的走廊。

一个花枝招展的女人牵着一条迷你狗走过，狗嘴上套着布套。我的眼睛疼痛欲裂。我慢慢穿过马路，走向公交车站，四面八方无数的喇叭声劈头盖脸而来。

"操你妈。"他们冲我喊着，"滚回家去，臭小子，回家找妈去，畜生。"

我走到车站，瘫坐在长凳上，我抬起头，看见重伤不治的书店像一座墓碑，半截埋在碎玻璃里。我定睛看了看，老板还跪在地上，对着受难的书店祈祷。

"喂，畜生。"背后突然传来一个声音，"你喜欢狗拿耗子，替人出头是不是？"

我转过头，看谁碰我的肩膀，只见一只铁拳光速朝我的颧骨飞来，我连眼睛都没来得及闭上，已经屁股着地了。我眼冒金星，感到嘴角的血一直淌到胸口。

"小杂种！"那个色狼、骚扰那女孩的流氓对我说，"你不是很爷们儿吗？护花使者。那个妞儿跟你有关系吗？谁借你的狗胆，啊？"

"上，教训他。"一个孬种见势大喊一声，向我靠近。我倒在地上，血流不止，"抄棍子。"

突然，不知多少人上前踹我，可他们踹到身上，就像一群蚂蚁蹬腿而已。我抱住脑袋，尽量缩起身子，缝隙中，我看见一辆辆汽车驶过。不一会儿，整个世界只剩下了脚，一脚，两脚，三脚，四脚，一千脚，八千脚。

"快停下！混蛋！"人群上方传来一阵喊声，混混们猛地停住了脚。

"你要是再敢跟在老子屁股后面，小杂种，"色狼对我说，"我把你的老二系到脖子上。"说完，他又补了一脚，走出围得水泄不通的人群。其他小混混也一溜烟没影了，像出现时那样迅速。

"你还好吗，孩子？"一个胡子花白的先生问我，他递给我一块花里胡哨的手帕，蹲在我身边，仔细看着我，像是恨不得钻进我从头到脚的血瀑里，"我的圣母，基督也不过如此，下手太狠了。"

我从他手上接过手帕，擦干额头上的血水和汗水，汗水直往伤口里钻。

"除了脑袋，还有哪儿受伤了？"

我摇摇头，舔了舔嘴。没错，嘴角开花了，不过牙都在。我的一根肋骨、腿肚子、眼皮、头发、指甲肉和舌根都疼，但是还活着，不管了。

* * *

每次破衣烂衫地回到家，我的教母总说："狗改不了吃屎，生来就是贱皮贱肉。"但是在墨西哥，要活下来，只有靠打架，所以我才来了这里。我受够了一把鼻涕一把灰、满嘴土石的日子。

"等等，你别起太猛。"那位先生对我说道。围观的人群都散了，有人拿手机把刚才的一幕录了下来。神经病，我可不想躺着让他们看热闹。我站起来，他扶着我的一条胳膊。天旋地转，我腿一软。"还是坐下吧，别又摔了。"我坐在长凳上，太阳穴以每小时二百公里的时速狂跳不止。"你有家人电话吗？"我像个傻子似的，木木地看着他，又摇了摇头。"我看看。"他看了看我身上，"只有几处血块，几处擦伤。吃点阿司匹林，上点软膏，打上绷带，几天就能好个大概。你有地方住吗？"我第三次摇了摇头，耸了耸肩。"跟我走，孩子，到我的福利院住两天，看情况再说。"我看着他，满腹狐疑，尤其在这种糟糕的处境下，挨了这么多脚之后。"走吧。"他察觉到我的恐惧、愤怒和积压在灵魂深处一触即发、吞噬一切的怨恨,"走吧,孩子。"他又说道,"世界没有看上去那么糟,希望还是有的,小伙,还是有的。哦,没错。"他沉默了一会儿,看了看我,伸出手想拉我一把。"我是阿巴古克。"他说,"你叫什么名字,小伙子?"

我眼眶开花,成了一对浣熊眼,鼻青脸肿像只熊猫。在我老家,这模样叫屁滚尿流。成了绿眼怪,妈的!两个眼珠吃力地聚焦,两只耳朵不对称地嗡嗡作响,像一帮小屁孩扯着嗓子尖叫。我的余光瞥见一辆红色公交车停了下来:看完热闹的人群上了车,车上下来一群人,四散开来,像是被水流冲走的蚂蚁。

城市继续运转,在断齿的齿轮上不停转动,如同一个蜂房,一个巨大的轮胎,碾压前行。

"利波里奥。"我对他说,把沾满带血鼻涕的手帕放到他手上。

"你留着吧,小伙子。"他笑了笑,一副老奸巨猾的样子。阴险的老疯子,我想,谁会这样不明不白帮助别人。人心险恶,虽然我不懂,但是人人都是这样,都有阴暗龌龊、肮脏不堪的角落,比秃鹫大、如野猪一般庞大的苍蝇在那里肆意横飞。"行了,年轻人。"阿巴古克先生说,"拿着。"他递给我几张十元钞票,"买个消炎药、一支利多卡因① 和一小卷绷带。"

"什么?"我一头雾水地说。

"我还是给你写下来吧,我看你还是迷迷糊糊的。顺便把福

---

① 利多卡因,一种局部麻醉用药。

利院地址给你,以备你需要一个过夜的地方。"他从大衣里抽出一支粗钢笔,撕下一张柱子上的小广告,在背面边写边问,"你挨打是因为女人吗?"他把纸条和皱巴巴的钱递到我被打肿的脸前。

"您脑子有问题吗?疯了?"我问道,盘算着要不要用剩余的力气踹他,然后撒腿就跑,虽然眼睛半瞎,一不留神就会撞到第一根柱子上。

"什么?"他依旧笑着说。

"肯定是,你个老狐狸,肯定是疯了。"

"哈哈哈哈,啊,不,不,不。我这把年纪了,疯不动了。"

我红肿的眼睛看了他一会儿,然后一把抢过钱和纸条,装进腰带的小口袋里,和我妈留下的吊坠藏在一起。

"很好,"他说,"祝你早日康复。"

他转身向另一个方向走去。

"喂。"我冲他喊道,肋骨的疼痛使得声音很空洞,"您信上帝吗?"

阿巴古克先生停下脚步,半转过身,微微一笑,说:

"不信,你呢?"然后,他一直往前,转过街角,不见了。我待在原地,呼吸着汽车尾气。我不想动,多希望我是一片落叶,任由风把我吹到天外,和愚蠢的星星一起眨着眼睛。

* * *

"梦就是梦。"有一次,老板这么对我说。因为我告诉他:

"我想成家,一群小娃娃在屋里屋外玩打游击。要是我能买个房子,娶个媳妇,生几个娃娃,我就攒钱,可劲儿地攒,一辈子不愁钱,游手好闲到老。"

"咻,咻,咻。"老板笑着说,"美的你,放臭屁的浑小子,咻,咻,咻,哪个瞎了眼的会跟你上床?"

然后我就不说话了,所有人都觉得我吊儿郎当,不务正业。但有时我会自问,如果上帝真的不存在,我们只是时空中迟早消失的微尘,那又当如何?尤其是每次打完架遍体鳞伤的时候,我总这么想。那时,我的教母,我叫她姨妈的那个女人,总会狠狠地打我的脑袋,逼我学圣歌。

"做个好人,不管这神那神。"我对自己说,让大惊小怪、多管闲事的神父和他冗奋的说教、骗人的屁话见鬼去吧。

什么人才会跑到教会里,一辈子打光棍?

在一次布道的时候,我问特兰神父:

"特兰神父,您多久打一次飞机?"

他一巴掌扇得我眼冒金星,然后叫来了我的教母。两个人一块儿用胡椒树的枝条抽我。

"我受够了,你现在就给我滚,不然我把你送进号子里。"姨妈对我说。她其实是我的教母,我喊她姨妈而已。我身无分文,几乎光着屁股,在街上瞎晃,夜里就睡在桥上,和一帮弟兄过着打架斗殴、四处流窜的日子。

"再不逃,你就见不到明天的太阳。"一天,在忽明忽暗的路灯下,我看着鲜血淋漓的双手,对自己说。

不过，这都已经过去了。我已经在边境的另一边。过去了。过去了？我用浸透血污的手帕又擦了擦鼻子，幸运的是我结实得像混凝土浇成的。他们没伤到我的筋骨，或者，我皮实得像一头大象，没有注意到。鲜血一滴一滴地淌下来。这时，一辆白色皮卡在我前面慢慢停下，一个戴着花帽和墨镜的女人用嘶哑的声音对我喊道：

"嗨，小子，上车。"她打开车门。我不知道她是不是冲我说话，愣愣地看着她，"来吧，小鬼。"她又喊道，"别害怕。"

我坐着一动不动，怕再惹出什么麻烦。她见我没反应，关上车门，对我喊，她的声音像一只伤风的萤火虫：

"我都看见了，你挨打的时候一声没吭。"后面几辆车狂按喇叭，"有本事从老娘头上飞过去，婊子养的。"她对后面的车子骂道，然后转过头对我说："你很有种。你几岁了，小鬼？"

"关你屁事！"我终于吼了一句，让她赶紧从我生命中消失。

"好小子，我以后再来，等你冷静一点，我们好好聊聊。你在那儿工作，是不是？"她指了指书店，我没理会。"行了，小鬼。"她拿出相机对着我，闪光灯亮起之前，我朝她竖了个中指。"再见，小家伙。"她发出刺耳的笑声，"噗啊哈哈，吼，哇哈哈，哈哈哈。"

汽车开动，飞驰到地平线，汇入滚滚车流。我转头看看书店，老板耷拉着脑袋，背对着我。他什么都没有注意到。我想，在自身的悲剧面前，其他人的不幸毫不重要。

我去不去找老板娘呢，还是回去舔舔伤口？

一辆红色公交车停在我面前,我上了车,买了一张票,几步蹿到最后一排,像我这样的小青年一上车就往后排钻,免得吓着其他黑人和白人,因为我们是灰色的,我们属于上帝不问、魔鬼不管的灵薄狱①。

"你怎么了,小伙子?"老板娘一开门就问道。
"没事,老板娘。"我说,"就是有人把书店砸了。"
她像蛤蟆似的往后一跳,手捂着胸,像一堆胡乱码放的石头,一碰即溃。

*　　*　　*

老板娘对我不差,给我买吃的,几个月前甚至还送了我一条裤子、一件绣着书店标识的衬衫和一双鞋。虽然不是什么贵东西,但是比我千疮百孔的旧鞋舒服太多了。
"来,拿着,小伙子,穿上就不会脚底漏风了!"

在老板娘昏倒之前,我扶了她一把,让她慢慢坐到地上。她像只拔了毛的母鸡,瘫在地上,喘着大气,我扶着她回到屋里。孩子们应该都在学校。现在怎么办?我不知所措,我从摆着瓜达卢佩圣母②的吧台拿了一瓶酒,打开给老板娘倒了满满一杯。

---

① 灵薄狱,天主教中天堂与地狱之间的区域。
② 瓜达卢佩圣母,墨西哥乃至拉丁美洲普遍信仰的圣母形象。

"没法活了——"她哀号着，夹杂着咳嗽，声响惊动了整个花园。那是老板烤肉烤热狗、过美式生活的地方。"伏特加？小兔崽子，你要我命啊？"她咳完一阵，一把抢过酒瓶。耶稣复活大概就是如此，死而复生，可虫子还在啃咬皮肤。

我帮老板娘站起来，几分钟以后，我们坐上了她的车，向书店驶去。

"他为什么不给我打电话？"我们开上高速的时候，老板娘问我，同时一直拨老板的手机号。远处看去，城市如水晶和青金石一般湛蓝，静静沉睡，包裹着操劳的蜂群。高大的建筑像大西洋中的大力神柱。快入秋了，我看见鸟儿离开威尔斯公园，不知飞往何处。"他们带枪了吗？是怎么砸的？你们被打了？我老公伤很重吗？他们多少人？报警了吗？为什么他不给我打电话？我得问问学校，小孩怎么样。还出了什么事？你们知道是谁吗？是几点钟的事情？有人帮你们吗？你找人看过伤吗？到底多少人打了你？圣母马利亚！哎哟，小伙，要是老公出了什么事儿，我就活不了了。"

老板娘不是夸张，她真的很爱老板。她的爱在唇齿之间，在菜筐里，是黏腻的爱抚，是缠绵的热吻。

"你看，小鬼头。"我第一次或是第二次去老板家烧烤的时候，老板喝得舌头打结，他对我说，"看见那个婆娘了吗？那是我老婆。脏小子，你知道吗？不知道？你看见了吗？知道吗？她爱我。这我清楚，比上帝还真，心里头明白。你知道吗？我也爱她，如果没有……她,没有她,我就……"老板痴痴地盯着空空的龙舌兰酒杯。

后来,来了一个阿根廷的疯子,老板喜欢跟他打各种赌,请他来各种聚会。

"你就是那个在书店帮忙的傻蛋,是吧?"

我们驶离高速公路,进了城。老板娘在第三大道转弯,往市中心开去。我们经过购物广场花花绿绿的商店:麦当劳、星巴克、沃尔玛、好士多、家得宝、7-11、山姆会员、达美乐、电影城,以及可口可乐、西联汇款、联邦快递、联合快递、苹果和微软的海报。

我们左转,飘移进书店门口的路,一个急刹,从百到零。车停在书店门口,老板娘火急火燎地下车,大步往店里赶。我一瘸一拐地跟着她。

书店大门洞开,书满地都是,书架又倒了一地。灯光像是末世的鬼魂。

"圣母马利亚!亲爱的!亲爱的!老公!"老板娘的叫声四处回响。

"老板!老板!老板!"我跟着她呼喊,像别扭的回声。

"我老公在哪儿,小子?"老板娘问我。我耸耸肩,像个愚蠢的僵尸。"他说他要去报警吗?他是不是去警察局了?他说了什么?你们报过警了,是不是?"她连珠炮似的发问。她肿胀的双眼每眨一次,就变成两个红色的水洼,变成画得线条分明的眉毛下方的又长又尖的线条。"阁楼!"她冲上楼梯,我则在库房找了不下四五次。或许,老板和他的书,和狗屁情诗一块,化茧成蝶;或许他在厕所,又气又怕地卡在下水道里。据我的经验,恐惧和愤怒会改变人的气味。愤怒会让黏液变得油腻、黏稠、充血;恐惧则会被狗察觉,一旦嗅到,它们就往死里咬。

"没有,他不在这儿。"

老板成了通灵巫师①。

我走出书店破烂的大门,站在阴影中。人们一如往常,来来往往,低着脑袋或打着电话。此时此刻,一天的狂轰滥炸之后,我的脸又开始针扎似的疼。脑袋上的鼓包像犄角。很快就会退了,我想。

暮色降临,阴云压过天际。日复一日地,太阳西垂,在云端投射橙色的光芒。车流不息,小混混走出了巢穴,姑娘们穿着迷你短裙,像电波似的有规律地扭动屁股。书店被砸了个稀巴烂,连一个看热闹的都没有?妈的,这世界怎么了!

我回到店里,扶起书架,稍微收拾一下。老板娘从阁楼上下来,手上抱着一摞书,是我搬上楼,早上没来得及拿下来的。她没说什么。老板从破烂堆里蒸发了,她还能跟我说什么?她把书放在柜台上,不像先前哆嗦得那么厉害了。

* * *

有时,老板娘陪老板一块到书店来。在收银柜台后面坐一天,就算给老板帮忙了。然后去学校接孩子,之后要等一个星期才会

---

① 中美洲的民间信仰中,通灵巫师可以化身动物。

再次出现,给老板带些吃的。后来,老板信得过我了,把书店一交,随时就屁颠屁颠地和老板娘回家了。

"我去去就回,大头小子,我和我的心肝肉儿走了!"说完,他一溜烟就跑了,像一个钟情太空的宇航员。

"我们得保护现场,让警察看看这副惨状。"老板娘打破了沉默,扫视着满地残书和东倒西歪的书架。

我从没听老板娘说过夹杂英语的西班牙语。她要么说西班牙语,要么说英语,从不半英半西。她甚至连一个脏字都没说过。老板倒是满口脏话,他说的粗口翻遍词典都找不到。我看书时,总翻一本砖头似的词典,因为书上说了什么,我根本看不懂。我觉得,脏话比别别扭扭的文明字眼清楚明了得多。文明字就像矫揉造作的妓女,画着不入流的妆容,不如浪荡的婊子,直肠子,往往一针见血。我不知道为什么老板娘总这么文明,搞不懂。我只知道我不能等警察来。老板娘看着我的眼睛,她明白,如果警察把我抓走拷问,我一定会被一脚踹回世界的另一端,如同火箭,直入云霄。

"拿着,小伙子。"她从口袋里掏出几张钞票,递给我,对我说道,她的眼睛通红,"你出去转几天,完事了就回来。可别走丢了,小子,我还指望你帮我重新开张。我现在打911。别走太远,找人看看你的伤。"

我拿过钱,一共三张一百块。

"好的,老板娘。希望老板马上回来。"

我转身走出书店，她拿起手机报警。

该死的，这会儿我又何去何从？小腿肚子一直抽筋，血管里像有一根巧克力发泡棒①搅来搅去。身上流的不是血，是面茶②。脸像被大马蜂蜇了。

我穿过马路。路上的车辆已经开了大灯，路灯装点着夜色。在这儿，我从没见过一颗星星，可能城里颤抖的星星因水星的运行规则被处决了。我看着蓝色的天空，深深地吸了一口久违的氧气。

我在一座陌生的城市里。

妈的，一个朋友都没有。

未来，我想，无非是闭上眼睛瞎过，日复一日，不做停留，就让分钟秒钟前赴后继地踩踏着彼此的尸体，六十个一组，共赴黄泉。我又走过一条马路，向威尔斯公园走去。转过街角时，我听见警车鸣着笛，全速向这边靠近。我两手插着牛仔裤口袋，佝偻着身子。

寒意渐浓，我失去了阁楼和蜘蛛的陪伴。

---

① 发泡棒，木质搅拌棒，一头有转轮，专门用于热巧克力的搅拌、发泡。
② 面茶，墨西哥特色饮品。玉米面糊做底，红糖、肉桂或蜂蜜调味，还可加入巧克力、果仁和水果等。

威尔斯公园不大，但是树木不少。公园里有许多石砌长凳，一条石子小路贯穿其中。公园里还有三座喷泉水池，每逢周末，大人常带着小孩来这里嬉戏，放小纸船。公园里是形形色色的人：长老会、福音会、浸礼会、基督教、伊斯兰教、佛教、拜火教、科学教、雌雄同体、布鲁斯、爵士、灵魂乐、阿拉伯风、朱庇特热电堆、查内基纳、正教、歪教、屁教，有主教、牧师、小神父、中神父、大神父，神学家、哲学家、音乐家、嗑药家，黑眼珠的、白眼珠的、瞎眼珠的，无神论的、弃教者，肾上腺素过剩的歌手、诗人，还有坑蒙拐骗的家伙。

除此之外，还有小流氓、小地痞、姑娘、小伙和小屁孩；白皮肤的、黑皮肤的、黄皮肤的、秃头的、没毛的、大猴子和小猴子，以及遛狗的。狗嘴套着嘴套，主人拿着塑料袋，跟在屁股后面捡屎。早晨和晚上还有跑步的人，他们戴着苹果播放器，给耳朵戴上镣铐和盾牌，与世隔绝。音乐就像面具，让他们免受打扰，公园里，面具处处可见。

*　　*　　*

我第一次去威尔斯公园是一个星期天，店里的活干完了，老板看我吊儿郎当，赶我出去：

"出去，兔崽子，去威尔斯公园锻炼去！"

"我锻炼个屁，瘦得跟你妈一样。"

"你说什么，小畜生？"

"马上就去，老板。"

那天我到公园，坐着看了一个下午的松鼠，看几个小孩营救一艘沉船，弄得喷泉水花四溅，看狗爪在花岗岩石板上踢踢踏踏，看其他人与我一样，坐着不知在看什么。

接下来的每个周日，我都从书店"走私"一本书到公园。我坐在自行车停车场那片高地上，背靠一棵树，整座公园尽收眼底。我看见了滑旱冰的、跳街舞的，他们的音箱音量震天，人像蛇似的扭动。在他们对面，还有人和他们对垒，吹长号的、拉小提琴的、弹吉他的。

公园是个不平静的金字塔，各色人物都有，但从不乱了秩序。

后来，我第一次见到那个女孩。她牵着一只系着黑色嘴套、穿着无袖衣服的德国牧羊犬。她扎着简单的马尾，像简洁的多立克石柱，没有多余的雕饰，如同维纳斯一般。她有着尖尖的鼻子和天空一般的眼睛。见到她的那一刻，我便崩塌溃散，心脏从胸中滑脱。我无法呼吸，战栗一波一波地传遍身体的角落。我从不知道一见钟情是什么玩意儿，但是我从书上抬起头，与她四目相交的那一刻，眼底刺痛的时候，我已为她疯狂，她在我的眼底已经刻下了印记。书上讲了什么，我全然忘了，也不想再看一眼。那自然无邪、卓尔不群的美倾倒了整个公园。

她经过我面前时，应该看到了我，因为女孩们总是暗暗观察一切，看似毫不留意，其实什么都逃不过她们的眼睛。我在松鼠和毛虫栖身的树下，受了重伤。

灭顶之灾。

她又绕着公园转了两圈，然后牵着狗穿过马路，消失在车流和人群中。我的脸憋得青紫，因为空气无法进入体内，进入狂乱而躁动的细胞。

下一个周日，我回到原地，脉搏过速地想再次遇见她，但是她没有出现。

又一周，还是没有。

我应该跟上她，我追悔莫及，可我又一遍遍地思考：好，我跟上了她，然后呢，我这么孬，漂亮女孩子跟前，话也不敢讲，手心全是汗，脚底全是汗，连屁股都会湿透。然后呢，跟着她，然后呢，她发现我，报警，警察把我当作变态性侵杀人犯抓起来，胖揍一顿，扔回地狱去。但我不在乎，只要看着她，我就无憾了。我想，爱也可以像一件艺术品，远远欣赏，不必触碰；它不属于任何空间，任何纬度，仅凭感官，就会他妈的心痒难耐。我不知道有没有人爱上过雕像，我想是有的，皮格马利翁[①]似的爱情。

后来她没来过公园，再次见到她是几个月之后了。我把几本糟糕的西班牙小说摆到新书橱窗，她穿着便鞋和小西装，向对面的公交车站走去。

---

① 皮格马利翁，希腊神话中的塞浦路斯国王，爱上了自己雕刻的少女像。

"喂，笨蛋，别把书乱扔，你知道多少钱吗？我要扣你工资，偷奸耍滑的窝囊废！"

我贴着玻璃，肚子里蝴蝶乱舞。她一只手整了整头发，一辆汽车经过，对她鸣了声喇叭，又一辆车经过，又鸣了声喇叭。紧接着五六声喇叭之后，一辆红色公交车进了站，她上了车，坐在前排。车发动了，我没多想，一步跳出橱窗，冲到街上，眼看公交车远去。

"再一次。"我追着车跑起来。

追出两条街以后，我赶上了公交车，再次看到了她。她看着前方，美得像是一个幻象。绿灯亮了，车又跑了。"再来。"我对自己说，撒腿就追，人群闪到两边，像是一头雾水的电线杆。我又追出好几条街，车开进高速，我上气不接下气，肚子里的蝴蝶纷纷窒息而亡。该死的公交车变成一个红点，我把爱丢了，他妈的。我看着红点消失在车海中。

回到店里的时候，老板在门口守着我。

"王八羔子，你他妈吓死我了！我以为移民局的人抓人来了，魂都吓跑了。你他妈搞什么鬼？"

"没什么，老板。"

"什么没什么！没有人会无缘无故地跟一阵屁似的飞出去！到底怎么了？"

"没事，老板。"

"告诉我，王八蛋！"

"好吧，老板。我操你妈。"

"小子，你有种再试试看。"

"老板，不会有下次了。"

我心里已经有数了。如果她在对面的公交车站上车，那么她应该住在附近，或在附近工作。最可能的是她住在附近，因为她在这儿遛狗。但是，她为什么精心打扮，莫非她在城外上班？还是她在这里工作，这会儿回家？

接下来几天，我一直在擦书店的玻璃，以便时刻注意她是否经过。我把从墨西哥到巴塔哥尼亚的全部拉美小说从这一头搬到另一头，反复整理愚蠢至极的西班牙小说和翻成西班牙语的美国佬小说。我把所有书按字母排序，从前往后，先按书名再按作者名，从a到z。然后又从后往前，从z到a。我还按照颜色、尺寸、页数、字体、主题分类。这些小说我基本都在阁楼或者公园读过了，都是没生命没灵魂的流水账，只知道硬塞漂亮单词。这些书都是批量生产出来的，像断气的、满是蛀虫的尸体。我目不转睛地看着，女孩始终没有出现，妈的。

整理图书的方法就要穷尽了，我想到了根据作者照片来整理：长得奇磕难看的摆在前排，让迷路不小心走进书店的家伙一眼就能看见；那些漂亮的、油头粉面的，像他们的文字一样文明得体、打着领带、一副知识精英模样的，摆在最后一排，让他们在地狱最底层自生自灭，保证他们的亲妈来了也找不到。

夏末一周的第三天，我又看见了她。她穿着短裤、紫色小花拖鞋和吊带背心，扎了另一种辫子，一点妆都没有。

我的心跳和苍蝇飞舞同步。

她走上对面一栋砖红色大楼的灰色台阶，打开玻璃木门。

"但愿是真的，但愿是真的，但愿是真的。"我一个劲儿地说，一不注意声音太大，老板从柜台后对我喊道：

"糊涂虫，别祈祷了，让老子安静看会儿报纸。"

我闭上笨嘴，专心看着外面的风吹草动。

"老板，我能出去一会儿吗？"

"不行，干什么？"

"我去外面擦玻璃。"

"你刚才不是才擦过吗？"

"我去买饮料。"

"你不是说擦玻璃吗？"

"我渴了。"

"这儿有水。"

"不，我想喝汽水。"

"拿一把叉子在水里搅一搅，吞下去就是汽水。汽个屁。"

"老板。"

"什么？"

"操你妈。"

"什么！"

"你渴吗，我给你带瓶汽水。"

"我听见了，小王八蛋。滚吧，买你的狗屁饮料去。"

没等老板说完，我已经穿过马路，向红房子飞去。我两三个大步跳上石头台阶，等她出来。妈的，我居然在等她，她竟然就在里面。汗珠大颗落下，再迈一小步又怎么样。就在我打开门，想进入大楼的时候，她正往外走来。我看着她的眼睛，她看着我，我的瞳孔像被锤子砸了一下。一刹那，轰的一声，宇宙化为灰烬。

我的嗓子凝固了。

我把门完全敞开，退到一边，低着脑袋，让她过去。

"谢谢。"她说。"谢谢"而已。她扭着胯走下台阶，我在她的涟漪里一寸寸地溶解。我不知所措，如芒在背，钻进楼里，带上了身后的门。

"大马蜂蜇你屁股了吧。"黑人老太婆走过我面前，对我说道。

我仍坐在威尔斯公园的长凳上。天已经黑了，我动也不想动。半夜飞鸣的小混混们还没来。入夜后，像我这样的不良青年在公园里聚集、喧闹，如阴影中滋生的蛆虫。老太婆推着破车朝小喷泉走去，那儿有几株灌木和最细密的草坪。她从废品堆里拿出几张纸板，铺在地上，躺下来，抽出一条破破烂烂的毯子，盖在身上。

"小小屁娃娃。"她念叨起来，"马蜂蜇屁股。"她发出疯癫的笑声，又嘟囔了一句，"睡个好觉。"说完，合上了眼睛。

我睡个屁！我对自己说，我的魂还挂在卵蛋上。

周围陆续来了不少破衣烂衫的流浪汉，准备在公园过夜。

白天，城市的污秽被绵延几公里的巨幅广告、炫目的车流和靓丽的人群掩盖。到了夜晚，人声低语的时候，吸毒的、嗑药的、偷渡的、混混流氓、阿猫阿狗纷纷现形。

妈的，我得找点事做，在这儿非得窒息不可。

我蜷起身子，因为一阵阴风穿过树林，我汗毛直竖。

"搞什么，小子？这张凳子是老子的！"四个毛还没长齐的崽子对我说。要是我心情好，一定给他们点颜色看看，叫他们放尊重点。但我脸上的肿包已经够多了。我站起来，把凳子让给他们。"这就对了，小子，回家吃奶去吧！"他们在我背后叫道。

我在石子路上拖着两条腿，往星期天看书的大树走去。我走到树下，一屁股坐下来。我看着整个公园，几个小子在东边路灯下玩滑板，成群的蛾子包围着橙黄的路灯。他们大声笑着骂着，飞来跳去，一个不稳，摔个狗吃屎，然后没事似的站起来，全速滑行。公园的另一头，坏了几盏路灯，毒贩子聚在那儿，粉、药和草都有。偶尔有一辆车经过，停个三秒，搞几手大麻、几包粉或者霹雳，嗖地开走了。

是的，这可悲的景象到处都是。我什么都不懂，但我知道，在阔绰的雅皮士和衣不蔽体的穷光蛋之间，有一条悲惨的鸿沟。我看见一个毛头小子，拿着药，张大口鼻，吞云吐雾。

睡着就完蛋了，我想。在这里睡着就如同屁股朝下，径直掉进地狱。我蜷缩起来，抱着大腿，还差一顶大草帽和一条披风，我就是一尊流浪者雕塑。

我硬撑着眼皮，眼皮红肿，加上困意，沉沉往下垂。在这儿，睡觉都得瞪大眼睛，保持警惕。可我撑不住了，脑子一片空白。眼皮越往下垂，那女孩的模样越清晰。

难道狗屁爱情是镜子的雨，能照出我们孤独的模样？

我想消失，以便让女孩从我的脑海消失，终结我自己，也终结了她。我已经无法承受思念的重量。她微笑的模样刺穿我每一条神经，刻画我每一寸皮肤。啊，我已伤痕累累。我深深呼吸，一点点瘫软下去。夜色愈发不可抗拒，浓雾遮蔽了眼睛，我慢慢倒下，拧成一团，倒进夜色半推半就的怀抱。我走了，走着走着，走远了。

有人打我肩膀。天还没亮，漆黑一片。我散了架，肩上又被棍子捅了一下，力道比刚才稍重了点。两眼红肿还没消退，眼屎又像几吨钢铁，死死粘住眼皮。我睁不开眼。那人又捅了捅我的肩膀，这次震得我小臂和锁骨发麻。

"嘿，嘿，你。不要在公园睡觉。"

梦中远远传来一个声音。我像个瞎子，像个痴呆的断线木偶。

"嘿，嘿，嘿。"

他们第四次或是第五次捅了捅我的肩膀。

"死了吗？"一个拉美口音的人说。

"像是，再看看，好像没气了。"另一人说。

"身上有钱吗？"

"我不知道，傻子，我搜搜。"

我感觉到几只爪子在我身上游移，我扭动起来，像一只掉进盐罐的蚯蚓。

"畜生，让老子睡会儿！"我挣断眼皮上的锁链，半睁眼睛。他们立刻停手。

"妈的，"那个拉美口音的大叫一声，"还活着。"

"嘿，嘿，嘿，小子，小子，小子，你不能在公园睡觉。"

我瞪大昏沉沉的双眼，看见两个保安或是警察，我看不清。见了鬼了，怕什么来什么，我想。我决定破罐子破摔，反正已经这步田地了，还能坏到哪里去。

"别唬我，那边那些挺尸的家伙呢？"我说道。他们手上拿着尖头警棍，原来就是这玩意儿捅我。他们后退一步，像是有些心虚。这两人穿着制服，戴着头盔，腰上别着对讲机，皮靴擦得锃亮，像一对火星人。

"你有钱吗？"

"干什么？"

"这里睡觉要付钱的，臭小子。"

"什么？"

"钱。"他用大拇指搓了搓食指。

"老子今天已经受够了，王八蛋。给我滚，老子就在这儿睡了。"他俩又退一步，像是被我唬住了，"这就对了，赶紧滚，老子困着呢。"

他俩又往后退了一步，像一对该死的情侣在那儿面面相觑。

"我操。"一人说。

"我操。"另一人又说。

"我操，我操。"两人恼火地看着我，手上的棍子像两支斗牛花镖①，把我当作了公牛。他们抄起家伙，狠狠向我砸来，一棒一棒，

---

① 斗牛时，为激怒公牛并消耗公牛体力，在正式斗杀之前，一名花镖师会表演将带金属利钩的花镖刺入牛背。

打在背上、肩上和脑袋上。一记重棒砸在我的后脑勺，我一下就蒙了。我像个倒霉的婴儿，在这悲伤的夜里，在树下再次香甜地睡去。

我从来不知道，破罐还能更破。总有更糟的生活等着你，糟得深不见底，像是爬满蛆虫的坟墓。

"我死了吗？"我意识模糊地问道。我肚皮朝天，躺在地上，那个女孩的脸在我面前。我脖子疼，胳膊疼，腿疼，连老二也疼。天已经亮了，不知几点了，四周亮得刺眼。

"小屁娃娃。"老太婆说道，"脑瓜子跟石头一样硬。"

一条大舌头在舔我的脑门，仿佛是天使在为我治伤。我抬起眼，看见一只巨大的德国牧羊犬正嗅来嗅去。

"甜心，不要。"女孩命令道，她站起来，拉了拉狗链。

"我死了吗？"我重复道。

"哈！"老太婆大笑一声，"小子命硬，大马蜂蜇屁股，居然还活着。"她做个了鬼脸，露出仅剩的三四颗牙齿，推着破车朝自行车停车场走去。她一边走一边笑，嘴里念念有词："哈！屁娃娃，像杂草，死不了。哈！"

我眼睛微张。这或许是个梦，或许，我真的死了，随时就要溶解，像一勺食盐溶入宇宙无垠的湖水。

"我本来想打911的，但是那个黑人老奶奶让我不要打，她说打了电话反而不好。"我听见那女孩的声音，我睁开眼，居然又看见了她，她还在看着我。没错，我真的死了，绝对死了，死透了，只有这个可能。"你看上去好像没有骨折。"

"啊？！"我哆哆嗦嗦发出了一个声音，声音在颤抖，不知道为什么，我的声音很低。我找不到任何一个合适的单词。大脑一片空白，我的舌头捕捉不到一个活的字母。

"我不应该……那个，你知道的。我那天对你态度不好。对不起，对不起。"

我还在状况之外，完全不明白发生了什么。我看着她，她这么美，周围的空间因她而弯曲。如果这是死亡，我希望天使是她的模样。

"我得走了。"说出这句话之前，她沉默了一会儿。四下只有她扇动翅膀、羽毛窸窣的声响，混杂着人来人往的声音。老太婆的破车叮叮当当，渐渐消失在石头小路和远处公交车熙熙攘攘的喧闹间。

"今天星期几？"我用颤抖的声音问道。她看着我。她穿着修身的运动衫，绑着马尾，戴着水钻耳钉。她转头看牧羊犬的时候，我看见她的耳后有一个小小的文身。那是一片羽毛。

"星期四。"

"嗯……什么？"

"今天是星期四，小伙。"她说。

我吃力地吞咽着口水。青草摩挲着我的手指，大树在上方轻轻摇晃。天空很蓝，没有云彩。

"我第一次见你是一个星期天。一个美好的星期天，最美好的星期天。"我对她说，嘴巴还肿着。

她不知道我在说些什么，对我说：

"我得走了，我迟到了。"她拽了拽狗链，说道："走了，甜心，过来。"

离开之前，她转身问我：

"小伙，你有吃的吗？"我点了点头，"好，行，再见。"

她走到小路上，牵着那只德国牧羊犬快步离开。我浑身骨头疼得厉害，但还是坐了起来，看着她穿过马路，消失在视线里。身上很疼，心里却不知怎么了，我不懂。我又躺下来，不知想什么，所以什么都不想，任凭草根挠着我的骨骼。

过了一会儿，太阳变成刺眼的火球之前，我把身体转到左侧。

我摸摸这儿，摸摸那儿，确定自己是否健全。是的，什么都没少。三场干架之后，我完好无损。肿块还在疼，不过好多了。妈的，被揍惯了，疼也不值钱了。

我颤悠悠地站起来，扶着树，想要做回脊椎的主人。我不觉得饿，胃里蝴蝶飞舞。这是我在一本书里读到的，恋爱中的人一肚子都是蝴蝶，它们扇着翅膀，让人心痒难耐，同时一刀一刀地杀死饥饿。我把手伸进沾满血污灰尘的裤子口袋，去他妈的，王八蛋：我的钱被两个白痴警察抢走了。我又摸了摸腰带，阿巴古克先生给我的几张十块钞票也不见了，只剩下一张狗屁字条。我赶紧往里摸了摸，我妈留下的吊坠还在，我把它藏好，把字条折起来，权当作丢钱的纪念。没办法。我每次都这么安慰自己。

我一瘸一拐地走到喷泉边，附近没什么人。今天不是星期天，是星期四。我从来没有在星期四来过公园，现在只有零星几个散步的人和在草坪、树下睡觉的人。两三个人骑着自行车穿过小路，几对情侣坐在长凳上，没有注意到我。我掬了一捧水，拍在脸上。血渍滴落到水里，晕散开来，像是一个宇宙溶解在一颗盐粒中。水面重回平静，我看着自己的倒影。

去你的。

我猛地扎进喷泉池，索性洗个干净，让水冲走我仅有的东西。水漫上来，我一头沉下去，我想淹死自己，变作一条鱼。

妈的，我得把自己彻底洗干净，再受一次洗礼，死也干干净净。

喷泉一下就脏了臭了。我衣服上的灰土和血迹变成肮脏的微粒。憋不住的时候，我探出头，丑陋地浮在水面上。我闭上眼睛，让自己凝固。我在补偿流走的汗水。我像一株水生植物。

水很冷。

不知为什么，我觉得好多了。至于明天怎么样，我不知道，我什么都不知道。冷水一点也不刺骨。我趴在池沿上，沥了沥水，走出池子。长凳上的小情侣亲得扁桃体都飞出来了，看见我湿淋淋地走过草地，轻蔑地看着我。我回到那棵大树旁，太阳炙烤地面，我像晾抹布似的晾着自己。眼睛没有那么疼了，没什么疼痛是过不去的。我倚在树上，背靠树干，四处张望。那里是几辆车，这里是几对情侣，两个人骑着自行车过来，把车停在停车场。我人一软，全身血管从树根汲取养料。我轻飘飘的，水火交替令我在云端漫步。

"你又怎么了，小伙？你湿透了！"

一阵激灵袭遍全身，气血翻涌，从耳朵直到心脏。我立刻把头转到左边,再一次看见了女孩。她在我背后,拿着一碗速食汤。

"你的狗呢?"我打着哆嗦,只能想到这一句话。

"甜心?哦,我把它还给它的主人了。"她停顿了一下,丰润的嘴唇在我眼珠里打转,"我估计你身上没有钱,小伙,所以给你带了汤。不多,就一碗鸡汤。"

她把一个滚烫的塑料碗递给我。

"你不是迟到了吗?"我接过汤碗时问道。我几乎碰到了她修长的手指。

"差点没赶上。老板十点出门,我得在那之前把甜心还给他,不然就得带到晚上了。我飞过去的,你懂的!"

我吹了口气,嘬了一口,假装忙着喝汤,免得她看出我在发抖。好烫,烫到了舌头。从前天到现在,我什么都没吃,饿得前胸贴后背。蝴蝶渐渐苏醒,热烈地在五脏六腑之间盘旋,浇洒着速食热汤。

"你怎么了?小伙,西班牙语书店出什么事了?"她弯腰问我,看着我把脱水鸡肉、豌豆、玉米和胡萝卜粒统统吃掉。"书店一大早被围起来了。"她说,"那种黄色警戒线,像是出了大事。"

我一口把汤喝完,胃里一阵火热,随着我的呼吸,身上渐渐温暖起来。我真是饿坏了,自己还不知道。

"老板昨天失踪了。"我对她说道,手上拿着空碗,用胳膊擦了擦留在嘴角的琼浆玉露。

"啊……"她沉思了一会儿,突然回过神来,"对了,我得走了。真的谢谢你保护我。不知道怎么回事,我只是不太习惯。不过我不明白的事太多了。谢谢你,再见。"

她直起身子,从我面前走过,朝石头路走去。我突然站起来,两腿像弹簧似的一弹,像紧绷的松紧带。

"喂。"我冷不防大喊一声,壮着胆子发出一个暗恋者的心声。我的心头一半是喜悦,另一半不知是什么滋味。"不客气。"我说。

女孩儿停下脚步,转身冲我微微一笑。

"保重,小伙。祝你衣服快干。"说完,她沿着石子路匆匆走下小山。她的身影在树林间模糊,但不曾消失。她像一朵花,装点着天空的秀发,在宇宙中心盛放。她离开公园,穿过马路,远处的汽车为她鸣着喇叭,咆哮着引擎;街头的阿猫阿狗看到她,打起口哨,垂涎三尺,露出癞蛤蟆看见天鹅的嘴脸。绿灯亮了,汽车重新飞驰,像发情的疯狗。

此时此刻,我才意识到,她是多么强大,多么光芒万丈。而我,满身伤痕的我,竟然愚蠢地试图保护她。

操,操,操。

鞋子像两个水塘,牛仔裤和衬衫冒着水花,我在林间徘徊,我不知道我要做什么,但我得做点什么。做点什么,什么都行,去他妈的。我用力捏扁塑料汤碗。我脑仁疼,刚开始看店里娘们儿唧唧、瞎编乱造、令人作呕的小说的时候,正是这个感觉。那些破书,矫揉造作,无病呻吟,没有几本关心世界和生命。

像是离合器故障的汽车,引擎和车轮脱节。

我的脑袋一团糨糊,我得做点什么。我觉得自己像一只笼子里的猴子。我绕着草坪,在树林里走了一圈又一圈,踢踢石子,踹踹空气。我得活动,不然蛆虫就把我吃了。我能感到虫子爬过我的血肉，下颚一张一合，吞噬我的细胞和命脉。做点什么？做点什么？我不知道，不知不觉地，我像失心疯发作似的跑了起来。

我一口气跑到公园外，来不及等待红灯。心脏怦怦直跳，就要逃出躯体。我在高速车流里左冲右突，汽车鸣起喇叭，咒骂着。引擎的轰鸣声中，我穿过马路。人们臭骂：

"操——你——妈！"

两辆汽车伴随着刺耳的刹车声，滑到我跟前。我差点就成了烙饼。我来不及向后看，我没有时间。一分一秒，我的心脏都在撕扯粘连着它的筋肉。

在街角，我和一个西装革履、一手打电话一手拿黑色文件夹的家伙撞了个满怀。他发型全毁，我继续狂奔。

前方有几个人。为了尽量少撞倒几个，我在人群中穿梭，他们先是一脸惊恐，接着恼怒地看着我，似乎逃命与文明社会很不相称。

一个叼着奶嘴的小屁孩出现在我面前，金发碧眼，天然带卷。我一蹦，飞过他头顶，他妈妈对我喊道：

"去你妈——畜生。"

我没有时间，生命在终结。

我是即将燃尽的灯捻，嘶嘶作响。

我转过书店门外的街角，奔向女孩的红色公寓楼。我不知道自己要干什么、说什么，我只觉得不吐不快。我一步跳上石阶，喘着粗气，喷泉水混着汗水淌下来。进门后是一条走廊，最里面是螺旋楼梯。光线昏暗，我一步跨过两三级台阶，跳着上楼，跑到她家门口。多少次，我想敲门，却次次退缩，收回了手，指节火辣辣的，感染了名叫孬种的病毒。

我跑到门外。这是一扇泛黄的木门，下面被虫蛀过。门口铺着一块褪色的"欢迎光临"地毯。我站在门口，深吸一口气，用手擦一擦额头上的汗水。然后又深呼吸了三次，稍微平静了一点。我用力敲了敲门，指节像是有力的鱼叉。

"门开着。"屋里传来一个苍老的男人声音。我推开门，走进去。我首先看到的是一个花瓶，瓶里没有花，插着几支孔雀羽毛。阳光透过一扇大窗照进屋里，窗户大开，两边挂着缎面窗帘。屋里还有两把茶色的扶手椅和一张古铜色的木框茶色玻璃的茶几，放着几块彩色串珠和麻线织成的罩布。房间左侧还有一张小电脑桌和一把转椅，后面的墙上挂着一幅画，画着线条斑点，像一幅彩色唾沫。可能是一个肺痨病人，吸了几升颜料，擤鼻涕擤到了画布上。房间里铺着老房子特有的木地板。天花板很高，装修一般，有些古典的感觉。我往里走去，地板吱呀作响。

"你家公鸡今天倒是没忘记打鸣儿啊。"突然传来同一个男人的声音，他坐在一把高背大椅上，面朝着窗户。

"什么公鸡？"我问道。

"你说什么？"他在椅子上问我。

"我没有什么公鸡！"我说。

"你是谁？"他问我。

我朝前面的窗户走了几步，从这儿可以看见公交车站。

"我找……"我突然意识到，我不知道她的名字。我一直都不知道，我也没给她取一个。街上的人都是同类项，加减乘除，名字都他妈的全球化了：小孩、小鬼、小伙、姑娘，无非是有钱没钱，高矮胖瘦，多毛少毛。

"你找我外孙女？"他说，慢慢转过椅子，很慢很慢。

"我不知道。"我傻子似的回答，因为我不知道她是他的外孙女，还是女儿、保姆。我只知道她是我的天使，我的和平和战争，心门的钥匙保管员，只消一眼便摘人心脏的外科医生。或许我敲错门了，她住在对面。于是，我更加白痴地问了一句："您是谁？"

"哈！"他大笑起来，回音在屋里环绕，飞出窗外，他自言自语地说："啊，这个世界，哈哈哈。在我自己家，哈哈哈，有人问我是谁。"他转了过来，我看见一个蓝眼睛的老人，他得了青光眼，眼睛像果冻。他两手扶着一根银头拐杖，头发稍长，额头上布满皱纹，有长长的白胡子，穿着格子睡衣和棕色拖鞋。"我要是像你一样年轻，"他边笑边说，"早把你乱棍打出去了。谁让你骚扰老人……哈！但是我老了，很多事情就算了。你帮我站起来，让我给你几棍子。"

"去你的。"我说，"认真的吗？"

"不是，这你都相信？我要去厕所，我外孙女上班去了。我在等医生，你既然来了，那就是你了。快来，我的膀胱受不了了！"

我小心翼翼地靠近这个老头，警惕他用拐杖砸我的脑袋。

"现在怎么做？"

"帮我站起来，如果我倒了，扶我一把。人得有尊严，活到最后，脊骨不能弯。"他长满斑点、血管突出的手搭在我手上，我用力拉了他一把,"对了,世界从这个高度看起来不太一样,对不对?你听说过高个理论吗?高个常常能得到更高的职位,因为他们更自信,毕竟看别人都是俯视。啊,完全是自然选择的结果。"

我耸耸肩,不置可否。或许是真的,反正世界已经疯成这样,谁知道呢。

"现在呢?"我问道。我两只手护着这个瘦竹竿,以免他摔倒,一头栽在地上,把公寓楼砸穿,掉到地下室。

"现在没事。我自己走,你跟着我,免得我后仰。"

他走起来,像一只羸弱的乌龟背后拖着一百头大象。他走得很慢,时间属于他一个人,向前一小步,向后一小步,向前一小步,向后一小步,向前……

"喂。"我说,"要不我背您吧。"

"背个屁!尊严比什么都重要,榆木脑袋。"

三百年后,我们终于走到厕所。他打开门,对我说:

"现在我一个人进去。如果我一两个小时还没出来,你就给水管工打电话。"

"什么?!"

"算了,打给殡仪馆吧。"

"什么?!"

"笑一笑,年轻人。"

"为什么?"

"因为一个人说笑话的时候,别人得笑。"

"可是现在我不想笑。"

"好吧，行，你别笑。你有权利不笑。我不跟你啰唆了。"

他关上门，我听见拖鞋摩擦木地板的声音。几分钟后，里面传出了冲马桶声，又过了几分钟，里面传出了自来水声。

过了许久，老头打开门。

"你还在这儿啊，我还以为你是我想象出来的。人老了，看看白墙都能找到好多新朋友。是不是，你看见我的朋友了吗？"他开始向椅子挪去。

"您是疯子吗？"我皱着眉头说。

"哈！"他大叫一声，"几百年没有人叫我疯子了。但是，唉，我可能不是。你说谁能受得了这个世界，疯子才能。聪明人都活不长。"

又过了几个世纪，我们回到椅子边。他转过身，准备坐下来。

"扶我一把，坐下和起立是很困难的。坐偏一点，我的胯骨就又没了。"

我交叉着手，像一台起重机，升起吊臂，缓缓下降，帮他顺利沉锚入港。

"那么，"他整整睡衣，拿起拐杖，两只手拄在上面，对我说道，"你是来找我外孙女艾琳的？"

"艾琳？"我重复道，这名字在我的颅骨和心房回响，像一门火炮，在我的胸腔中轰鸣。"我以为您疯了，没想到您记性还挺好。"我立即说道，我迫不及待地渴望见到那女孩，嗅到那唯一带来生机的气息，安抚我热烈躁动的心绪。

"唉，不是的，鸸鸟脑瓜，我还是能记住些事的。我是老了，不是傻了。"

"您刚才是骂我吗？"

"不是的，年轻人。鸰鸟是一种飞鸟，长着鸡脑和猪头。"

"哦，好吧。"

"看这张。"老头子对我说，"这是艾琳三岁时候。后面是她妈妈，我的独生女儿。"

"可是她俩长得不像您。"我觉得有点奇怪，问道。

"啊，那是因为我的女儿不是我亲生的。"

"什么？"

"唉，小伙子。"他说，"每个人都是有故事的，有的人故事比别人长一点。许多年以前，我认识了一个很漂亮的女人……"老头停了下来，长时间没有说话，像是在白墙上搜寻记忆，慢慢地眨着苍老的蓝眼睛。他挂着拐杖，咽了咽口水，他出神的时候显得更加老态。这时，有人敲了敲门。"门开着。"老头子回过神来，对我说道："这么跟你说吧，只生孩子算不得父亲，养孩子的才是。明白吗？"

一个拉美裔的医生开门走进来。

"早上好。"他对老头子说道，并打量着我。

"好，小伙子，总算来了。"

我把照片放在茶几的罩布上。

"早起感觉怎么样，老顽童？"他穿着蓝色衬衫、耐克鞋，腰上别着对讲机。他和老头说话，完全无视我。我向门口走去。

"很一般,祖维拉。我起来以后还没吃东西,头发乱糟糟的,肠子也罢工了。"

祖维拉医生被老头逗得大笑。

"哎哟,您真是太逗了,总那么风趣幽默。您跟我说说,艾琳怎么样?"

我在门边竖起耳朵。

"还行。你知道的,四处跑,拼命工作。她想继续上学,但是这年头,谁不是辛辛苦苦干活才有口饭吃。"

"那您告诉她,只要她答应我,钱的问题马上解决。"祖维拉的声音傲慢而自负。

"这事如果这么简单,祖维拉,"老头儿反驳道,"她能找一个比波斯国王还富的家伙。"在他的哈哈笑声中,我关上了门。

走廊里的灯光忽明忽暗,我想着女孩和那些照片,特别是那张生日蛋糕的照片,她吹灭了三根蜡烛。她的脸肉嘟嘟、胖乎乎的,但是已经看得到多年后美丽动人的轮廓。

我走下花岗岩和木头材质的旋转楼梯,回到街上。开门的一瞬间,阳光刺眼。老旧的砖红色公寓里,时间是不同的,是忧郁的,沉闷中带着幸福逝去的叹息声。

啊,该死的幸福,到底是什么狗屁玩意儿?

我走下一级石阶,看了看书店。店门关着,围着黄色警戒线,像一件包好的礼物。店里书架散落,破碎的橱窗上封上了木板。我坐下来,衣服基本干了,只有鞋子还是湿的。太阳照耀地面,温暖着我的屁股,只有公交车站有一小块阴凉。汽车飞驰,只有三四辆停在马路对面，书店门口附近，两个穿黑衣的大块头躺在汽车引擎盖上。一个姑娘推着小车走过，车里有个婴儿。

我想，我得溜进书店，至少把毯子拿出来，那是我的东西。怎么进去呢？从那头，我可以爬上电线杆，踩到屋檐上，从上面钻进阁楼。阁楼窗户是用木条钉死的，不过一脚就能踹开。没人知道我在里面，我甚至可以过夜，没人会发现。出来的话，我可以走仓库便门，那扇门外是店后的小巷。老板从不开那扇门，用一个书架挡住。那个架子上全部都是又拖沓又黏糊的娘炮诗，只有肚肠，没有脑子。书架后面就是门。

*　*　*

"这家店以前是个墨西哥餐厅，这扇门是专门运垃圾的，天花板上脏兮兮的。浑小子，你好好擦擦，把那块黑斑擦了。"

"我摔下来怎么办，老板？"

"不会的，摔不下来。梯子牢固得很，就算掉下来也不疼。"

"你不觉得比起书来，你更适合卖卷饼吗，老板？"

"闭嘴，多管闲事。给老子擦干净了，擦不干净我拿书砸你脑壳。"

或者，我可以从隔壁屋顶跳到书店屋顶，不过看上去有六米左右，可能会摔个稀巴烂。或者，我可以爬水管，跳到防火楼梯的栏杆上，大概两米的距离，但是如果踩空摔下来，我就成辣炒猪脸了。我得再等一会儿，等街上没人后，借着路灯行动。

一辆公交车停在对面,放下乘客,推婴儿车的姑娘一手抱着孩子,一手提着车,艰难地上去了。公交车发动,开走了。那两个大块头穿过马路。我看着书店,或许可以拆掉新书推荐橱窗上的木条。

* * *

那个橱窗里面摆的是大西洋对岸[①]出版社出的书,那些没劲的书既矫情又别扭,傻里傻气,讲话舌头都捋不直。文字不痛不痒,拿腔拿调,干巴巴的,像被全球化阉割了似的。竟然时不时还有漂亮姑娘如饥似渴地期待着。

我还记得有个满脸麻子、戴一副方框眼镜、瘦得皮包骨的疯子,每隔十五天就来问最新的文学奖的消息。有一次,我听他对老板说,他想成为一个大作家,赫赫有名的作家。

"闻名遐迩,举世皆知的那种。"他手上有一本关于宇宙飞船的绝妙故事,准备卖给好莱坞拍电影,"因为宇宙飞船很火,加上太空特效。您想想,先生,一艘庞大的、没有制动的飞船飞向地球,会发生什么事?啊?世界末日啊!"

"不,哦不,是,是个好故事。"老板肯定道。他正在数钞票,他俩之前打了一个关于最新一届普利策小说奖的赌。

我痴痴地看着他们,认真想象宇宙飞船的模样。应该有个烧炭的炉子,屁股冒烟,在宇宙里飞来飞去。

---

① 指西班牙。

"喂，老板，宇宙外面有什么？"

"就数你好奇，少偷听，哪儿凉快哪儿待着去。"

有一次，老板抱怨说，有人要盘下这个书店，开一个很高级的咖啡店。

"那就卖呗，有什么关系。挣了钱，你就不用总抱怨没钱花了。"

"少放屁，臭小子！老子卖尿都不卖咖啡。"

总之，如果我是老板，我就开个咖啡店，这样就能一辈子看着她。说不定还能追到她，把她抱在怀里，吻她，疯狂吻她。没错，这边放几张桌子，那边放一个书架，卖几本有灵魂的书，剩下的全部踩烂。我连店名都有了："艾琳""艾琳之爱。"对，就是这样。此时此刻，老板在哪儿？让他看看，我也能把他的破书店改造一番。

突然，我后脖颈的汗毛竖了起来，像猫的胡子发出危险警告。我发觉那两个黑衣服的家伙就在我上方。我正要跳下台阶，逃到人行道上，一个刺着文身、戴着耳环的光头勒住了我的胳膊，我一个趔趄，扑到另一个人的胸口。那人稍微瘦一点，但是更结实，胸膛像两块大理石。见鬼了，又要打架。他们比我高得多，重得多，不过我也在老家街头打架的时候学到了，只要我不出手，越是在地上死缠烂拽，他们就越吃力。

街头巷尾的打架没有什么武术或是什么人什么招数可言，就是乱斗野战，什么招都上。

于是，我膝盖超光速地对着小个子的下身一顶，他蜷缩起来。

没办法，就算举遍全世界的杠铃，肌肉练得像钢，超人的裆还是软的。

另外一个家伙对我大吼大叫，想唬住我，可我像个聋子，至多听到自己的呼吸声。我踹他的小腿，同时一记高拳打到他的耳朵，他的导航系统毁了。他晕晕乎乎地吹胡子瞪眼，还想揍我的脸，但是我快他一步，一弯腰躲了过去，照他的卵蛋就是一拳，他总算趴下了。

"操。"他叫了一声，蜷了起来。

这时，两只大手像章鱼触手似的，从后面环抱着我，轻轻松松把我举了起来，仿佛我是一片鸿毛。

这下彻底完了，我压根没看见这家伙。

我胡乱蹬着腿，只有脚跟勉强踢到章鱼的小腿。他越勒越紧，勒得我喘不上气。我想，等那两个王八蛋缓过劲来，非把我劈成两半不可。

"放轻松，兄弟。别紧张。"章鱼在我耳边说道。

"操你妈。"我说，一脑袋撞到他鼻子上。他把我勒得更死了。我的骨头像那个塑料汤碗似的被压扁了。"你再勒我，我屎就拉裤裆里了。"

"放松，兄弟。"他又说道，鲜血从他的鼻子涌了出来。另外两个家伙还半死不活的。

"放开我，笨蛋。"我用全身力气愤怒地大吼，"放开我，老子给你点颜色瞧瞧，畜生。"

"放松。"他重复道，"我就想跟你谈谈。"然后，他对着两个走狗说道:"看看,蠢蛋,学着点。"

他松了松胳膊,让我喘了口气。

"我现在放开你,但是你不能跑。明白吗?"

有什么不明白的。我想,只要两脚着地,撒腿就跑。

他又松开了一点。

"我想和你谈一桩生意,兄弟。"

"我不想谈什么狗屁生意。"我喘得像一条狗。

"小子,我知道你需要什么。"

"我的卵蛋。"我打断道。

"喂,蠢货。"他对一个正在揉搓着卵蛋的家伙说,"把手机拿出来,让他看看。"

耳环男拿出一个苹果手机,放在我面前,我看着他通红的耳朵,估计他伤得不轻。他按了一下屏幕,播了一段视频网站上的视频。我认出了女孩的公寓,接着是车站,我穿过马路。我坐在车站的长凳上。那个骚扰女孩的色狼从我背后靠近,一拳打得我坐到地上。相机从车上下来,向我靠近。我躺在地上,十来个小混混得意地围上来,开始踹我。过了一会儿,他们踢完,像出现时一样迅速地消失了。阿巴古克先生蹲在我身边,递给我一块手帕,视频结束。最后是我朝相机竖中指的照片和视频标题:"何时是尽头?"

"这是你吗,兄弟?"章鱼问道。

"不是。"

"怎么不是?你他妈连衣服都没换。"

"你想要什么？"我对着他的耳朵大吼。

"就是聊聊。"章鱼说，"我慢慢把你放开，哥们儿，冷静点。"

他把我慢慢放下，我两脚沾地。看热闹的人群纷纷散了，几个小混混像石缝里的蟑螂，匆匆溜走。表演结束，观众多半意犹未尽。我迫切地想要逃跑，尽快离开这里。逃跑永远比挨打强。他们识破了我的意图，三个人围着我，像一堵肉墙。

"现在放松一点了吗？"章鱼问道，然后放开了我。

我点点头，可是我从来没放松过。自从我来到这个国家，就没松过一口气。一天都没有。我永远在暗中观察和被人暗中观察，保持警惕，随时准备撒腿就跑，提心吊胆，大气不敢喘。

"这个生意很简单，哥们儿。我需要一个像你一样结实的家伙。"

"为什么是我？"

"因为要把你打趴下，很不容易。换了别人，被踹成这样，早就死透了。"

"有钱吗？"

"有。"

"多少？"

"不多。但是如果我们觉得你能派上用场，应该够你买件新衣服。"

"是你们砸的书店？"

"什么！"

"对面那家。"我脑袋一歪。他们转头一看，一脸不解。

"妈的,楚比。"耳环男说道,"书店是什么?"

呵!那一拳或许把他打短路了,又或许,他和当初第一次发现书店的我一样。

* * *

我满身屎尿来到这个城市,在路上找工作。我不想回去干那个活计,因为佩佩和其他人都不在了。我看见一家书店的橱窗上贴着一张纸,好在是用西班牙语写的,因为我他妈的一个英语单词都不认识。上面写着:招工。

"这都可以谈,兄弟,我们找个地方舒舒服服地谈。"章鱼说道,"酒吧、餐厅还是什么地方。这附近有你喜欢的地方吗?我叫楚比·乔恩,这两个家伙是萨凯·达克和迪蒙·迪安。怎么样,我们找个地方谈谈?"

"不去。"我回答道,"如果要谈,就在这里谈。"我不想和那些不着调的小说似的,一共没几句话,站着就可以说完,还非得找个舒服地方。

"行。"他愣了一下,对我说道。他留着山羊胡和寸头,两条胳膊上文着蛇还是什么玩意儿,穿着牛仔裤和一双靴子。我发现他的门牙上套着牙冠。他的鼻子被我的脑袋撞破了,他用手背擦了擦血。"明说吧,兄弟。"他说,"我是个摔跤手,但是两年前因为狗屁兴奋剂被联赛给踢了,终身禁赛。现在我开了个健身馆,给几个小鬼当教练。我准备好好干,不想混日子。我想教出一个能打的家伙，挣点钱。我不能玩摔跤，但是拳击这一块没人认识我，所以没问题。我正缺一个你这种体格的陪练，碰巧在网上看到了这个视频。《时事新闻》上传的，上面写了事发地。我看到你，立刻有了主意，哥们儿。"

"多少钱？"我打断他的话。

"我不知道。"他说。

"什么？你来找我干这破事，你还不知道多少钱？"

"一周一百。"他傻乎乎地冒出一句。

"一天一百，否则拉倒。"

"嚯！"他大声说道，"你是金子做的啊，兄弟！"

"再见，野人们。"我推开他们，走下台阶，准备走人。一百块就想把我打成筛子，去你妈的。

"一周三百，不能再多了。"章鱼突然喊道。

"包吃，周四周日休息，提前预支一百，马上付。"我转过身说道。

大块头看着我，皱着眉头，像只肥硕的海豹，从上到下捋着山羊胡子。

一只猴子正在思考。

"好，你赢了，哥们儿。但是就这一段时间，在我们的冠军拳手训练备赛期间，比赛结束后就没了。"

"可以。"我说，挨几拳对我来说算得了什么，天知道我什么时候才能找到工作。

"这是地址。"他递给我一张名片和五张皱巴巴的二十块钞票，

"明天八点开始,因为我们要准备今年的金手套锦标赛。"

"成交,明天见。"

我走向街角,那两个大块头像罗圈腿似的,一瘸一拐地穿过马路,上了车。倒霉的笨蛋,卵蛋报废了。我看着他们把车打着,开远了。我抬头看了眼艾琳的窗户,叹了口气。她这时候应该正在努力工作,我又叹了口气。红灯亮了,路上的车停了下来。

我朝超市走去。我得买点吃的,带到书店去。总算有条活路。莫名其妙地,我笑了起来。我有了钱,还能住在艾琳附近,我甚至知道了哪一扇是她的窗户,我可以在窗下,像求爱的鸽子,咕咕直叫。我走过书店门口,继续往前。

穿过两条马路有一家7-11便利店。我盘算着要买的东西,要买顶饿的。金枪鱼罐头、辣椒、玉米、豌豆和胡萝卜罐头,再来几瓶可乐,几包最便宜的饼干。只要一桶水,我就能像骆驼一样活下来,我耐饿又耐渴,不用怎么吃喝就能活:面包渣配水,我从该死的布拉沃河上岸之后就是这么过的。脖子后面系个黑色塑料袋,就是全部家当。没水,什么都没有,路上看到什么植物就吃一点。

* * *

"因为他们比以前更操蛋了。"蛇头对我说,"以前我们大摇大摆就能过去,现在这帮狗娘养的,激光都用上了。王八羔子美国佬,几个破卫星在上面照着,在沙漠里拉个屎都不安心,他们从天上照你的屁股。不过,如果你想过去,一万五,我可以一直把你送到安全的地方，小子。"

可我身上一毛钱都没有。我是逃命过来的，根本没有计划，只顾逃出边境。在沙漠里走了几个小时，实在不行了，我开始喝汗水，又过了几个小时，我开始喝尿。我一个人，硬是生生地走到了河边。

"你看，"一个湿背①老兄对我说，"你从这儿穿过去，然后开始游，水流有点急，看那儿的漩涡。你游到歪倒的大树那儿，就要抓紧。要是抓不牢，小命就没了。"

于是我扎进水里，哗！我把衣服和裤子装进黑色尼龙袋，游了起来。开始慢慢地，因为老兄对我说："千万别游快，游快就完了。"水流越来越急，激起一阵阵绿色的水花，拍打着我的眼睛。水势汹涌，我看着那棵歪倒的树渐渐靠近，然后远去，最后抛弃了我。可我绝不能放弃，已经到了这里，我不甘心变成鱼饲料。我奋力地游，肌肉发出痛苦的嘶吼，但是没有办法，老子不是花盆里长大的。就这样，一千年以后，我看到一块岩石，我像只鬣蜥似的扒在石头上，爪子死死抠着石头，死死趴着，直到太阳落山。

那一刻，我像是刚刚学会呼吸，像是钻进卵子的精子。我穿上衣服，白痴似的撒丫子跑起来，小山连绵的地方，他们是这么说的。但是，我被河水往左冲得太远，我不知道自己到了什么鬼地方。筋疲力尽时，眼前出现了一条高速公路。长满血泡的脚疼痛欲裂，喉咙卡着尖利的土石，像被灌满了铅。

---

① 指偷渡布拉沃河到美国的墨西哥人。

我把衣服一件件脱掉,从里到外,熊熊烈火正在把我吞噬。我脱掉外衣、上衣、裤子、内裤,一丝不挂,我是灶火中正在熔化的木炭。

一辆车驶过,消失在远处太阳炙烤下的滚滚热浪中。该死的我又干又渴,赤裸地双膝跪地,等待死亡降临。

我拿出两张二十块钞票,把剩下的藏在腰带那个已经不再那么秘密的小口袋里,和阿巴古克先生的字条、健身馆的地址放在一起,走进7-11。我要买罐头、水和薯片,管饱顶饿的东西。我在超市的过道里走来走去,尽量表现得像个正常人。

* * *

我第一次也是唯一一次在农场打工的时候,有一天收工之后,他们对我说:

"如果看到警察,不要跑,只要你一跑,他们就逮你。"

"要像没事人一样,看看他们的眼睛都行,这样反而没人注意你。"

"他们能闻到害怕的味道。你一露出害怕的样子,他们就找上来了。不过,也绝对不要掉以轻心,永远要留个心眼。别惹事,夹着尾巴做人,因为他们一旦逮住你,打一顿进号子是少不了的,还要把你扔回老家去。"

我把几个罐头放进塑料筐,接着拿薯片。我又拿了两三支蜡烛用来照明，最后是一加仑纯净水。活着不需要太多东西，不知道生活需要多少。

＊　　＊　　＊

一天晚上，我在城里转悠，路过了几家金碧辉煌的餐厅。餐厅门前种着棕榈树，灯火点亮典雅的花园、外墙和屋顶。门童把流光溢彩的一辆辆轿车停好。穿着高跟鞋、浓妆艳抹的女人和神采奕奕的男人小口地吃着巨大的牛排。有的餐厅点着蜡烛，有的餐厅没有，里面灯光昏暗，几乎不见五指。还有几家店里的彩灯伴着刺耳的音乐声，嘭，嘭，嘭，像信号弹似的，在人眼中爆炸。疯狂的生活。也是在那儿，一家拉丁风格的破酒吧外面，我听到了一个叫"13号大街"①的乐队的歌，立刻就喜欢上了。

"老板，您听过西班牙语说唱吗？"

"蠢货，我他妈就不听音乐，音乐太吵，让我没法思考。"

"所以您店里不卖唱片和电影？"

"正是。"

"那您不听音乐又一脸呆样的时候，您在想什么？"

"去你妈的，臭小子。"

我走到收银台，放下塑料筐。收银员一件件地把东西扫码，装进塑料袋。我又要了一盒火柴来点蜡烛。机器上显示39.8。收

---

① "13号大街"，波多黎各说唱摇滚组合。

银员像是拉美裔,但她跟我说的是英语。我给她两张钞票,她找了零钱。我拿起塑料袋,走出店门。我坐在店门花坛边的一张长凳上,拿出一包薯片,撕开吃了起来。接着打开瓶盖,喝了一口水。我慢慢咀嚼,没有响声,薯片像圣饼①一样化在嘴里。我慢慢吃着,阳光消散在暮色里。

马路渐渐变成蓝色,路灯纷纷点亮。高楼里的办公室灯火明亮,商场亮起广告牌,店铺也点亮霓虹灯,汽车打开大灯。人们在我眼前走过,几个西装革履的家伙抬头挺胸,而街头像我一样的青年小混混则像猴子似的,一副还没进化的模样,不像完全的人类。他们弓着腰,拖着条粉色的猴子尾巴,似乎生来就被上帝判为低人一等,一辈子直不起腰。

我吃完薯片,喝了口水,拧上瓶盖。这够我撑到明天了。我把塑料袋打了两个结,又坐了一会儿。脸上的肿块已经消了,我的脸基本和原来一样,只有右边眉毛上还有一道小疤。现在,除了在公园里被打得还疼的后脑勺,我基本痊愈了。

夜色越来越浓,我拿起袋子,朝书店走去。

走到街角之前,我拐进一条小巷。巷子漆黑一片,一股尿臊味。几个大垃圾桶堵在另一栋房子的便门门口。书店的便门被蜘蛛网和灰尘封住,几年没有开过。我走到巷子最深处,摘掉腰带,把塑料袋系在腰带上,挂在肩上,像是准备渡河。我使劲一蹬,猴

---

① 圣饼,天主教徒领圣体时吃的一种面饼,吃时不咀嚼,由其化在口中。

子似的蹿进店里。

我猛地醒了,立刻睁开眼睛,我知道天色已经大亮。阁楼里还是黑漆漆的,我一伸手,蜡烛倒了,我听见它滚到毯子边上。我不记得昨晚是什么时候进来的。我只记得自己打开窗户,小心地用塑料布遮住窗户,铺平毯子,吹灭蜡烛,把自己包得像个卷饼,一动不动地睡了一夜。我像一只钻进蛹的毛毛虫,等待那一刻到来。

我掀掉毯子,打开窗户。刺眼的阳光照进阁楼,我起床穿上仅有的一双破鞋子。

* * *

"你把钱花到哪儿去了,小财奴?"

"就你付我的那点钱,老板,打水漂都不响。"

"别担心,小鬼,我马上给你涨工资,够你把阁楼的租金给我交了。"

我小心地走下楼梯。书店的好处是它像一个幽灵,像楼与楼之间的一块空地,仿佛不存在似的,和一个黑洞没两样。几乎没有人在橱窗外驻足,偶尔进来几只迷途的小麻雀,也是两手空空地离开。我蹑手蹑脚地绕开倒在破书堆里的书架,走到最里面的仓库。口水情诗的书架把门挡住了。这些诗腻腻歪歪,满篇情啊爱啊的废话,就像吃饱青草的母牛拉出的棕色小粪球,美丽香甜。出了书架后面的门,就是小巷。我把情诗拿下来,放在惊悚小说的架子上。惊悚小说早已惊悚地躺倒在地。我用力一拉书架,一阵刺耳的噪声。我把书架挪到角落,和老板最心爱的书放在一起。这些书,老板看了一遍又一遍。

* * *

"人不用看很多书,看必须看的就行了。多少年以后,你还是回到最初那几本书,这些书就此和你做伴,只有死亡才能把你们分开。蠢材。"

"现在我明白为什么没人来买书了,老板,一辈子一本书就够了,还有富余。"

我拿起一本又厚又重的西班牙诗集,用它砸门锁。锁头松了,一拧就完全扯了下来。我把锁放到一边,推了推门,蜘蛛网和灰尘太多,把门封死了。但是,没什么是使劲撞几下解决不了的。

我用肩膀第三次猛撞的时候,门开了,我差点飞了出去。我后退几步,看了看,现在,我他妈怎么把门关上。我拿了一本有一百首最美西班牙语情诗的小册子,塞在门缝位置,用力推了推,把门关好。我又试了试有没有关严实,门纹丝不动。我笑了笑。他妈的,我总算弄明白这狗屁诗集的用场了。

* * *

读完有插图的书以后,我读了一本诗集。那本诗集很薄,字非常小。读着读着,好家伙,我得翻最厚的词典,因为那个狗屁诗人写的东西我连一个标点符号都看不懂。

我走进巷子，向47号街的健身馆出发。我舍不得坐公交，于是在街上一路飞奔，弥补耽误的时间。我跑过艾琳的公寓、威尔斯公园、世纪剧场、福特基金会大楼。我紧赶慢赶，在通向棒球场的路口前右转，跑过39号街、41号街，这里像另一个世界。

简陋的房子上画着满满的涂鸦，还有破烂铁丝网，我像是到了一片战场。垃圾堆里有几条狗，行人根本没地方下脚。我觉得这里的人比我还惨。几个小鬼正在抽大麻，漫步云端。

头顶上是一座高架桥，汽车呼啸而过。桥柱上全是涂鸦。花坛里没有花草，爬满干瘪的虫子，树木佝偻着，风吹不动。

我向路边一排拥挤的小仓库走去，仓库对面是一条大隔离带，隔离带的尽头有几栋三四层高的鸽舍似的房子，弥漫着穷困的陈腐气息。

我大汗淋漓地赶到了47号街。一块斑驳破碎的帆布上写着"楚比健身馆"。那几个大块头的车停在门外。我对自己说："那个章鱼连约定工钱的一半都付不出。"

我走进一扇铝合金玻璃门，屋里没开灯，只有几个天窗，所以黑乎乎的。天花板很高，因为这儿原来就是一个仓库。左边有几个杠铃，几张举哑铃的长凳；屋子正中是一个拳击台，几个和我一样皮包骨的小子正在练拳；另一边是几个寄物柜；最里面有块牌子写着"则所"；还有一扇门，门上写着"办公室"。门边是一扇窗户，百叶窗合着。几个小子在打一个吊在铁链上的沙袋，一个老手在打梨球，他的拳头上缠着绷带，活像个木乃伊。还有个小伙子在一块黑色平板上做仰卧起坐。墙壁是蓝色的，中间挂着一个破旧的摔跤面具，贴着几张白人壮汉的海报。墙上几面镜子显得健身馆比实际大了不少。我站在门口，很想立刻逃跑。还来得及，没人看见我。让他们自己打去吧，我不当冤大头。我转过身，迎面撞上了一个刚进来的家伙，他一把把我推开，径直走了进去。

"喂，王八蛋。"我对他说。但是他好像不懂西班牙语。

他走进办公室，用力关上门。他拉起百叶窗，在里面凶巴巴地看着我。我朝他比了个中指，他立刻把脑袋收了回去。混蛋。我想，肯定是个自以为是的美国佬。不过就是在这儿扎根的移民而已，对待自己的同胞兄弟、骨肉亲人冷血无情，死不承认骨子里的基因。

我推开门，朝外面啐了一口。当我朝隔离带走去的时候，章鱼滑腻的触手缠住了我。

"哥们儿，这都几点了？"

"我迷路了。"我说。我挣脱了他的触手。他的鼻子上，昨天被我脑袋撞了的地方贴了一块白色布条。

"你现在去哪儿？"

"晒晒太阳，里面像一座坟墓。"

"我知道这里不怎么样，但是你将就将就，哥们儿，只要培养出一个拳王，我就发了。"

"这儿只能培养出痔疮。"我说。他傻傻看着我,肯定没听懂我的话,"痔疮就是你屁眼里的疙瘩。"

他还是一样的表情。

"你的运动服呢?"他扯开话题,对我说道。

"什么?"我说。

"也行,你不用穿,你不用训练。按照我们昨天说好的,你就陪练。"

"你会按照说定的价钱付我吗?"

"会。"

"成交。"我说。我们一起走进健身馆,他拉着我的胳膊,不对,是我扛着他滑腻的胳膊,黏糊糊的,长满吸盘。大块头在视网膜上占据的空间肯定也大,这会儿,大家都注意到了我们。我这样的瘦竹竿就算扒在别人视网膜上,别人都看不见。

"你看,哥们儿,那时候我为了变壮,有多少药嗑多少药,后来出事了,一切都完了,一直摸爬滚打到现在。但是我得到了教训,兄弟。现在我正在一点点弥补过错。"他一边说,一边把我拉到拳击台边。两个小子像姑娘似的蹦蹦跳跳。"你看,约克,这是我给疯王找的陪练。"

一个白发老头坐在拳击台后面的一张长凳上,阳光打在他身上,雾蒙蒙的。他站起身,打着哈欠,像猫似的伸了个懒腰。

"太瘦了。"黑人老头说道,"你的疯王会把他劈成两半的。"

"你在睡觉?"章鱼责问道。

"没有,老板。就眯一下。"

"你个兔崽子！"章鱼骂道。

"兔崽子不是我。"老头子大笑着说，"懒猪差不多。"

"妈的，约克。我让你看着点，你在那儿打瞌睡。那些小鬼没个轻重，把肚肠打烂怎么办？"

老头看了一眼，那几个家伙挥挥胳膊，弹弹腿，蹦前蹦后，就是不碰对方。他笑了笑。

"这几个厌包，碰也不敢碰，想亲对方屁股都亲不到。哈！"

我也大笑起来。章鱼瞪了我一眼，很恼火的样子，他声音低沉地说：

"叫那两个娘炮下来，你带这个老兄上去，教他点规矩，试试怎么样。"

他大步流星，嘟嘟囔囔地回到办公室。

老头笑着说：

"规矩我教不了，笑话倒是有一堆。"

他慢悠悠地挪着步子，我发现他的罗圈腿比屋外佝偻的树还要严重。

"走吧。"他对我说，"你有运动服吗？"

"有。"我说，"身上穿的就是，老不正经。"

他转过身来，打量着我，然后咯咯笑着说：

"你永远不老，你活不到年纪。"

他走起路来像是卵蛋拖在地上。他走到拳击台下的一个箱子边，拿出一个头盔和一副红手套。

"你用过吗？"

"用过。"我说,"用过个卵。"

他脸一沉,把东西扔给我。

"自己穿上,混球。"

我接过来。我完全不知道带子该系在哪一边。但是我也不是傻子,我按照台上那两个舞蹈演员的打扮,把头盔戴好。老头儿正冲着他们喊:

"小妞,快下来,老头子要心脏病发了。"

两个小鬼哼哼唧唧地走下拳台。他们穿过围绳,气喘吁吁地走到一边,坐在台边一张长凳上,活像两只高压电线上触电的鸽子。他们摘掉头盔,头发很短,剃着迷宫一般的纹路,像两个臭美的士兵。我戴上头盔,握紧拳头,戴上手套,像只包着爪子的猫。

"喂,"老头对我说,"你不脱上衣吗?"

"不。"我摇摇头。反正我整日整夜地穿着它,多穿一次又怎么样。

* * *

"你在干什么,小鬼?"农场的一个老乡看到我把内裤翻了个面穿上,问道。

"没什么,循环使用。"

那是我唯一一条内裤,我没水没肥皂,一条内裤翻过来翻过去,两面过过风,免得臊味冲天。

我戴上手套,用牙勒紧绳子。"现在干吗?"老头走到两只鸽子身边，卸掉他们的护具，一件件地扔进台子下面的破烂箱子。"好嘞。"我对自己说。我转过身，看着镜子里的自己，又看看海报上的壮汉。瘦成这猴样，戴着这么大的手套和头盔，还是红色的，活像个甜菜头。

楚比和那个我在门口撞上的混蛋一起走出办公室。那小子穿着一件金色袍子，罩着脑袋，走起路来一颠一颠，跟蚂蚱拉稀似的。不管是不是拳王，起码装个拳王的样子。他的脖子后面还挂着一块毛巾。

耳环男跟在他后面，拿着苹果手机录像。

他们走到台下，章鱼对老头说：

"约克，我让你把他收拾利索。他妈的，衣服和头盔都反了。"

老头在后面回嘴：

"关我屁事，他不让我收拾，疯狗，小杂种。"

章鱼站在我面前，拿掉我的头盔，把它戴正、系紧。我什么都看不见，像一匹戴了笼头的马。他接着整了整我的手套，打了一个永远解不开的死结。

"你戴护齿了吗？"章鱼问我。

"什么？"

"不要紧。我们点到为止，就是试你一试。但是不要吐舌头，一记重拳，你把舌头咬断了那就不好了，注意点！"

"什么？"

"行了，上去吧。"他拍了拍我的脑袋。

"好嘞，混球。"我对他说，但他没听见，因为耳环男拿着手

机走过来,对他说:

"你不称称他们的体重吗?"

"不用。"章鱼说道,"这家伙跟咱们拳王差不多重。"章鱼走到他的宝贝拳王身边,他正在做俯卧撑、深蹲、练习出拳。

我没走台阶,而是爬上一个角,从绳子下滚进拳台。我站起来,抖抖牛仔裤和衬衫上的白灰,环视一圈。

耳环男像蜜蜂似的飞到各个角度录像。屋里其他人,打梨球的、打沙袋的、做仰卧起坐的和上完厕所出来的,纷纷围到台边。他们的眼神像是在博物馆看玻璃柜里的展品。

章鱼走上台阶,走到台中央,想说点什么,又不知道说什么。

"你别吐,弄脏了我揍你。"

我拿什么吐,我想,肚里也没点存货。

他用手示意疯王。疯王在老头和耳环男的簇拥下一颠一颠地走上拳台,像屁股着火的耗子。老头帮他脱下袍子,取下毛巾,挂在自己脖子上。"嚯,去你的,这一块块腹肌。"这小子结实得像匹赛马,胳膊、脖子和大腿上青筋暴起,粗壮的血管扑通扑通地跳动。他的肩膀上和背上文了一对山羊角[①],喷火的那种。他穿着一条红蓝短裤,短裤边缘绣着金色的"疯王",屁股上绣着"美国拳王"。疯王凶狠地看着我,牙关咬得死死的。

老头在他脸上抹了点凡士林。

耳环男拿着手机走来走去,录个没完。刚录完台上,又录台

---

① 山羊角,墨西哥毒枭对 AK-47 步枪的戏称。

下坐着和走动的观众。疯王穿戴完,再戴上护齿。章鱼示意我们走到台中,把触手搭在我们肩上。他对疯王说:

"冷静,拳王,点到为止,让他多陪我们练一会儿。我不希望上次的倒霉事再次发生。我说停,你就停,不准再动手,明白吗,疯王?"

疯王还在一颠一颠,他点了点头,一声不吭。他至少比我高四分之一。

"哥们儿。"章鱼对我说,"一定要扛住。上帝保佑你!"

我点点头。人生在世,只能点头,打肿脸也要充胖子。

章鱼拍拍我,把我推到边角,开始裁判。

"打起精神,疯王。"他说,"想想我们的目标。"

他向场边示意,老头用一个小锤敲了敲铃,当或叮的一声,像个破罐。

就在这时,疯王怒气冲冲地扑上来,红着眼,一副要把我大卸八块的架势。他牙关紧咬,牙齿和太阳穴似乎随时就要爆炸。这家伙,不宰了我不肯罢休。眼看他再上前一步就要把我撕成碎片,我当机立断,一脚踹进他的档里。"嗷!——"我这一脚直捣黄龙,他立刻蜷缩起来,像秋天的一片枯叶,晃悠悠地从树上飘落。他使劲一吐护齿,护齿飞到场外。他走了两步,然后梦游似的往后倒去,像陨石坠海,掀起阵阵灰尘。

"我操!"章鱼大吼一声,跑到疯王身边,"你干了什么好事!"

"你们又没说不能踢。"我也朝他大吼。

疯王在地上打滚,眼泪汪汪,两眼发白。老头和耳环男跑了

067

上来。拳击台有人冲我喊:

"孬种,他妈的孬——种——"

他们往疯王脸上泼水,把毛巾敷在他的后颈上。章鱼屈起他的腿。他心急如焚,恨不得把手伸进疯王的裤裆里,替他揉搓金贵的卵蛋。慢慢地,疯王脸上有了颜色,从"老子好疼"的红色转为"老子绝后"的蓝色。我在一旁冷冷看着。

"蠢货。"章鱼跪在拳王边上,一面扇着毛巾,一面朝我咆哮,"打拳是用手的,白痴,不是用脚的。白痴,用爪子,不用蹄子。"

"我有什么错。"我说,"又没人告诉我。我不上脚,早被他打死了。"我撂下这句话,转身就走。

"站住。"倒在地上的疯王总算开了口,"你给老子留下,老子劈了你。"他口齿不清,嘴角挂着胆汁。

"省省吧,拳王。"我说,"把卵蛋先找到,我们再比。"

我摘下头盔,扔到台上,准备走人。我受够了,这简直没完没了。我咬住绳子,想把手套解下来,但是章鱼实在系得太紧了。我正咬着绳子,背上突然挨了一拳,背后传来一声咆哮:

"操,狗娘养的,老子宰了你。"

疯王站起来了,还想挥拳揍我。这一拳很重,力气十足,我从没挨过这么重一拳。我肋骨一麻,差点跪倒。我转过身,这家伙魔怔了,穷凶极恶地瞪着我。

章鱼和老头还在地上。疯王要是再揍我一拳,我就嗝屁了。他的下一拳能把我直接送到似真似幻的奇妙国度。这直觉一闪而过。生死面前,人全凭直觉,哪里最受威胁,哪里就怒火全开,拼尽全身气力。因为人无论如何，都要活下去。

疯王发作了，狠狠一拳向我砸来，像一枚原子弹，把空气烧穿，变成一颗火光迸溅的陨石。我下意识地向后一跳，来不及多想，全身细胞像压扁的弹簧，奋力一拳迎上去，不偏不倚地打在手套正中央。

"轰！——"

两只暴怒的拳头以光速迎击、爆炸。我们生死相搏，角斗场上没有明天。电光石火间，我感到他的手腕，一毫米一毫米地，一个细胞一个细胞地，像一根锁链，从最弱的一环开始，节节断裂。他的手腕像气球似的，先是鼓起，又被刺瘪。一块腕骨碎片暴露出来，他的胳膊耷拉下来，像一条被斩筋抽骨的断肢。

我立刻摆出防御姿势，紧盯着疯王，防备他像以前那些家伙一样，拔出一把刀。但他没有，他看着自己的残肢，发出一声划破天际的哀号。宇宙中积累的呼号，总有一天会化作怨恨的雨，砸在我们头上。

没人说话。

一切像是静止了。

没人动一下。

一片死寂。

疯王举起手臂，但是手套、拳头和手腕像一个红色的钟摆，垂挂下来。他额头的青筋暴起，向后摔了下去。

"我操。"恒久的寂静之后，耳环男惊叹一声。他手上还在录像。

突然，世界又开始高速运转。

老头跑到拳王身边,拿下脖子上的毛巾,把他香肠似的前臂包起来。

章鱼双手抱头,号叫着:

"完了,完了。你可把我害苦了。"

围观的人赶上来,把疯王抬下拳击台。

"送医院。"老头慌张地喊道。

他们扛起疯王,穿过绳子,一路狂奔,像是营救一个被公牛顶撞的斗牛士。

耳环男像个傻记者,跟着人群跑。章鱼掏出车钥匙,准备送医院。

我也跟在他们后面,但是一出门,我就向另一个方向跑去。妈的,还说什么夹着尾巴做人,我操。我啐了一口,身后乱成了一锅粥。

他们推推搡搡,挤作一团,叫喊声不断。几个家伙挤了上去,汽车轰鸣着飞出路口。

我向画满涂鸦、野狗横行的高架桥跑去,那几个小子还在迷雾里神魂颠倒。"条子要来了。"我念叨着,用手套一个劲儿砸脑袋,"先暴揍一顿,再绑上火箭,发到另外一个星系去。"离开这里我就死定了,死得干干净净,因为再也见不到她,我的艾琳。如果见不到她,我就死定了,死定了。

不知道为什么,我开始掉眼泪。我不会哭,从来没哭过,但是泪珠一颗颗地落下。我的脑袋仿佛已不是我的,我的眼睛不受自己控制。眼泪滑到嘴里,渗到心里,咸咸的,像海水。我戴着笨重的手套，甚至没法抹泪。在这个操蛋的国度，我是一个漂泊的污点。最痛苦的事莫过于日日见到自己的今生所爱，却无法接近。是的，我想吻她，抱她，把身体交给她，任她占据。

我慢慢走着，很慢很慢，我想让时间停止，用我的步子替代全世界的时针。我需要时间，所剩不多了，条子一来，一切就结束了。痛苦的漩涡将裹挟着我，离爱远去，我将孤独地窒息而亡。

午后的时光在我的脚步里流走，我不知走到了哪里，坐在一张长凳上。眼泪在风中断断续续，我用小臂擦去，长叹一声，咽下苦涩的口水。我眼神呆滞，空洞无神，世界照旧运转，而我已经不在。我被这个世界驱逐了。前面有一栋破旧的房子和一个衰败的花园，几个比跳蚤大不了多少的娃娃在踢球，他们年纪太小，跑起来跌跌撞撞。一人给另一人传球，踢到肚子上，所有人都笑起来。他们不需要其他，互相追逐、奔跑、滚成一团、散成一群，这就够了。我专心地看他们在铅灰的地上翻滚，笑声时而低沉，时而高亢，回荡在没有一丝生机的枯草地上。这又怎么样？有什么关系！生命有时是细微的，无法用手掂量，用眼捕捉，无法扎根在泥土里，开放在花丛中。

我站起来。这又怎么样？有什么关系！只要我全力奔跑，我还有机会在剧毒的诅咒应验之前，找到解药。

我迈着大步前进，甩干泪滴。我跳过灌木，滚过汽车，飞上云端，越过城市高大的围墙。我穿过公园、花园，荡过大树、路灯，匆匆赶到公交站台，等待艾琳下班，等待半夜的那一班公交车把她放在小混混堆里。我要在这里等她，跪着对她说我爱她，想她，不能没有她。艾琳，我的女孩。

"我的乖乖，小兔崽子，你比亲娘还难找。你到哪里去了？上天入地下海都找不到。臭小子，书店怎么回事？怎么搞的！被砸了？"

是那个开白色皮卡的女人。她把车停在公寓台阶对面，车灯亮着。我已经在台阶上等了艾琳好久。

"好了，你是自己跟我走，还是我先揍你一顿，你再和我走？"她像头母驴似的大笑。

"你碰我一下试试。"我用手套指着她，手套还在手上，啃也啃不下来，"虽然你是个老太婆，但我可不会客气。"

"哈！"她发出一声更加尖锐的、怪鸟似的声音，"冷静，年轻人，我开玩笑呢。我能过去吗？我不碰你，一下也不碰。"她走过来，想坐在我旁边，但是我抢先占了台阶，不给她留空。她穿着蓝色喇叭裤、拖鞋和牛仔上衣，头上围着一条大花巾。"你不让我坐地上，我就坐你腿上了。"我还没吭声，她已经坐了上来。"哎哟，你瘦得皮包骨了，小子。"我想把她推下去，但两手像蟹螯一样。"喂。"她说，"你别拿这两个玩意儿碰我奶子。"我停下手，想用胯把她震下去，"喂，小鬼，至少先认识一下，贴贴脸蛋是不是？你这是硬上啊。"我不知所措，只能停下来。她的屁股压着我的腿，背贴着我的胸。"喂，你一个人在这里干什么？"我气不打一处来，不想搭理她。"跟你说话呢！老哥。"她的屁股在我的腿上蹭来蹭去。

"跟你有狗屁关系？"为了不让她动来动去，我不得不回答她。

"呀，小鬼，你别是有喜欢的人了吧！"

我真的恼了。

她感觉到了，语带迟疑地说：

"唉，臭小子，你恋爱了。真想不到，愣小子学会拱白菜了。所以是谁呢？"

她蹦了一下，几百斤赘肉把我淹没。

"我喘不上气了。"我说。

"别傻了。"她说，"爱情让人窒息，但不会窒息而死。"她转过头，我们的鼻子就快贴上。"哟，小鬼。"她皱了皱鼻子，说道，"你一股臭水沟味。"她猛地站起来，整整上衣，提了提裤子。"我叫温多琳。"她把手伸到我面前。

"疯婆子。"我说。

"好歹握个手，小子，完事以后不能草草了事。"她伸着手，"一……二……"我用左手手套轻轻碰了一下。"正中要害，拳王。"她哈哈大笑。然后她定了定神，连珠炮似的发问："一，你是左撇子吗？二，你去打拳是为了不再被人欺负吗？三，为什么你现在还戴着手套？四，你喜欢的女孩叫什么名字？"

"跟你有什么关系！"

她愣了一下。

"这样，我们慢慢聊，我本来想请你吃晚饭，聊一些我很感兴趣的事。不过，现在我想到了一个更好的去处。"

她唾沫四溅，边说话边拍手。说真的，这女人疯得厉害，病入膏肓了。

"我有事！"我生气地打断了她。

"哦？是吗？用屁股加热石头？走吧，小鬼。"她拽着我的胳膊，笑着把我拉起来，"听我说，小屁孩，就算你在等人，也最好先把屁股蛋洗干净。臭成这样，只有跳蚤会来找你。走吧，上车，没事的。"

我心里轰的一声，确实，我应该恶臭不堪。

* * *

老板总是对我说：

"你给我洗个澡吧，毒气弹，巴塔哥尼亚都被你熏晕了。你的臭汗可以通下水道了，哦不，可以当大规模杀伤性武器。"

我犹豫不决，每次有人说没事，最后总会出事。

"走了，傻子，又脏又臭，不走干什么。"她把我拖到马路牙子上，皮卡副驾驶座门边。"哎呀，陛下恕罪。"她说着帮我打开车门，"我忘了你手上戴着这玩意儿，什么都干不了。"

她行了个礼，示意我上车。我坐进车，她用力关上车门。她绕过车头，大灯照在她的肚子上，她个头不高，又矮又胖。她打开车门，上了车。

"够得着踏板吗？"我被她取笑了这么久，反击道。

"喂，讨厌。"她咯咯笑起来，"我喜欢你这样，小鬼，我们越来越熟了。"她发动车子,开到一个红灯处,停了下来,"你喜欢什么音乐,小鬼?"

我扫视一圈,尤其是车后,确定没人跟着。

"'13号大街'。"

她向前探了探身,打开车斗,从杂物堆里掏出一个优盘,按了一个按钮。一个小屏幕突然弹了出来,发出苍蝇飞舞的声音:嗡——。她把优盘插进接口,屏幕亮了。她挑挑选选,找到一张专辑。音箱发出地震和雷鸣般的巨响,我们仿佛身处那几家我远远观望过的高级夜总会,唯独差了彩灯。

"音响还行吧?"

"什么?"我说,我什么都听不到。

"你听不见吗?"她问。

"听不见!"我喊道。

"啊,那好,你个婊子养的,反正你听不到。"

"你才婊子养的!"我回骂道,这回听见了。

我们对视了一会儿,眯缝着眼,像要扑上去咬人似的。然后,我露出了久违的笑,她爆发出一阵大笑,边笑边叫,人仰马翻,几乎断了气。"13号大街"让我们的咽鼓管以每小时六千里的速度狂震。

她在第六大道转弯,向西帕拉蒂尼山驶去。我们路过停满汽车的购物广场,转入高速公路。她突然调低音乐,似乎需要安静思考。这时,她的笑声像是熔岩,从嘴角缓缓倾泻,却仍然热力逼人。

"有一次我去你们书店买书,那个戴眼镜的胖子接待的我,估计是你老板吧。他让你爬上梯子,把斯宾格勒博士的一本书拿下来,就是那本关于边境上几个州城市移民聚落的书。我需要了解你们的语言,当时我正在给《太阳》写一个东西,当然,那时我还在《太阳新闻》工作。你可能不记得了,当时我还有头发,一年到头穿着很修身的衣服。当你把那本大部头拿下来交给我的时候,你不知怎么了,奄奄一息。你的手指碰到我的时候,书差点掉在地上。唉,那时,你跟拔了毛的小鸡似的。接着,那个胖子就骂你了。唉,那时我一本正经,什么都没做。换了现在,我早就抄起书,给那厮包上点颜色了。但是没办法,我这种人,不撞南墙不改脾气。"

车继续行驶着。她说话的这会儿工夫,我想起来了,但那是一个姑娘,完全不是眼前正在开车的这个人。那个姑娘漂亮,看得人心痒;眼前这个女人,像被核桃钳子夹了似的。

"我不记得了。"我最后说道。她看了我一眼,没说话,把音乐调到最响。

我们开上山,在第一个岔路口转弯,开了几里路后减速,通过一个岗哨,车上带有通行芯片。我看得目瞪口呆,这种地方我只在店里的杂志上看到过。

* * *

有几种杂志,老板进得很不甘愿。

"喂,臭小子,你再看《读者文摘》,仅有的那点智商就清空了。"

"那你为什么买?"

"为了把漂亮女顾客的智商清空。"他奸诈地笑起来。

山上的别墅带着灯火通明的花园。一些花园里有躺椅和喷泉,另一些还有儿童玩具和木凳。如果在我老家,这些装饰早被人一锅端,当破烂给卖了。

我们驶到一栋别墅前,门口铺着石子路。几棵大树环抱着房子。一盏路灯照亮小路和屋顶的瓦片。车子停下熄火,音乐停了,屏幕自动收了起来。

"我们到了,小鬼。"她看我没有开门的意思,对我说道,"哎哟,我忘了!"她看到我的手套,大声说道,"你是头驴子,驴蹄干不了人事。"她又大笑起来,"我这就给你开门,陛下。"她压在我身上,胳膊肘顶着我的肚子,另一只手拉了一下门把。"不好意思压到你了,"她说,"我只是想再感受一下。"

"什么!"

"别紧张,小鬼,你不是我的菜,我就是确认一下是不是碰到了。"她发出刺耳的笑声,走下车。

我一跳,蹦到草地上。

"这边走。"她带我走上小路。穿过花园时,她突然换了个话题,随意得就像换鞋,"有时候,我希望有更多时间照顾花花草草。你看,它们都害羞地低着头。花草就像女人:需要爱。这么跟你说,我要是个同性恋,肯定人见人爱,因为我知道女人需要什么。可惜我不是,我一直喜欢带把儿的。"她笑得像抽羊角风。

她打开门,进门是一个宽敞的门厅。她打开灯,巨大的客厅墙上挂满了画,比老板家多得多,比艾琳家也多得多。白墙似乎成了对眼睛的亏待。

"像个博物馆!"我说。

"我跟前夫也这么说。但是那个王八蛋为了报复我抢了他的房子,把房子里的所有破烂,蟑螂什么的,统统留下了。"

"这里有蟑螂?"

她看了我一眼,露出了微笑。

"唉,傻瓜,就是这么一说。有时候你说话用词很特别,让我觉得你没那么笨,有时候你又那么傻。"

她打开了所有灯。这座房子就是个博物馆,不仅大,而且到处都是东西:这边是几个玻璃柜,那儿有几幅画,几张木头雕花的桌子像是古董。最里面摆着一张配十二把椅子的长桌,旁边的一个大房间里有四张像床一样大的椅子,边上是一台三角钢琴,再往右有一个镶金边的玻璃柜,里面放着水晶雕像,下面是一个美人鱼雕像。

屋子另一头是一个大厨房,炉灶在中间。我管它叫炉灶,可是只有一块黑色玻璃,画着几个圆圈,上面是个油烟机,还挂着不少炒锅、汤锅和炒勺。左边有一个吧台和两张高脚椅。最里面,半透明的薄纱窗帘后面,还有一个明亮的花园和游泳池似的水池。疯婆子走到厨房的一个抽屉边上。

"现在,小鬼,求上帝保佑吧。我要动真格的了。"她拿起一把小刀,直直地看着我,向我走来,然后大声嚷着,"你别跑啊,跟你开玩笑的，我给你摘手套。"

我已经跑到门口，但是门怎么都打不开。我犹豫不决，大腿告诉我得赶紧逃。夹着尾巴，我从记事起就不断对自己这么说。可是没办法，两只手已经麻了，应该已经紫了，我慢慢走过去，在她面前抬起胳膊。听天由命。我想。

疯婆子看着我。

"你跑得对，但是今天不需要。"

她把刀尖插进手套系绳之间，用力一割，绳子断了。她把刀放在一张小桌上，帮我摘手套。我的手指已经没了知觉。

"这块乌青是怎么回事？"她看着我的手，问道。

"没事，下手重了点。"

她搓着我西红柿似的、麻木的手指，温暖的感觉包裹着我，手指一点点地复苏。

"你真逗。"她半开玩笑道，"像从没被人搭过手似的。"

我不知道往哪儿看，直直看着地，像只蟑螂。她不停地揉搓，我的手又变得灵活起来。

"来。"她拉着我的手，把我带到一个宽敞的走廊，她打开一扇门。

灯自动亮了，这是一个巨大的卫生间。墙上一整面镜子显得房间格外大。洗脸池下面有一个大柜子，玻璃柜门里放着白色的毛巾。两个金属玻璃托架上摆着装饰品。贝壳花纹的马桶上是木制的座圈。左边是淋浴间，有一个玻璃推门。淋浴间对面挂着一组小鱼浮雕。卫生间当中有一个白色蓝边的圆形浴缸，可以塞得下三头驴和三头母牛，挤一挤，再加三只下蛋的母鸡也没问题。浴缸上方有一个支架，上面挂着一块和我一样长的电视屏幕。

"在冲浪浴缸里泡澡是我唯一平静的时刻。"她说，"人一进去，世界就消失了，只剩下自己。"

她走到浴缸边缘的几个按钮边，按下按钮，浴缸开始蓄水。几秒之后，水汽升起，几个出水口流出热水。

"把衣服脱了吧，我给你再找几件。你身上的可以扔了，臭得不行。"

她走出卫生间，我有些不知所措。

浴缸里水花作响，升起一团团水汽。我看着两只手，因为在手套里闷了太久，它们变得皱巴巴的，还有一股塑料和皮革的霉味，像母骡的皮子，散发着孤苦无后的悲惨气息。

"你还没脱衣服吧，小鬼？"疯婆子抱着一堆衣服，放在洗脸池边。"我看看，小子，跟个娃娃似的！"她说。

这下该往哪里跑？我哆哆嗦嗦。如果我扎进浴缸里的泡沫海洋，或许能从下水管逃走，或者在水滴上跳跃，然后摔个粉碎。她把手放到我腰间，帮我解开腰带，一颗一颗地解开衬衫扣子。血迹、汗水和泥土抖落下来。衬衫滑过我的肩膀，掉在地上。

"你真逗，别哆嗦了，没事的。"她的手滑过我嶙峋的肋骨，抚摸着，我哆嗦得更加厉害，直起鸡皮疙瘩，"我以为你会有拉丁帮、城市组或者兄弟会什么的刺青，但是你身上比我的脑袋还要光。只有这些疤，像是晒伤。"

　　　　　　＊　　＊　　＊

确实,我从来没想往身上刺个什么东西。我只有这些在沙漠留下的伤痕。我觉得自己和别人不一样,我常常异想天开,比如在树叶上跳跃,在树丛里隐蔽。

"娘炮的玩意儿。"一个傻子老兄嘲笑我。当时我还在墨西哥,被教母赶出家门,混迹在大桥下,整天在街头游荡。

"有种再说一遍,我让你一辈子不用看大夫。"我说。

"我说你是个娘炮,满脑子都是娘们儿唧唧的玩意儿。"他说道。我怒不可遏,骂道:

"我操你妈。"

他拔出一把锋利的刀,带弹簧和沟槽的那种,像给猪剃毛的刀。我手无寸铁,被一群老兄围在中间,这些人不见血是不会罢休的。

"干!"他们喊起来。

"你把刀收起来,我们痛痛快快干一架,否则我不奉陪。"我对他说。

他没来得及收刀,已经被我出拳砸烂了鼻子。

他向我冲来,作势要拿刀捅我。我右手一个假动作,猛踹他的腿,他像个羽毛球似的腾空,然后砰一声扑倒在地。倒地前,这个白痴没把手上的刀子给扔了,反把自己捅了。

我看着他肚皮朝下,摔了个狗吃屎。我把他翻过身,他两只眼睛瞪着我,但是没过多久,他的小命就从扎破的肚肠里漏走了。

081

他血流如注，我试着给他止血，被溅了一身。我俩是隔了一条街的老乡，可有时犯傻的往往就是老乡。过了一会儿，他眼神空了，满是刺青的肚皮变得又白又软。

"快逃，混蛋。"其他弟兄们对我说。

"不跑就完了。"

我没命地逃，跑过一个个路灯、一座座大桥。双手满是鲜血。

突然，一阵冷战传遍我浑身上下，我又起了一身鸡皮疙瘩。我回过神来。疯婆子已经抽出了我的腰带，扔在衬衫边上。

"把鞋子脱了，要不裤子脱不下来。"

我摇摇晃晃地脱掉鞋子。她的两只手放在我的胯上，一下把裤子脱到底。我赤身裸体地站在她面前。

"我的妈！"她大叫一声，"哎哟，吓死我了，一条大蛇。"她笑着说，"真是个惊喜，大小伙子。"

这时，我的肚子叫了起来。我一天什么也没吃，上一顿还是昨天的薯片和水。听见我肚子叫，陷入沉思的疯婆子回过神来，她突然脸红了，迟疑了一下，立刻站了起来。

"好了，老兄。"她说道，"去洗吧。"

她拍了拍我的屁股，把我推到浴缸边。我猛地沉入水里，屏着呼吸。

我不想出来。这就是海。我不知道海是什么样子，我没去过，只在书上见过。一片蔚蓝，水声大作，像是阳光的呓语。每当浪花退去，海鸥在沙滩上成群地落脚。

书里的大海是什么气味？

我从水里出来的时候，疯婆子已经不在了。水面浮着许多泡沫。浴缸边的架子上有搓澡巾和刷子。我躺在浴缸里，静得像躺在坟墓中，像掉光了花瓣、无法随风摆动的花朵。泡沫包裹着我。

我的头枕着靠背，浴缸上方有一扇天窗。

没有星星，天空蓝莹莹的一片。但我知道星星就在那儿，恒星束缚着行星，桀骜而骚动地组成一个个星座。是的，宇宙真是个奇迹，每个角落都自成一个世界，阳光都能孕育出雨露。既然地球上无所不有，为什么那个满脸麻子的作家要找地球外面的东西？

肚子又开始咕咕叫，我按着肚皮，忍住了。

手指变得更皱了，我赶紧洗起来。我拿起刷子用力地刷，像在刷一条狗。我使劲地搓，磨平老茧，双手也不再像砂纸一样粗糙。浑身上下，一处不落，特别是身体里的淤泥。这藏污纳垢的灵魂。

搓完之后，我重新沉入水中，然后走出浴缸，用毛巾把自己擦干。我从衣服堆里拿了一条运动裤和一件写着"我爱纽约"的短袖。我拿起腰带，把它系好。这条腰带是我身体的一部分，我的命根子，里面有章鱼给的六十美元、健身馆的地址、阿巴古克先生写的药名，最里面是母亲的吊坠。他们说，她去世的时候，就戴着这个吊坠。

我把旧牛仔裤和衬衫卷起来，夹在腋下，拿着鞋，走出卫生间。

疯婆子不见了。灯还亮着，我穿过走廊，走到博物馆。她不在客厅，不在餐厅，厨房里也没人。她不在屋里，可能跑到游泳池疯去了,像下三烂的小说写的那样,抽着烟,或是抱着腿,凝视水面,又或是举杯痛饮,在杯中斟上几升的乡愁。

我走出去,可她不在那儿。泳池里铺满落叶,杂草比我的手毛还长。我跑到大门口,打开门,发现车子还在。我回到客厅,喊道:

"疯婆子,疯婆子!"

屋里传来古怪的笑声。

"过来!"她说。

"在哪儿?"

"这边,傻瓜。"

我回到卫生间外的走廊,走廊尽头是一盆鲜花。我转弯看到一扇对门。门里还有一个大房间,灯光昏暗,中间是一张大床,浴缸里的三头驴、三头母牛和三只母鸡全部躺下都没问题,而且绰绰有余。

房门对面是两扇大落地窗,窗外就是花园和游泳池。疯婆子坐在一张书桌边,面前有一台笔记本电脑和一摞纸。她转过椅子,看着我。

她身后的墙上挂着一块软木板,板上钉着许多卡片、便签、报纸和照片,以及其他不知什么东西。

她边上有一个梳妆台,上面有很多顶假发。

"你刚才在院子里干什么?"她问我。我没有回答。她眯缝着眼,说道:"我前夫的衣服给你正合适。"

我走过去,惊讶地看着几个圆球上的假发。

"这什么玩意儿？"

"有时候我工作需要，但是你好像没在听我说话。"她微微一笑，"大家都叫我'W姐'，不要叫我疯婆子，我没那么疯，也没那么老，好吧？我最多大你十五岁。"

这时，她看见我腋下的衣服和手上的靴子。

"这不要了，用不到了。"她夺过衣服，嘟囔着走出房间，"都得烧了，扔到壁炉里，加点福尔马林，上面的小虫才杀得死。不过我会给你洗的，说不定以后还用得到，反正在这里……"

她越走越远，声音越来越小。

这个房间是象牙色的。房间很宽敞，天花板上挂着两个风扇。一面墙上挂着一台电视，比卫生间的还要大。木地板铺着几块厚实的地毯。我沿着房间边缘，走到一扇门前，打开门，是一个更衣室。我关上门，走到落地窗边，在这儿可以俯瞰这座城市。我们在一座小山上，城里黄白的灯光像星辰闪烁，大楼顶上的红色灯光像脉搏跳动，一明一暗。近处的一片漆黑应该是山上的树林，那里没有路灯，只有星星点点的汽车沿着公路行驶。

"喜欢吗？"疯婆子的声音从背后传来。

"什么？"我背对着问她。

"山谷的景色。你喜欢吗？"

我耸耸肩，没说话。有时我们除了阴影，什么都看不见。

"你相信上帝吗？"我脱口而出。

她沉默了，我看着她在玻璃里的影子，她踱了几圈，回到电脑桌旁坐下。我看着窗外，一架飞机飞过，像是抓着一只萤火虫的大鸟。应该是往机场去的。我没坐过飞机,有一次,我读到一本关于环球旅行的书,想象着从云上看大地是什么景象,可我能想到的只有摆满蓄水箱的屋顶和烟尘飞扬、雨打风吹的晾衣场。

"来,小子,我给你看个东西。"

我把视线从地平线上移开,走到她旁边。

"你是个英雄。"我走到她身边时,她对我说。

"什么?"我一头雾水地说。

她站起来,拿来一张凳子,让我坐在她边上。

"那天你在书店外的公交车站挨打的时候,我正巧就在边上。我身体不太舒服,医生给我的药不太管用。你肯定没注意到我,因为我戴着墨镜。我就停在边上,因为最近的糟心事一把鼻涕一把眼泪,不过这是另外一件事了。我看见你从书店出来,丢了魂儿似的,站在人行道上发呆,几乎窒息的样子。然后,你穿过马路,车里的人又是按喇叭,又是大声咒骂,把你祖宗十八代都骂遍了,你也不理会,像是铁了心要横在路上似的。于是我拿出手机录像,纯属职业本能,当时我是《太阳》的记者,现在我在《时事新闻》干活。这是另外一个更长的故事。后来你坐在长凳上,我正准备收手机,你的身后突然来了一群人,二话没说,那群杂碎就把你打了。我赶紧下车录像,录下你被围攻的样子。全程我都录下来了,你一声没吭,什么都没说。你信吗?被揍成那样,一声没吭。我没想到有人被打成那样还能熬得住。你没吭声,也没哼哼,像钢做的,石头做的,不知什么材料做的。看到你,我想到了许多事。后来,我想带你去看医生,但你叫我滚,你记得吗?我回到家，当天下午就写下这件事，通过自由撰稿渠道，把视频传到《时事新闻》的视频网站上。我以前写过关于移民、移民权利的，还有七七八八很多文章来支持移民法，但一直没有出彩的。应该说，我的文章太平淡了，只有数据和评论。但是这个视频太棒了，从来没有过。你看。"

她指了指电脑屏幕。我还是一头雾水，看看她，看看屏幕。

"你看这个数字。"她的眼睛突然亮了一下，"不到四天，一百七十万的访问量。你相信吗？脸书、推特上都传疯了，全世界都在讨论这个话题，各种意见都有。昨天哥伦比亚广播公司有一个关于移民政策改革和公民权的特别节目，新闻背景就是这个视频。昨晚有线电视新闻网联系我，和我约稿，他们想要你的独家采访。现在这个话题特别火，所有人都想知道你是谁，你从哪里来。你能帮助上百万的人。你相信吗？你明白吗？你知道这事多重要吗？你出名了！你是个英雄！我能采访你吗？"

我什么都听不懂，这个贱人的话我一个字都听不懂，我只知道是她把视频传上网的，我一下子站起来，像屁股上着了火。我说不出话来，言语被抛到脑后，我只能瞪着眼对她大吼。我所看到的、听到的让我猛然醒悟，我被利用了，被背叛了，被人耍了。

"我操你妈！"我大吼一声。

下山的路一片漆黑，像蛇一样弯曲，只有零星的车灯。微弱的光线下，我像一只惊慌的兔子，一只寻找光亮的傻猫。石子硌着我的脚，因为我光脚就从那个疯婆子家里跑了出来。寒意从脚底渗到脊梁骨,像针刺着我的神经。远处,城市灯火通明,点点灯光勾勒出高楼大厦的轮廓。楼顶的红色警示灯不停闪烁,就在刚才,我还以为那是引路的灯塔。现在看来,那是钉在夜空里阴森的眼睛。"操!"我一路走,一路骂,疾风暴雨地咒骂,脚下的路像是永远走不完。"蠢货,贱人。"我骂道,"所有人都想利用你,王八蛋。"我喋喋不休,"所有人。"我踩在寒夜的刀刃上,跟跟跄跄。

*   *   *

游过布拉沃河以后,当我双膝跪倒在高速公路,眼看唯一一辆汽车在热浪中扬长而去,我已经一丝不挂。热流从内脏涌出毛孔,一路上,我边脱边扔。太阳晒得身上起泡,一个比一个大。求生的希望渺茫,我趴在地上,垂死等待秃鹫来啄我的肉,被晒成黄沙中的一具残骸。"操你妈的。"我骂了一句,因为我感到死亡炽热的重量压在我赤裸的肩头,压在我被煅烧的皮囊上。我骂了一遍又一遍,在公路上炙烤着,像个被揭了壳的乌龟,双臂张开,呈十字状,静静呼吸更少的空气,更多的尘土。"我操……"

睁开眼睛的时候,我在一辆卡车上,像是在另一个世界。一群老墨围着我看。

"真是奇迹,他还活着。"一个人大声地喊起来,他正拿着个小水壶对着我的嘴唇。我的嘴唇已经干得又青又肿。

"别,别喝这么急。"他把水壶从我因绝望而颤抖的手中夺下,"一口气喝完你会死的。小口喝,一点点喝。"

"唉，老兄，你真是命大。"另一个人说。

"你会全身疼，疼好久，但是你活下来了。这是上帝和我们的瓜达卢佩圣母的神迹。"

"也是我们的。我们正巧经过。"另一人说。

"我们看到你趴在地上。"

"我们停下来，用棍子捅了你几下，看你是不是还活着。你像条蛇那样摆了摆手，我们就把你抬上了车。"

"唉，真他妈是个奇迹，小伙子。你不知道那里有多少死人，都是像你这样的小伙，迷路了出不来的。"

"简直是死而复生，鬼门关里走了一圈。"

"荒野中的奇迹。"

我的下半身盖着一条短裤，皮肤像被撕裂了似的。

"老兄。"拿水壶的人对我说，"我们可以把你送到美国佬的检查站，那些混球能给你治伤，但是会把你送回那个鬼地方。或者，你跟我们走，我们看情况，一起混口饭吃。你决定，老兄，要么和我们一起死，要么回家死。"

从女记者家里出来后，没有毒辣的阳光，只有黑夜和下山的路。我觉得自己被她侮辱、背叛了。我痛心地发现，任何对你伸出援手的人，最后都会捅你一刀。这一刀比陌生人的一刀更疼，背叛总是来自亲近的人。叛徒会被打入地狱最底层，被吊着脖子，直到舌头外吐，断气而亡。

下山的路很长，我怒气冲冲地走着，石块扎着我的老茧。我想念我的女孩，艾琳应该下班了。我还来得及赶到公交站台等她下车吗？我不知道，或许我该看一看星星，找寻方向，确定时间。但是，我的命运从来不在天上。

一队警察正在巡逻。他们飞快经过我身边，我甚至和他们双眼对视了一下。

我听到一阵刹车声，他们在二三十米后停了下来。

他妈的，他们看见我了，来抓我了。千万不要跑，老乡告诫过我。但是现在，去你妈的，跑，不然明天就要吃牢饭了。

我没敢沿着马路跑。我像是遭遇狮子的羚羊，猛地一跃，蹿进树林里。

抓我没那么容易，畜生。

他们会用套牲口的绳子，把我从最高的树顶上拽下来。

我赤着脚，石头和植物联手蹂躏着我的脚。脚底又潮湿又刺痒。树林越来越茂密，在这没有月光的黑夜里，像是队伍愈发壮大的黑衣士兵。

我蹚过一条小溪，污泥沾满了双脚。我身后，巡逻队红蓝变换的警灯打在树上，两盏大灯照亮我逃窜的方向。

我逃到一座石头山边，沿着峭壁往上爬。我喘得厉害。慢慢呼吸，不要慌，像没事一样，享受空气。再想想艾琳。

我爬到山顶，从另一个坡下山，逃到一块洼地上。巡逻队的灯光模糊了，厚实的枝杈像一道墙，挡住光线，把我隐藏起来，仿佛我是众多树木中的其中一棵。

我沿着一条像是山地车道的小路走着。

走过几百米潮湿的山路之后,我的脚趾缝里塞满石子,仿佛几条小小的矿脉。

突然,我看见一架亮着红灯的直升机从城里飞来,不一会儿,螺旋桨和涡轮的响声从我头顶呼啸而过。飞机向树林最深处飞去。直升机的探照灯像是发光的巨大锁眼,轻易地撬开了黑夜。

这些畜生疯了,居然动用直升机抓我。

我没命地逃,逃出越远越好。我连滚带爬,跑过一个山坡。树枝在我身上抽打。

滚着滚着,我栽进一个土坑。猛烈的撞击让我有些发蒙,但我迅速翻身出来,顾不上鼻青脸肿。

又跑了一会儿,我躲进左边的树林。直升机不见了,螺旋桨的噪声也听不见了。我站起来继续逃。我要尽快跑进城里,进了城,他们就找不到我了。

* * *

有一次,老板对我说:

"臭小子,如果移民局的人来了,你给我立马消失,随便藏到哪儿去。楼上有个阁楼,没人上去,堆杂物用的。你给我滚上楼,老老实实猫起来,一声别吭。要是被抓了,我们俩都要吃牢饭。听懂了吗?你个非法移民。"

就是那一次,他想到了晚上可以让我替他看店。

我穿过树丛,走到一个进城的路口,那有一家埃索加油站。

天快亮了，露水氤氲开来，空中漫着一层薄雾。我的两条腿沾满泥水、石子和树叶，我成了名副其实的肮脏鬼。

双向车道上一辆车都没有。我溜到公路对面，向左转，避开加油站，那儿有好几辆车在排队，还有一家7-11便利店。

我走到一座画满涂鸦的桥边，穿过桥下，潜入郊区。

一排路灯整齐地出现在眼前。

双脚火辣辣地疼，但这算个屁。远处有两三个夜游的混混，像萤火虫在夜里一闪而过。我们这种人在城里是透明的，所以我一进城，警察就找不到我了。一个穿风衣的家伙和我擦肩而过，既没看见我，也没听见我，像在赶时间。他快走两步，消失了。

街角有两个小子蹲在墙根底下，抽着大麻。我走过去，他们看了我一眼。

"嘿，老哥，扑哧扑哧，啪啦啪啦。"

我看也不看地走开了。远处就是购物广场，应该离城里不远了，几公里的事。我直走绕过停车场，免得被警察看到，又要逃命。

我继续向前，转进右边第三条街，往市中心走去。

摩天大楼像在空中作画的蜡笔。玻璃幕墙反射着我的身影。几栋大楼前面是源源不断的灯光喷泉，这些喷泉一天工作四十八个小时，像大厦脚底涌出的鲜血。

今天有点冷清，路上没什么人。车流穿梭，在十字路口交汇，又迅速分开。

我饥肠辘辘，饿得前胸贴后背。我像一只惊恐的老鼠，钻进了一家7-11。店员盯着我，准备随时抓个现行。我拿了可乐、金枪鱼罐头、饼干和薯片。我从腰带里拿出一张二十的钞票，付了十三块三毛。还剩四十六块七毛钱。我把钱藏好，走出超市。我等不及走到角落，就打开可乐，猛灌两口，再打开罐头和饼干，狼吞虎咽地吃起来，还没走到第一个红绿灯就把金枪鱼消灭了。去书店的路上，我拆开薯片，用最后一口可口可乐漱了漱口，把罐子压扁，装进疯婆子借给我的裤子口袋里。

* * *

在墨西哥，我常收易拉罐卖废铁。一斤五个子，一斤就是一大堆，因为罐子不压秤。我背一麻袋的易拉罐去，差不多三十比索，那一天就饿不死。那时，我在腰带里缝了个小口袋，用一块皮子，拿小刀割一个洞，用别针别上。身上就是全部家底，再没别的。腰带我从来不解，中暑晒晕了也不解。

"我跟你们混。"我觉得稍微舒服了些，对那个老墨说道。于是我开始了我的苦力生涯。我们摘棉花，摘得双手跟锈了似的。我们在一个小农场，因为大农场都用机器，效率能顶十匹马、一百个人或者一千条狗。那个小农场只需要不到十个人。我在几个熟练工手下干活，他们不知多大年纪，脸上都是皱纹，而且只说英语，我屁都听不懂。他们对我说什么只能靠比画。

"我叫佩佩。"卡车上认识的那个老墨对我说，就是那个拿水壶给我喂水，后来又请我加入他们的人，"但是绝对不要叫我小佩，我会呸你一脸。"

所有人都笑起来，快到午饭时间了。他们大部分人之前不认识,但是因为都是特特拉[①]老乡,后来就熟悉了,因为同样的习惯聚在一起,就像一家人,一块混口饭吃。

"这活儿也没有那么操蛋,毕竟是付绿票子的。不过,老兄,"佩佩说,"一毛一分你都得存起来,这样回去或者换工作的时候才有点名堂。这儿东西贵得很,不管你挣多少,花得更多。存下来才有点意思。比如说我,我把钱寄给我老婆孩子,供他们租房、吃饭,我老家那儿穷得叮当响,西北风都喝不着。所以只要没花销,这个活计还是不错的。偶尔想要调剂一下、透透气的话,我们也会去城里,找个地方敞开来喝。不过要小心移民局的,被他们抓到就是被一路踹回老家。在城里找点乐子,醉一场,然后继续干活。只有拉蒙不和我们一块,就是那个摘棉花的时候老带着一个酒壶,时不时喼一口保持清醒的家伙。摘棉花很热,被刺了就像是被猫挠了似的,手指又疼又痒。是不是,拉蒙?"

一个头发斑白的家伙瞥了一眼正在揪棉花的我,比了个中指,然后掏出酒壶,抿了一小口,像是不愿一口享尽新婚妻子的芳泽。

我走到书店后的巷子,准备从便门溜进去。突然,我觉得情况不妙,门缝中透着灯光,塞门缝的那本狗屁诗集也不见了。我悄悄推门,门一动不动,关得死死的。

我把耳朵贴在门上,但是什么也听不见。我又推了推门,门还是纹丝不动。去你的。我暗暗叫苦。一定出了什么事。我像一

---

① 特特拉,位于墨西哥中南部的普埃布拉州。

道黑影，偷偷摸摸地溜到街角。没有人，店门口一辆车都没有。书店仍然围着警戒线。我把脑袋钻进一扇破窗户，发现光线是从仓库最里面发出来的。屋里似乎没有人，但是肯定有人发现了便门，留了一盏灯。

现在怎么办？

两脚疼得厉害，像被拔去了趾甲。我可不想再沿着水管爬到书店屋顶。

街道空空荡荡，没有一辆车，信号灯自顾自跳到了黄色。我溜到马路对面，走到艾琳的公寓楼下。我走上石阶，台子上有个小坑，我像条狗似的瘫下来，靠着墙壁。直到这时，我才感到一阵凉意，我蜷起身子。天亮了我再走。我心想。

马路对面，几块木板还挂在书店的破橱窗上。一直好好的，怎么一夜之间就全毁了。我无法理解，完满与毁灭竟然如此之近。

到底是哪儿出了问题？

当时，我快乐地看着她独自一人从门前走过，乘公交车上下班。虽然远远地无法触及，虽然她像一道光，我无论如何追赶都无法企及，但我还是快乐的。在书架上摆放图书的时候，我也是快乐的。现在回想起来，当强撑眼皮、掠过书上密密麻麻的一行行小字、偶尔有所领悟的时候，我也是快乐的。我把书偷偷拿上阁楼，每天早上看似原封不动地拿下来时，我也是快乐的。

还有老板的周日派对，我总是陷入龙舌兰酒的醉乡和文字游戏的圈套。

＊　　＊　　＊

　　"小乡巴佬,过来,我给你讲个笑话。你知道为什么老二是个很有教养的绅士?不知道?因为他总是站起身,让女士们坐下。咻,咻,咻。干杯!"

　　混球老板现在在哪儿?
　　我的眼皮像百叶窗似的降下来。天一亮我就走。我不知道去哪儿,或许往北,芝加哥或者纽约,越远越好,绕地球一圈也行。我要逃离这混账的世界和这无休止的晦气。我得逃到北极,或许吧。可是一本书上说,倒霉蛋哪怕逃到天涯海角,晦气都会跟在脚后、尾巴、脑后和背后。

* * *

一天下午,我们领到工钱后,像一群蛤蟆往城里赶去。我们去看墨西哥队和美国队的球赛。佩佩、拉蒙、吉瓦罗、皮奥林、阿里努克、长毛托妞——他本来叫托尼奥,但是因为毛太多,多得看不见皮肤,我们都叫他长毛托妞——和我坐上佩佩的卡车,向城里进发。

他们去喝酒看球,我去喝可乐,因为我一喝酒就头疼,像有人用锤子砸我的脑袋。

我们开到87号大街附近的一家破破烂烂的酒吧,下了车。

酒吧破旧不堪,只有几盏彩灯还像个样子,灯上写着"营业中"。

酒吧门口铺着美国和墨西哥的国旗。外面比屋里亮堂。里面只有几张木头桌子、椅子和一个屏幕。酒吧看着不算肮脏,就是充斥着一股酒味和汗臭。招待是一个老头,胳膊上的文身皱得已经看不清了。

我们坐在仅剩的几个位子上,因为店里挤满了老墨。毕竟,想喝一顿便宜酒,没有比这儿更好的去处了,何况还有墨西哥队和美国佬的比赛。

比赛开始。佩佩要了第一轮酒，黑啤，整桶。我们要好好犒劳自己。

我想起第一次去农场的时候，是三个人把我从卡车上搬下来的。他们把我运进一间棚屋。

他们把浸过冷水的布敷在我的后背、肩膀、大腿和脑袋上。我一动不动地躺在一块木板上。每次我醒来，一个小伙子就给我打抗生素，避免伤口感染。

"太阳，"那小子一边准备屁股针，一边对我说，"既能创造生命，也能夺走生命。"

他们买了生理盐水，让我喝，给我打点滴。就这样，那个又脏又破的屋子，对我来说，是地球上最慷慨的国度。

几周以后，我能站起来了。背上的伤疤也不那么明显，只留下了褶皱的皮肤和一块块深色疤痕，像几滴蜂蜜滑过后颈，直至尾骨。一个家伙替我抹芦荟，另一个把柠檬水挤到贝壳里，他说："这可以除疤，老兄，不然你就成蜥蜴了，没有毛孔，只剩下鳞片。你都快熟了，老兄。"

第五周的时候，我痊愈了，似乎做了一场梦。我丢掉扫帚棍做的拐杖，走来走去。我开始和他们一起上工，成了大家庭的一员。最初搬搬东西，打打下手，过了两周，我加入了他们摘棉的工作。

在酒吧里，我们已经喝了好几轮，可乐喝得我直打嗝。他们笑话我娘炮，喝不了啤酒。我笑着认了这个屌，看着他们每灌一口就眼歪嘴斜的模样。我们站着听完墨西哥和美国的国歌，比赛正式开始了。

"墨西哥万岁，混蛋！"酒吧另一头，一张坐满老墨的桌上有人大吼一声。

球赛开场四平八稳。正无聊的时候，墨西哥的一个任意球打在横梁上反弹回来，眼看要弹到美国队的一个后卫身上，墨西哥队的一个家伙抢先一脚，球进了。

"好球！——"全场欢呼。

"好球！——"解说大喊一声。

全场沸腾。

"好球！好球！"佩佩大喊。

拉蒙自顾自喝着酒。

"好球！1比0。"皮奥林叫着，"这是一场复仇之战，喝喝喝！"

"再来一桶。"

又来了一桶啤酒。

比赛中场休息。

"再来一桶，今晚真快活。"吉瓦罗快唱上了。

下半场开始，场上局势混乱了许多。一个美国佬从右路进攻，一脚稳稳地传给左路。

"他们从不单干，不逞英雄。他们追求的是结果。"拉蒙评论道。

左路的美国佬一个传中，球飞到禁区，守门员一跳，但是美国佬先碰到，一个头球，妈的，皮球掉进网底。

"我操，进了！"我们身后的一个美国佬呐喊着，"美国必胜！"

"必胜个屁，还早呢。"长毛托妞说。

两分钟以后,美国队10号接到传球,中路突破,再传左路,左路回传,10号一个脚后跟传球,身后一个中卫迅速前插,一脚大力抽射。

足球像一枚火箭画出一道弧线。

守门员一跳,像蛤蟆似的往侧面一扑,但是他的蛤蟆腿没劲儿,皮球直挂球门左上角,像一颗火球,一颗该死的流星。

"去他妈的。"皮奥林骂道。

"没事。"长毛托妞说,"还有时间。"

比赛还剩下十几分钟。

"美国队反超。"解说员说道。

"墨西哥踢得不寻常,输得很寻常。"拉蒙说道。

"加油!小伙子们!加油!2比1没什么!"

之后,局面急转直下。墨西哥队失去了斗志,溃不成军。

"他妈的窝囊废。"隔壁桌的一个老墨大骂一声。

墨西哥队再也没有像样的进攻和防守,正在前压的时候被一个美国佬中场夺球。他单刀直入,朝守门员奔去。

"去死吧。"佩佩咬牙切齿地说。

那个美国佬猛地一扭腰,晃过守门员,他一个跟跄,美国佬起脚蓄势待发,只见守门员一记重拳挥进了美国佬的裆里。

"进了。"拉蒙说道,他的眼睛比兔子眼睛还红,"踢不过就玩阴的。凭他再强壮,卵蛋总是软的。"

美国佬跪倒在地,痛苦地摔在草坪上。他们不太擅长假摔,演夸张的戏码。他是真的疼得直打滚,就像是有人在他的卵蛋上刺青。

裁判吹了哨，跑到墨西哥队的守门员面前，让他站起来。守门员站起来，裁判掏出一张红牌，直接罚下。

"王八蛋！——"大部分老墨们吼道。

"畜生，婊子养的。"

"没办法。"解说员说道，"红牌罚下。"

"杂种。"佩佩骂了一句。

我起身去小便。我对着马桶里的水，边尿边画"S"形。马桶里有一段吉事果①，像一艘悬浮的核潜艇，我要摧毁它。我就要把它一截两段的时候，外面传来一阵喧闹声。

"操你妈。"有人喊着。

"畜生！"

"杂碎！"

身后是雷鸣般的巨响，一浪接着一浪，从前门拍到后门。

"移民局的，王八蛋！"

"快跑，兔崽子。"人们慌乱地奔逃，而我还在把玩手上的鸟儿。

"小伙。"睡梦中我听见有人喊我，我把脸埋进手臂。我不想醒来，不想睁眼。眼皮重得像水泥。"喂，醒醒，我要迟到了！"

是她的声音，我猛地清醒，睁开了眼。

艾琳光彩照人地蹲在我身边，手上拿着一个瓷杯子和一个小

---

① 吉事果，面制甜食，呈条状，油炸而成。

盘子。

"拿着，量不多，但是……"她说到一半停住了。

我慌张得不知所措，更别提大颗的眼屎像虫子一样挂在眼角。我如临大敌似的往墙根靠了靠，用手擦掉眼屎。

"拿着，小伙，我要迟到了，拿着吧。"

她褐色的大眼睛望着我，像蜜一样，泛着绿色，透出黄、蓝、灰和黑。还有那完美无瑕的鼻子。她扎着惯常的辫子，系着紫色的头绳，露出了耳后的文身。她戴着金色的贪睡鸟①耳钉，鸟嘴泛着光泽，打磨得很精细。

我的手哆哆嗦嗦地接过盘子和杯子。

"本来不想叫醒你。但是我要出门了，去上班，你知道的。"

我看了看周围，试图挣脱她的吸引力。天空渐渐变蓝，应该是六点左右，或者更早一点。

"你的鞋呢？"她站起身对我说。我耸耸肩。"唉，小伙，每次见到你都比上次更糟。"她笑了笑。她第一次为了我笑，她此刻的模样将会永远留在我的眼里，这是我人生中最重要的一刻。她的微笑是最美的灾难。"我去去就回。"她走下台阶。她穿着黑色紧身裤、灰色运动T恤和运动鞋。

"我爱你。"我说出了口？还是脑中的想法？

"什么？"她停下脚步，问道。

"谢谢。"我不情愿地改口，声音很低很低，像一句浅浅的耳

---

① 贪睡鸟，即霸鹟，小型的雀形目鸟类，广泛分布于美洲。

语、干瘪的叹息。妈的,谢谢。她没说话,走下台阶,快步走远,路上几辆汽车对她鸣着喇叭。一阵刺骨的凉意袭遍我的全身,清晨的露水沾湿了石阶,附着在灰色的石块和我的头发、皮肤,还有长满水泡的脚上。青红的晨光照在我身上,我满身树叶和划痕,到处都是草和淤青,脚趾缝里嵌满泥土。头发上又是灰尘又是油污,额头上似乎还挂着几个带刺的种子。

蠢蛋,我跟艾琳说了什么?艾琳!艾琳!

杯中飘出一阵香味:是黑咖啡。我莫名其妙地笑起来,艾琳,美丽的艾琳!盘子里是一块饼、一块肉,还有一点和豌豆同煮的白米饭,以及一把叉子。爱情能把粗茶淡饭变成山珍海味。我啜了一小口咖啡,立刻活了过来,肚皮暖了。我把杯子放在一边,开始吃肉和饭。说真的,我不知道自己有多耐饿。

其实我早就饿疯了。

我用饼包住肉和饭,两三口就吞完了。然后,我慢慢呷着咖啡,像在品尝地球上最后一滴水。

街上仍然冷冷清清,只有几个行人弓着身子,匆匆走着。混混们不见了,上班族赶路上班,学生这会儿已经在学校了。

咖啡一点点见了底。我看了一眼书店,仓库里的灯熄了。

他妈的,见鬼了!

喝完咖啡的时候,刺眼的太阳光已经照射在高楼的尖顶上。我把杯子和叉子放在盘里。我不知道这是不是最后的晚餐,但肯定是我吃过最好的一餐。我懒洋洋地躺在台阶上,看着人们离开巢穴,出门讨生活。

路上来往的人越来越多,街道运转起来。我的眼皮还是很沉,这几天都没怎么睡。为了打消困意,我看看自己的脚,几个大水泡已经破了。几块皮像破布似的挂在磨烂的老茧上,我一把撕下。

哎哟,疼。

而我,身处世界的这头,曾告诫自己别多管闲事。

* * *

"快跑!笨蛋,别被抓了!"佩佩冲我大喊,我看见边境巡逻队①逮住了他,把他拖出酒吧。

我站在马桶前,老二还在外面。厕所里只有一扇换气的小窗。我不等尿完,赶忙收工,手上、裤子湿了一片。我踩在马桶上,一拳砸在玻璃上。

啪啦!

还好我很瘦。我一只脚踏在隔板上,把身子往外送。窗框上的碎玻璃像是鲨鱼的牙齿,把我的衣服划出一道道口子。

几乎半个身体在外,就要逃脱时,我感到有人往里拽我的脚。我什么都看不见,两脚乱蹬一气,像一只被人揪住尾巴的老鼠。我顾不上尖锐的玻璃,绝望地又踹又踢,但是拽我的手越来越多。

有人使足了劲,猛拽一把,把我拉了下来。我砸在马桶上。马桶破了,屎尿流了一地。边境巡逻警个个武装到牙齿,带着步

---

① 边境巡逻队,美国国土安全部下属海关及边境保卫局的执法部门,负责缉捕非法移民。

枪、镣铐和警棍。他们拿着对讲机，清一色的军用装备，腰上还别着手枪。有几个家伙还装备了夜视仪，专门抓夜里行动的兔崽子。居然还有搜索地道的机器人。他们大部分戴着系皮绳的宽檐牛仔帽，还有几个畜生戴着凯夫拉尔[①]头盔、防毒面罩和防弹背心，像是要上太空跟火星人干架似的。

"去你妈的，小畜生，墨西哥佬。"

他们把我弄下来，一枪托把我砸蒙了。我倒在满地的屎尿里，衣服上、脸上全都是。他们拉着我的脚，把我拖到酒吧门口。我的老墨哥们儿都在那儿，已经被教训了一顿，手上绑着塑料胶带。

佩佩眉毛上流着血，皮奥林和吉瓦罗脸上都挂了彩。长毛托妞的格子衬衫烂了，颧骨和太阳穴鼓起了大包。除了他们，还有最里面一桌和中间一桌的老墨，个个鼻青脸肿，两眼无神地看着地面。我们一共二十个人左右。他们把我放在佩佩边上，想把我的手给铐上。但是我满手是屎，他们无处下手。

我让他们觉得恶心。

一个警察把胶带挂在我的手腕上，扯了一下，尽量不碰到我，免得沾上屎。他们专业的手套应是一尘不染的。

另一头的一个小子站起来撒腿就跑，沿着87号大街想要混进人群中。他两手绑在背后，看上去就像一条扭动的蚯蚓。两个警察追上去，没几分钟，枪响了。佩佩闭上眼睛，把头压得更低，鲜血流过他的鼻子，滴在地上，汇成小小的火山。我们没说一句话。

[①] 凯夫拉尔，美国生产的一种合成纤维，广泛用于防具。

一个警察走到酒吧招待老头边上，给了他一沓钞票。他们用英语交谈，我一个字都听不懂，应该是赔偿酒吧的损失。好一个捕鼠夹。

来了三辆民用卡车，他们像赶牲口似的把我们赶上车。我们被推搡着上了车之后，像一筐鱼似的被扔进车厢。

刚开始在农场干活的时候，佩佩对我说：

"我们给人擦屁股，还不受人待见。不过也不是都这样，只是一些人，那些王八蛋美国佬想夺走我们最后一点尊严。但是有一天……有一天……"他看着棉花叶子，我傻傻地看着他，当他发现我愣着看他的时候，对我叫道，"喂，小子，不要傻乎乎地看着我，赶紧摘。误了工，这周就白干了。"

于是我们又弯着腰，戴着手套和垂到后脖颈的帽子干了几个小时。火辣的阳光晒得人喘不过气来。

不过，在城市里，阳光没有那么毒辣。这里的阳光被高楼大厦的玻璃墙过滤了。街上人来人往，我又往墙根靠了靠。脚上的血已经干了。我拿起她给我的盘子，抱在怀里，似乎盘子是她身体的一部分。这个世界上，关于她的物件可不多。我闭上眼，在胡思乱想中再次逃亡。

如果可以变成一个物件，你想变成什么？

我脑袋里的世界比外面更精彩。

里面的生活更简单。

外面是一坨狗屎。

*　　*　　*

"混账东西。"姨妈总是这么骂我,其实她不是我姨妈,是我的教母,"吊儿郎当的,过来把地扫了,拖了,才有饭吃。一天到晚混日子。

"厕所弄不干净,晚饭就不用吃了。

"你妈要是活过来,浑小子,看见你笨成这个样子,气也气死了。连句话都说不明白。

"对,医生,感觉是个白痴,虽然有时候能哼哼两句。

"医生,他会不会和他妈一样?他妈那种人,我的上帝,现在应该在地狱最底层。

"您看,医生,我交代他干这干那,可是这家伙越来越笨。不能打一针让他听话吗?

"这头蠢驴,拿棍子打也没用。上回我用电线抽,他动也不动,跟头驴似的,一点反应都没有。

"医生,上次他偷了我的一个吊坠,是他妈留给我的。这天经地义:您想想,我养这么个蠢货,要费多少精神,费多少钱!东西当然是归我,您觉得呢?

"我不知道他把坠子藏哪儿去了。警察先生,您看,这是我拿铁锹打的,这小子屁都不放一个。

"没关系,这小子比驴都犟,你们把他带走,关进牢里去吧。他哪天发火了,会要了我的命的。在牢里他要是耍横,你们就把他钉到墙上。要是哪一天他打我怎么办?

"不行，我受不了了，您看看我为他做了多少。"

"又睡着了，小伙？"

我睁开眼，艾琳站在面前。盘子还在我的怀里，带着我的体温。

"试试合不合脚。"

她把一双运动鞋放在我面前。我不敢拿，她已经为我做了很多，我不想给她添麻烦。我不该这么做，我一直给她添乱，我怕她很快就厌烦了。

"拿着，小伙，我跟老板借来的。"

"什么？"

"就是甜心的主人。我和他说，我的一个朋友被抢了，问他有没有多余不要的东西，他就把这个给我了。他对我很好。"

我拿起鞋子，看了看。鞋子很漂亮。鞋底有些磨损，这双应该就是耐克的巨幅广告里面的那一双。我正准备穿上，艾琳一把抢去，对我说：

"别这么穿，脚上都是泥，过来。"

她扶着我的胳膊，帮我站起来。杯盘差点掉到地上，幸亏我反应快，趁落地前接住了。

我的脚一碰地就疼。

脚底还有几个水泡，每走一步就要破裂。

她打开门，搀着我进去。

我像一个伤员，刚刚结束一场一个人的战争，弹疮溃烂流脓。

是的，我就是一只过街老鼠，为了消灭我，人们连杀虫剂都用上了。

"有一天，你替我开门。"她关门的时候突然说道，"你记得吗？"

我的膝盖颤颤巍巍，她用力扶着我。我觉得自己像个木偶，靠她牵线才能挪步。

我们走到楼梯边的一扇活动门前，她打开门。这是公寓的保洁间。我们走进去，她把我带到两台洗衣机后面的一个水池边，用一个桶开始装水。

"不好意思，小伙。"她说，"燃气太贵了，管大楼的十点之后才开热水器，现在只有冷水。"

她搬来一张凳子让我坐下，又拿来一罐洗衣粉，放在地上。她接过我手中的杯盘，放到水池里。

她把水桶放在我前面。

"洗吧。"她说。

我把裤腿卷到膝盖，把右腿放进桶里。水是冷的，我却觉得是热的。血迹混着泥土、树叶在水中散开。我把另一只脚也伸进桶里，火辣辣的伤口舒服多了。

她拿了一点洗衣粉，撒到水里。她卷起袖口，蹲下身，搅动桶里的水，直到搅出肥皂泡。

我的目光落在她清香的秀发上。

她耳后的文身很美，线条纤细。

她的一根手指掠过我的脚踝。一阵激灵袭上心头，我欲言又止。我不该让她看见这副落魄的模样，一大颗该死的泪珠不由自主地从我的面颊滚落下来。

我不想让她看见我在哭。但她抬起了头,她的目光直刺我的灵魂,我试着微笑掩盖情绪。但我笑不出来,更多的泪水涌出眼眶,静静滑落,碰上嘴唇。泪水很咸,它们是从未出门的修士。

我的心碎成一片一片。

她没有说话,静静地看着我的眼睛。我像一个溺水者,溺毙在这桶水中。

她把手伸进桶底,扶住我的脚洗了起来,眼神没有从上面移开过。

她的双手使我的伤口一个接一个愈合,与此同时,她柔情的双眼却划开了新的伤口。

我早就知道,我的心很久以前便不再属于我,从第一次见到她起。

艾琳抚过我脚上的水泡和溃烂的脚趾。我突然觉得自己像个孩子。我的呼吸急促起来。

我的鼻子像被塞住了。我一个劲儿地咽口水。断断续续的泪水像是咸咸的钉子,钉住我的嘴唇。

在我在阁楼和威尔斯公园看的所有狗屁爱情小说里,爱情都是以其他方式开始的,理性地发展,像是作家设计好的一块拼图,一块虚构而真实的拼图。小说的第一次高潮一定是男女主角的吻。在这一点上,我便发现文学完全不同于生活。就像现在,在这个动人的时刻,艾琳抚慰着我的疼痛,我的心扉为她而开,她对我说的却是:

"我觉得我们会是很好的朋友,你知道的。"

我不在乎仅仅是朋友。我与她距离如此遥远,我来自世界的另一边,来自马路的对面,无论如何都不该遇见这世上最美的女孩。如此微不足道的我,能与她做朋友,已是奢望。

我不求更多。

只要看着她,世界便更加美好。

我露出一个纯粹而真诚的微笑。我满怀感激,因为她让我觉得自己没有那么卑微。

"你叫什么名字,小伙?"她问道,开始给我洗另一只脚。她的双手像火一样炽热,她洁白整齐的牙齿泛着无瑕的象牙色。

笑着笑着,我的泪水不住地从眼眶滑落。

自打记事起,所有人都是想到什么就叫我什么。没有人问过我的名字,他们也不需要知道我的名字:对这个世界而言,我是笨小子、浑小子、臭小子、小鬼、家伙、小兔崽子、混混、泼皮、小流氓、印第安佬、偷渡的、小青年、吃屎的、小畜生、偷渡的墨西哥佬。我叫什么名字,全凭当时的情形。我想告诉她我叫利波里奥,利波里奥,利波里奥。可是,我突然羞于说出自己的名字。

"我不记得我叫什么了。"我低着头,耸耸肩,满脸带泪地对她说道。

"我叫艾琳,你的新朋友。"她笑着对我说。

我耷拉着脑袋,一副窘迫的样子。她看着我这副模样,笑着站起来。

"哎,小伙,总有一天,你会充满自豪地说出自己的名字。"

她大步走出保洁间,在上衣边缘擦了擦手。

我看着她走远。

我的双眼湿漉漉的,像破碎的窨井盖。

* * *

巡逻队的卡车驶离87号大街,转进一条通往沙漠的土路时,佩佩对我说:

"我们回不去了,老兄。就是这儿了,他们不把我们送进牢里,这些畜生王八蛋要在沙漠里杀了我们。"

他用力清了清嗓子,大声吐出一口血红的痰。

"去他妈的,我们刚才就死了,他们别想再在老子头上撒野。"

他鼻子上的血结了块。他蹬了我一脚,顺势像疯狗一样扑向边上的警察。佩佩这一脚把我踹下了车。

轰!哧!

掉下车时,手腕上的胶带松了。

我几乎断了气。

满眼是灰,什么都看不见。我猜佩佩脑袋上挨了一枪托,已经被制伏了。卡车在土路上颠簸地开出三四十米。

最后头的卡车停了下来,我又一次灰头土脸地对自己说:

"跑,王八蛋。"

艾琳拿着一块毛巾回来。

我把脚从桶里拿出来沥一沥水，水泡变得又白又皱。她把毛巾递给我，我把脚擦干。

她展开一双蓝底粉红条纹的袜子，递给我。

"不好意思，"她说，"我只有这种。"

我没说话，穿上袜子，又穿上运动鞋。鞋子一上脚，我觉得自己不是踩在地上，而是浮在半空中，贴地飞行。

我像身处没有重力的天堂。

"你穿着挺合适的，稍微有点大，但现在正管用。"她笑着转过身，开始收拾水桶、洗衣粉、毛巾和盘碗，一边收一边对我说，"我去看看能不能给你找一个过夜的地方。你没地方住，是吧？"

"我有。"我脱口而出。我想让彼此喘口气。更重要的是，我想保住现有的进展。她已经为我做了太多，总得有个限度。

我直直地盯着地面。

艾琳转过来，慢慢靠近我。

她用右手抬起我的下巴，对我说：

"你听我说，小伙，现在交朋友不是件容易事。不要还没开始就失去，好吗？我们是朋友，是不是？你有没有地方住？"

她看着我的眼睛，像一颗超新星，点燃了我灵魂中最赤裸的一根弦。火势蔓延到五脏六腑。

我的胃一阵痉挛。

一阵寒战从头到脚，掀起巨浪，汹涌澎湃。我无法描述，这种感觉不可言表，词典里根本没有适当的词。退一步是尖刀利剑，进一步是她美丽的双眼。

她的手指是一支火焰三叉戟。

我在书店里读到过,爱情很罕见,一旦遇到,就不该松手,因为或许不会再有第二次。

"我真的有地方住。"我的声音很低很低。我重复了几次,她和我自己才刚能听见。"我真的有地方住。"我反复地说。

*　　*　　*

不远处隐约有一个草丛,夜空中没有月亮,只有寥寥几颗星星,远远透着微亮。地平线上有一座岩石山,淡淡的蓝光勾勒出山的轮廓。挣脱了手上的胶带之后,我得以在沙漠的石头和荆棘之间蛇行。卡车像陀螺一样兜了一圈又一圈,巡逻警个个气急败坏,带着步枪下了车,四处瞄着。他们朝各个方向开了两三枪。另一头有点动静,一个警察把枪对准那里。

他又补了一枪。

他走过去。我估计他打死了一只动物。

"过来!"警察叫道。

其他人靠过去,看看猎到了什么东西。我不知道那是什么,但是他们拿起枪,又开了几枪,地上那东西不动弹了。我躲进一个荆棘丛,找到了一个不知是什么动物的洞。洞不大,我扭曲了浑身的骨头才钻进去。我用右手不停往自己头上撒土,把自己埋进洞里。我深吸一口气,权当这是一座临时的坟墓。我躲在大地的子宫里,但愿那些杂种不要让她流产。

洞里黑漆漆的。

我像是抽筋了,脚踝突然很痒。然后,有个东西顺着我的小腿往上爬,停在大腿上。洞外,警察的脚步声此起彼伏,像要把这片沙漠夷为平地。洞里,抽筋之处凉飕飕的,好像有东西在身上乱爬。一共好几只。我感到一片绒毛在耳朵上蹭来蹭去。我想拔腿就跑,但是逃出这个洞,立刻就会掉进另一个洞。

妈的,我为什么这么说?为什么说我有地方住?我不知道,可能是我觉得自己配不上她,我既配不上她的爱情,也配不上她的友谊。这种幸福是属于神的,我这种凡人只能在痛苦中灰飞烟灭,日复一日在苦难的深渊挣扎,没有一点希望。不过,我这么说也可能是因为我是个彻头彻尾的傻瓜,一根筋的傻瓜。

"好吧,你自己决定,小伙。"

希望总是遥不可期,我明知可望而不可即,可是一旦靠近,我就想猛吸两口,哪怕日后化作一声长叹。

艾琳温柔的声音打断了我的思绪。

"天啊,我现在得走了。有时候,我觉得这个世界没有看上去那么糟。你不觉得吗,小伙?"

她带着收拾好的一堆东西,走出保洁间。

我立刻跳到门边,穿着超级运动鞋一步两晃,像玻璃窗上找寻自由的一只苍蝇,像一只死乞白赖的狗,目送她远去。

从公寓的屋顶下来,可以眺望城市和秃头 W 姐住的那片小山。

向下看是马路、树木和公交车站,更远处是书店的屋顶和其他建筑。远眺地平线,购物广场的圆顶依稀可见,对面还有一块棒球场,稍近处是威尔斯公园。几栋大厦挡住了向西的视线,玻璃幕墙映着天空和浮云,像反光的太阳镜。屋顶平台上有好几个放置破旧家具的屋子。平台的一边,储水罐排成一列,堆满了水管。另一边是史前文物似的木板和水槽,水槽上块块锈斑,铜管成了绿色和黑色。最里面还有一个上锁的屋子,灰门上写着"高压"。四周墙缝长了几棵草,有粗粗的尖刺。是狗大麻。

* * *

"狗大麻。"在老家时,姨妈这么叫它,"也有人管它叫'魔鬼刺',扎到手又刺又痒,是不是?感觉到了吗?是不是很痒?别叫,老太婆才叫疼,娘们儿才喊疼,男人是不喊疼的,懂吗?笨小子!"

左边的花盆里插着几株被阳光烤焦的塑料植物。亨利德先生走在前面。他六十岁左右,头发半白,皮肤皱得像卵蛋。他的眼睛是灰色的,穿着浅咖啡色马甲和一双同色的帆布鞋,走起路来一瘸一拐,艾琳跟在他身后。我走在他俩身后。

"千万别钻到变电站里,你会比炸鱼还焦脆的,听到了吗?"

艾琳转过身来,看了看我,对我笑一笑。

我感觉自己还在飘浮,像走在棉花上。

因为我,艾琳没有去上班,而是去找了大楼管理员。

"亨利德先生，我表弟刚到，他想找个地方住。"

"为什么他不跟您和您的外公住一起？"

"他想独立，是不是，表弟？"艾琳看着我，我像条狗似的点点头，"您可以随便给他点工作，他会干活。"

"我觉得你很眼熟啊，年轻人。你不会是路上游荡的混混吧？"

"当然不是，亨利德先生。您可以把他安排在屋顶的一个房间里，他可以帮您打扫楼道，或是其他什么活。"

"这不好说，艾琳小姐。您的外公和您都是好人，但这家伙一副混混模样。"

"这怎么可能。雇他您不会后悔的，您如果不答应，他另找地方，到时候就没有这么好的机会了。"

"你会做什么，小伙？"

艾琳和亨利德先生同时看着我。我不知自己是不是脸红了，他们盯得我快脱臼了。我清了清嗓子。

"我能识字，先生。"

亨利德先生发出一声洪亮的大笑。

"好好，不错，是个优点。但是你会拖地、打扫卫生吗？"他看了看艾琳。

"会。"艾琳回答道，她美丽的双眼看着我，"而且，他还很正直……很勇敢。"

亨利德先生挠了挠头。

"我不好说，小姐……嗯……我这儿没有工资。他负责保洁，我给他一间屋子住，您明白吗？他要是想挣钱，就得出去找活。"

*　　*　　*

不知过去了多久。我快成了一只爬行动物。胳膊上、腿上和后脖颈子似乎长出了鳞片。我一动不动，巡逻警的脚步声已经听不见了，只剩下风吹地面，发出牙齿漏风的声响。刚才，我听见了卡车发动，咆哮着消失在静谧的地平线上。

我疲惫不堪，不知道其他人是死是活。枪声没再响起，没有步枪吐焰的巨响。没有突突突！哒哒哒！砰！

可怜的佩佩！他的老婆孩子想哭都找不到坟墓，他的灵魂无处安息。他们会一直盼着他，盼着本该每隔十五天出现的美元。佩佩的尸骨在此腐烂，连一块碑也没有。

"看，老兄。"有一次，佩佩对我说，"这是我孩子，这是我老婆。我们是普埃布拉的特特拉人。那儿很漂亮，边上有一座水库，就是水臭得不行，长满水葫芦，水绿得一塌糊涂。可是我做梦都想回去，和老婆拌嘴，听家人唠叨。没法子，肚子都填不饱，还回什么家。如果哪天你上我们那儿，打听一下佩佩就可以了。所有人都认识我。我家就是你家，我们到时候好好喝两杯，你喝酒也太孬了，老兄。"

说完，他把皱皱巴巴、满是手指印的照片放回钱包里。

"就是这个屋子。"亨利德先生打开一扇蛀烂的木门，对我说，"你看到了，这儿乱七八糟的，你得收拾一下。看，这儿有一张床，少一张床垫，你可以用坐垫对付一阵儿，等攒到钱了，再买好的。这些废铁可以收起来，放到那头。窗户没玻璃，但是弄点塑料、纸板应该就可以了。你尽快把楼梯全部扫一遍，然后用抹布把扶手擦了。其他的事我慢慢再和你说。"他停下来想了想，挠了挠头，"你表姐可以帮你收拾，两人干活能快一点。"亨利德先生环视了一圈这个垃圾堆，把屋子钥匙给我，"但愿你不是一个混混，年轻人。"他转身出门，走下楼梯。

"他对你印象不错，'表弟'。"艾琳笑眯眯地对我说，她的嘴唇一张一翕，重重地击打着我的鼓膜。我像一株蒲公英，在她的阳光雨露中飘散，化为轻尘。

"你一个人收拾得过来吗，'表弟'？"她笑着问我。

* * *

如果地底下是地狱，那里肯定一年到头都是冬天，冷得像个冰窖。我的胳膊和腿已经麻木了。我蜷缩在这个洞里，全身骨头快要脱臼，血液如退潮的海水，无力地冲击着表皮。一个毛茸茸的东西从耳朵一直爬到喉咙，我痒得厉害。我的胳膊被紧压着，好想用力挠一挠。这时，我听到一记沉闷的声响穿过岩石和层层沙土，传进这座用于避难的坟墓。

砰！

我想到了佩佩和他的家人。我想着佩佩和他那求死的一脚。是不是很难？

死很容易，但是向地狱纵身一跃是不是很难？

砰!

又一枪。

枪声在我头顶的岩石沙砾之间回荡,减弱,消失。从此刻起,死去的人忘记了所有,包括死亡。

艾琳走了,脸上带着笑容。我开始收拾各种水管,摞到墙角。我在一堆木头里找到了几根绳子,把管子捆起来。我还找到了一箱旧杂志,就是老板用来清空姑娘智商的《读者文摘》。我把杂志放在几块木板上,屋里到处都是灰尘。

反正我也没干净过。

那本被W姐买走的书上写道,贫穷意味着肮脏。穷人不仅贫穷,而且肮脏。只有艺术可以把肮脏变成美丽。利用灾难、贫困和伤痛搞创作的是最混蛋的艺术家,比方说那些为了拿普利策奖,面对他人的不幸一通乱拍的混蛋摄影师。现实生活中,我们这些穷人是低贱、仇富的野蛮人,总爱抱团。我们还窝里斗,狗咬狗,那个美国佬思想家这么说道。我们无药可救。不过,现在我只想扫清该死的灰尘。我把床搬到一扇没有玻璃的窗户边,把废旧家具和水管塞到床下,把纸板垫在床上。总算能住人了。我走到外面,偷了一个罐子和几朵塑料花。然后我试了试简易床,木板硬得硌骨头。我把手放在脑后,盯着屋里的电灯泡。我不知道,妈的,现在回头想想,这个世界没有看上去这么糟糕。或许吧,我懂个屁。

我闭上眼睛,想着艾琳。

* * *

一片漆黑中,我感到蛇在我的脸上滑行。肮脏的鳞片滑过我的下颌,穿过一个小洞,离开洞穴。另一条爬上我的小腿,跟上它的同伴。还有一条在我背后,它往左游走,滑过脖子。它的尾巴扫过我的耳朵,消失在洞穴的缝隙里。我的肚皮上还有一条。似乎是我身上的屎味让它们没了胃口,没有用尖牙在我的灵魂和冻僵的身体上咬那么几下。我慢慢抽出右手,往外扒土。我全身发麻,像婴儿从大地中出生。我一咬牙挣脱左臂,然后绷紧肌肉,使劲向外,简直像从地狱深处爬出来,从坟墓里复活。沙地和岩石被黑暗笼罩,一群蛇从我身后爬出洞口,纠缠成一团。夜色浓重,星星微弱地发着苍白的光。我猜天快亮了,因为天边浮动着蓝绿色的光。两条腿上蚂蚁啃咬一般的酸麻渐渐消失了。我动动脚趾,动动手,身上渐渐温暖起来。我长舒一口气,像是吐出生命中最后的气息,一秒之后,深吸一口,肺部又充满生气。

我走下公寓的楼梯。我刚才躺在木板上打了个盹,现在背上还有一道道印痕。我睡眼惺忪,眼皮浮肿。外面跟平常一样,世界照常运转,我们只是上不了台面的、可有可无的摆设。马路对面的书店还是一片狼藉,残破地倒在街边,我想溜进去,偷几本书出来。没想到有一天我居然会怀念书。老板是个混蛋,但他不傻,他虽然贪婪,却很精明。他现在在哪儿呢?

* * *

"喂,小书虫,我看你已经上手了,起码知道书的位置。如果你能多卖几本书,我就给你涨工资。咻,咻,咻。"

畜生。

我看着马路发呆,突然想到公交车站去等艾琳。但我又觉得她会厌烦,毕竟她那么坚强,不需要英雄保护。肚子饿得直叫,我吃腻了薯片,于是我走到街上。路上有一伙小流氓,吊儿郎当的样子,一看见穿热裤的女人和性感的美腿就口水直流,油腔滑调地献殷勤。

还有几个小时,艾琳就回来了。她是这么跟我说的:

"我不耽搁,天黑了就回家,'表弟'。"

所以我还有时间,我得找个挣钱的活计。就像亨利德先生说的,不能做一个混混。我向左转,边走边看,我知道城郊有几个美国佬雇拉美裔的临时黑工,扛包袱之类的。

* * *

很久以前,有一个情种到书店里找关于艳遇和性爱的书:

"我想买一本书,送给一个把我的魂勾走的女人。小伙,这本书不光要给我省下一大笔买花的钱,还得让她对我投怀送抱。"

"您为什么不带她去看电影,先生?"

"不行,小子,我想不出手就拿下她。而且电影票太贵了,我已经结婚了,最好不要送花送巧克力什么的,你懂的,免得浪费钱。"

"您也不能太铁公鸡了,先生。"

"这不是铁公鸡,这是谨慎。要是她最后拒绝我,我也就损失这么点钱。"

"如果她答应了呢?"

"那该花的一分都少不了。妈的,她还是别答应!哗哈哈。"

他拿着那本七块五毛一本的《爱经》[①]平装版离开书店的时候,对我眨了眨眼睛,说道:

"小子,我觉得你很不错。我是一个工头,我那儿有时候差几个便宜的劳力。你要是想打工,就到那条'大马路'上。钱没有几个,活能把人累死,但是如果哪天你干不动这里的脑力活,或者想找个地方像驴一样干活,把自己埋了,可以来找我。哗哈哈!"

我走到92号街,向"大马路"走去,那里聚集着移民苦力。这是一个灰色地带,人们睁一只眼闭一只眼,苦力在这儿把自己卖给出价最高的工头。路上没什么人,大概已经过了十二点,因为我的影子就在脚下。一个白胡子老头坐在一个木箱上,旁边有一个大桶。前面还有几个小伙正从一辆载重三吨的卡车上卸箱子。他们瞄了我一眼,继续干活,喘得像水牛。

[①] 《爱经》,又译《欲经》,关于性爱的古印度经典。

"你来晚了,小子,都开工去了。"老头对我说道,眼睛始终看着马路。路上车来车往,阳光直射地面,掀起炙热的滚滚烟尘。"早起的鸟儿有虫吃!说得好啊!"他自言自语道,嘴唇几乎一动不动。老头皮肤被晒得黝黑,长着一副大耳朵,白发在额前打着卷。他戴着牛仔帽,穿着皮凉拖。

"您也来晚了吗?"

老头没理我,像是没听见。前面的小伙还在卸车,把箱子堆在活动木板上,另一人把货运进一个肮脏的仓库。

"我们这些老不死的不中用了,无所谓早晚,没人在乎我们,死神也懒得来。我就在这儿,不知道在等什么。"老头嘀嘀咕咕地,像死而复生,仅有的两三颗牙齿像钟乳石,从牙龈上垂下来。

"还有人来招工吗?"

"可能有,可能没有。偶尔有人招夜工,雇几个便宜的去大桥或者公路搅水泥。但是据我所知,最近没有这种活。现在几乎没人招夜工,因为要付两倍工钱,而且更危险。想当年,我比那俩家伙加起来还壮实。"他看了看前面几个搬运工,"一顿饭能吃一座山!都不中用了,人老了,成废物了。"

老头嘟囔完了,爬满皱纹的双眼仍旧望着地平线。

"您喝多了吗?"

老头第一回看了我一眼。他的眼眶皱得凹陷下来,眉毛像白色的藤蔓垂到颧骨上。他对我做了一个怪相,继续盯着马路。

"都走了。"他在炙热的空气中石化了。

我在热浪中等了几个小时，似乎没人来招工。老头还坐在木箱上一动不动，眺望地平线。我躲到一块埃克森①的破广告牌下，这里有一小块阴凉。我又饿又渴。那些搬运工早就卸完了货，人影都不见了。毒辣的阳光晒得我大脑发昏，耳边隐隐传来人声。

"喂，"我有气无力地问，"现在几点了？"

下午六点，我决定往回走，回到公寓楼顶的房间。我一无所获，什么活都没找到，白白出了一身臭汗。连只耗子都没来，老头没说错。

"你要是想干活，最迟早上六点来。记得带几张票子，交份子钱。"

"什么份子钱？"

"什么份子钱，在这干活的份子钱，愣头青！你怎么什么都不懂？"

"给谁交份子钱？"

"还能给谁？给收钱的。"

"那是谁？"

"是我。傻子。"

"如果我不给呢？"

"没活，滚蛋。"

---

① 埃克森，美国石油巨头，1999年与美孚公司合并为埃克森美孚石油公司。

艾琳敲了敲我的门。我在翻房间里的旧杂志，找到了一本1964年的《生活》[1]，上面有一组肯尼迪在达拉斯遇刺的照片。没错，就是那个被爆头的家伙。难以置信，我一直不知道他长什么样，对他的名字却很熟悉。我在一本小说里读到过他的生平和遇刺，但是干巴巴的文字和脑袋开花的照片完全不一样。照片很模糊，没有对焦，但我仍然可以感到他的脑浆迸到空中，溅在后备厢上。

"门开着。"我大声说，但是艾琳又敲了敲，我一个弹射，飞去开门。

* * *

我在书店里读的大部分书都是污染视网膜的垃圾，不痛不痒，就像没有针头的针。

"老板，刚才那个疯子又来了，那个写没有制动的宇宙飞船的。他问我们有没有一本关于什么'π 3.1416'的书，一本叫《连接脸书》的关于平板电脑和社交网站的小说。他问我们能不能给他订一本。"

"他不喜欢毒枭小说了？"

"这次他没提起。"

"这个书呆子，换喜好跟换裤子一样。马上他就要改看柯艾略[2]了。咻，咻，咻。"

---

[1] 《生活》，美国著名杂志，以新闻摄影著称。2007年停发纸质刊。
[2] 保罗·柯艾略（1947— ），巴西知名小说家，代表作《牧羊少年奇幻之旅》畅销全球。

"他写得不好吗,老板?"

"哎,笨瓜,你懂个屁。你要是喜欢他,我一点都不奇怪,反正你眼珠子里都是屎。"

"可是他的书卖得最好,老板。"

"所以呢?马桶必不可少,因为我们每天都要拉一次屎。但是不能因为这样,就把马桶安在客厅正中的台子上,对它行礼。懂吗?"

"我不懂,老板。你一天拉好几次屎。"

"唉,我的上帝,把这个臭小子带走吧。你个文盲当然不理解。我说的是一个关于资本主义的比喻。"

"狗屁。"

"你说什么,小兔崽子?"

"我说狗屁资本主义,老板。就像你上次说的,狗屁新自由主义,是不是这么说的?"

"少给我抖机灵,愣头小子。"

"绝对没有,老板,我哪来的机灵!"

"这屋子真是大变样了!"艾琳走进房间,对我说道。她的头上绑着一块布,手上拿着一个托盘,白炽灯光把她淹没。我两手空空、满头大汗地回来时,想去车站等她下班,但是想来想去,啃了好久的指甲之后,还是决定作罢。于是我回来开始看旧杂志。这会儿大概晚上十点、十一点的样子,艾琳的托盘上有一杯牛奶和一点吃的,她把托盘放在我用几块木板搭成的茶几上。我在茶几上放了个小罐，里面插着我从外面大花盆里拔的塑料花。现在这个猪圈也算有模有样了。床上铺着报纸和杂志，房间一尘不染。多余的木板都藏到了床下。

"你喜欢？"我问得像自言自语，低着头，心脏狂跳。

艾琳环视一圈，走到塑料花前。我一度以为她要说出一篇烂俗的三流小说当中的话："'塑料花的优点，'男主角握着女主角的手说，'就是永不枯萎，常开不败，就像，哦，宝贝，我对你的爱永不磨灭。'"当然，艾琳没这么说，她只是看着，笑着，然后向右转，坐在床板上。我不知道该去哪儿，站着一动不动，揉搓双手，一个劲儿发抖。

"这儿让人觉得很平静。"艾琳突然说道。她把手撑在床上，闭上眼仰了仰脖子。我们一言不发，四下无声，安静的泡沫在空中流动。

路上时不时地驶过一辆车，传来一阵噪声。艾琳扭了扭头，像是脖子疼，又像是在伴着无声的音乐舞动。这时她睁开眼睛，我的视线赶紧从她的嘴唇、笑容和精致的眉毛上移开。忽然，她不笑了，我开始连同四周的空气紊乱地颤抖起来，尾椎到头，像脊椎触电。我佝偻着身子，脸颊充血、刺痛，被她的眼神刺穿。

"你多大年纪，小伙？"

我傻愣着，像一个被抓了现行的偷窥者。我耸耸肩，像一只中箭的椋鸟、一条掉进盐罐的蚯蚓。

"我不知道。"

艾琳盯着我的眼睛，像在详细勘察我的玻璃体。

"什么？怎么可能不知道，小伙？你想想！"

我沉思着，试图唤起久远的回忆。艾琳向前靠了靠，目不转睛地看着我。

她在等我回答。我双手湿透，指头上挤出水来。

"我不知道……据我姨妈说——她其实是我教母——我现在该有十六或十七岁了。我不知道。我觉得我十七，但是拿不准。可能大一点，可能小一点。"

艾琳眯着眼睛，一副深思的表情。思绪在她的脑海中游弋，渺茫中灵光一闪，发出树枝折断的声响。

"所以你的生日是几号？"她仔细地看着我。

我羞惭地避开她的眼神。我觉得自己卑微得像一条虫子。我无法直视她，因为眼睛像一座桥，能沟通起两块遥远的土地，联通伤痛的往事。我窘迫得满面通红，低头看着她美丽的脚，像请求原谅似的，慢吞吞地结巴着：

"我没过过生日。"

* * *

"姨妈……"

"妈的，跟你说了不要叫我姨妈，我是你教母，而且我已经后悔了。我雇你妈到家里当保姆，真是倒了大霉了，糟心事全来了，我可被你们害苦了。"

"教母，您知道我哪天生的吗？"

"知道这个干吗？你又不会有出息。"

"教母……我妈什么样?"

"你妈有人生没人养,所以是个贱骨头。"

"我出生的时候,她抱我了吗?她看到我了吗?"

"没有,小兔崽子。她已经死了,他们只能把她肚皮剖开,就像杀鱼取卵一样。如果没有我,你早就被丢到垃圾桶、孤儿院或者什么地方去了。"

"教母……"

"啊?"

"你妈什么贱样?"

艾琳回来时,手上拿着一块抹了炼乳的面包,她还拿着手机,说要和我照相。刚才,她从床上跳起来,奔回外公的公寓。我消灭了饭菜和牛奶,肚子终于不叫了。

"什么!"她惊讶地说道,紧接着一跃而起,跑了出去。我一头雾水,傻看着她飞过我身边。没想到生日对别人这么重要,他们这么在乎年岁的流逝,还要庆祝、牢牢记住、拍照,才能放过这一天。"没有蜡烛的生日不算生日。"艾琳一边笑眯眯地说,一边擦亮一根火柴,插在面包上,她的手指纤细,指甲泛着珍珠的光泽,"好了,快吹。你要在十二点之前吹一次,今天明天各过一次生日。"

我把手伸到墙边,关上灯。夜色从屋子的缝隙里涌进来,唯有这支火柴,照亮我身上每个角落。它发着微弱跳动的光,在面包上渐渐燃尽。艾琳的眼中映着充满亲昵的光彩。她笑意盈盈,明净的双眼像洁白的玉石。世界只剩下黑白两色，我们的轮廓若明若暗，像一幅美丽的单色画，至少艾琳如此。我想把她的模样定格，在余生失眠的夜里反复重放这永恒的片段。

"就是现在！"她拿出手机，对我说道。闪光灯在我们眼中一闪而灭。

我用力吹了一口气，火柴倒了，青烟飘散在炼乳面包上，我们又陷入黑暗。

"再吹一次，已经十二点了。"

她又为我点亮一根火柴，我又吹了一次。她拿起手机，闪光灯一亮，和火柴同时熄灭。

青烟飘进我们的鼻腔。

"很好。"黑暗中艾琳对我说，"现在你十九岁，我们一样大。"她突然笑起来，笑声像一条弹力绳，在房间里来回缓缓回荡。

"十九岁？"我立刻追问，确认我没有听错。在这美好的年纪里，她就是她国度里的女王和公主。

"对。"她回答道，"但是如果你想再大一点，没问题，我们可以再点一根，马上你就二十了。"

莫名其妙地，毫无征兆地，我大笑起来。我的全身上下都在抽搐，我第一次听到自己发出猪叫。我捧腹大笑，笑声装置疯狂运转，我这个机械员无计可施。

"呜吼吼吼，嘎哈哈哈。"我笑得像一只猪，"呜吼吼，嘎哈哈。"我呛到了口水，"呜吼吼，嘎哈哈哈嘻嘻。"我停不下来，我笑着，叫唤着,肚子疼得快要炸了。我结结巴巴地对她解释道:"我——我——我问的——是你——的年——年纪,哈哈咯咯咯。"

艾琳听见我磕磕巴巴的傻话,也和我一块笑起来。她被我传染了,但她的笑声干净透明,像一只灵动欢快的蜂鸟。大笑持续了好几秒,我俩的笑如此不和谐,在房间里互相传染,互相干扰。

笑声不停。

我们像一锅沸水,笑声尖锐得穿墙凿洞,偷取想象之外的宝藏。

氧气不足,笑声从脑后钻出来。

"我把灯打开?"我趁着大笑的间隙说道。我肚子疼得厉害,眼泪汪汪,湿透了睫毛。

"先——别开,'表——表——弟'。"

艾琳结结巴巴地说,活像只生产的母羊。我笑得更欢快了,巨大的笑声炸开了花。我肚子很疼,根本停不下来,几乎失禁。我像卡尔卡斯①似的一边笑一边哼哼。

* * *

"笑啊,你吃镇静剂啦?下次我说笑话,你再和木头疙瘩似的,哭丧着猪脸,我就揍你。"

"我为什么要笑?老板,你就付我那点钱。"

"别傻了,小鬼,我逗你笑还没跟你收费呢。你他妈再这副

---

① 卡尔卡斯,希腊神话中的预言家,特洛伊战争中希腊联军的占卜师,大笑窒息而死。

衰样，客人都吓跑了。"

"行，老板，你下次说蠢话我就笑。"

我们气喘吁吁，筋疲力尽。屋子依旧漆黑，她的呼吸声渐渐舒缓，像雨打橡树，碰到叶子，便昏昏睡去。

她平静了下来。

"走，我们到外面去。"

她从床上站起来，向外走去。

夜色如水，洒在我们身上。

艾琳一只脚踩在一扇木门上，这堆破门大概是地质第四纪的化石。她爬上平台高处，站在水槽上。我灵活地一蹬栏杆，跟在她身后。我没说话，对话和笑声留在了屋里。

在高处，微风拂过我们的面庞，在灯火通明的大厦间盘旋。路上没几辆车，信号灯也关了。艾琳走到公寓楼一角，坐在边缘。我跟上去，坐在她身边。我们四脚悬空，楼底是一排排树木、花坛和汽车，还有几个西装革履的家伙。广告牌一明一暗，一辆垃圾车闪着黄灯驶过。从这个角度看去，威尔斯公园尽收眼底，几片黑暗之间，中央喷泉显得很小。更远处，棒球场若隐若现。近处是艾琳扑闪的眼睛，眨巴眨巴地眺望城市。

"那天你为什么保护我？"几分钟的寂静之后，她问道。

我转头看着她，她目不转睛，望着远方，望着美国佬的地平线。我耸耸肩，转回头。我看见楼下一个小子穿着旱冰鞋，在人行道上横冲直撞。

"任何人都会这么做的。"我轻描淡写地说道。

我们重归沉默。我抬起头,城市灯光照亮了几片云朵。风停了,不知在何地搁浅了。

"不是任何人,是你站出来保护我。"

我没回应,我能说什么呢?艾琳荡秋千似的轻晃着腿。

"书店被砸了,我很难过。"又过了一会儿,她说道。

"什么?"

"你丢了工作。"

我转过头,但是书店在另外一头,看不见。我还没好好想过这事,我想起了老板娘、老板、小老板、该死的编辑和混蛋经销商。还有常来的客人、不常来的客人、来一次的客人和迷路进店的客人。书,大大小小的书,绕口令一样的诗,翻遍全世界词典都看不懂的谜语一样的诗。

* * *

"'向死亡的热烈 / 寒冷也会屈服。'这他妈的在说什么,老板?"

"这就是说,可有可无的臭小子,你就是一个掉进人堆就找不到的白痴。"

还有戏剧和绣花枕头小说,一棒下去,都是草包。大部头里宽大的船舶,灯火璀璨的美国城市:纽约和布鲁克林、达拉斯、休斯敦、旧金山、芝加哥、洛杉矶,个个像是火星上的城市。而我的老家，永远只有一根蜡烛照明。

还有在阁楼上看的漫画书。

＊　　＊　　＊

"你为什么看不上漫画书？漫画书卖得最好了，老板。"

老板常说，漫画书是给畜生解渴的，当然，也是挣钱用的，专宰畜生。

"你们喜欢看没脑的乱涂乱画，只管看去。我为什么要喜欢？毕竟没文化的人多了，你就是一个，是不是？笨瓜。"

"我马上就能找到下一份工。"我对艾琳说。

艾琳闭上眼睛，长吁一口气，胸口起伏。她两手叉腰，倚靠着我凝视夜空。

"你喜欢吗？"

"谁？"

"什么谁？你的工作。因为我每次看到你，你总在看书，或在橱窗里摆书。那工作应该很烦人吧，是不是？"她狡黠地一笑，露出洁白的牙齿。

"你做什么工作？"我赶忙反问她。抛开愚蠢的回忆，扯开话题，她才是最重要的。

艾琳没有立刻回答，而是突然大笑。她的声音拨开幽灵似的灰云，以光速直抵银河另一头。

她停下来，她的笑容与刚才不同，与在屋里时也不同。这时的笑容带着忧伤，或是，或是其他什么情绪。她问我：

"你不怕吗？"

"什么？"

"我们坐这么高。"

我探了探身子，朝楼下看了一眼。我的脚距离地面二十来米悬空着，艾琳的脚还在摇摆，像蝴蝶的翅膀。

"我应该怕吗？"

艾琳撑着胳膊肘，微微抬起身子，盯着我的眼睛。

"那我呢？你怕我吗？"

我咽了咽口水，更准确地说，我的喉咙干涸了。我灰飞烟灭，在黑暗中战栗。我不知道艾琳有没有注意到，但她猛地站起来，丝毫不怕摔下楼的样子，对我说：

"开个玩笑，'表弟'。"她笑着说，"来，我们走吧……挺晚了。"

她伸出手，拉我起来。

第一次，我碰到了她的手，碰到她每段指纹、每个指节和每一个青铜光泽的指甲，以及迷宫似的手掌。我站起来，拉着她的手不放。又起风了，风在四周的建筑之间呼啸。我们站在屋顶边沿，如果一脚踩空，就会像两颗陨石，坠落在水泥地上，为街道、花坛、树木和城市铺一层骨骼。我们稳稳站着，艾琳看着我的眼睛。如果永恒是这样一刹那的广度，那么宇宙不过是一个原子的大小。她的双眼，她的一个眼神，点燃了我的瞳孔。城市静止了：车流、信号灯、往来的人群、狗、猫、灯下的飞蛾、犀牛、长颈鹿和飞机全部暂停。情动的树丛中，花朵嬉闹，树叶私语。仙女座的星辰悄然隐去。忽然，艾琳松开手，宇宙又运转起来。她转过身，从原路下去。

"你怕什么？"我第一次对她喊道。

艾琳爽朗地笑着，像最开始那样。她从破门跳到地面。

"明天见，小伙。祝你做个好梦……生日快乐。"她向楼梯走去，在朦胧的夜色中，一眨眼便匆匆消失了。

今天还是星期天，是吧？

我不想起床。

我不能起床。

一个礼拜了，我就没睡舒坦过。我就没睡过一个像样的觉。妈的，从古牛代开始就没有。

床板嵌进我背里，像一个十字架。

我直觉感到天色大亮。日光透过眼皮。

艾琳在凌晨离开，留下我像一只风筝，钉在半空。后来，我像一具尸体倒在床上，倒在钉子丛生的木板上，连床上的杂志也没挪开。我太累了，筋疲力尽。我一度是狂乱地与爱恨纠缠不休的卡图卢斯[①]，像一个钟情于刺、舍弃玫瑰的疯子。

* * *

刚入冬的一天，老板递给我一本不知打哪儿来的大部头。

---

① 卡图卢斯，古罗马诗人，著有《歌集》。卡图卢斯爱慕一位贵族妇女，在《歌集》中将她化名莱斯比亚，表达了对情人爱恨交织的复杂情感。

"这本书放哪儿,老板?"

"放到你的空脑壳里。"

"什么意思?卖给我?收钱吗?从工资里扣?"

"咻,咻,咻。穷光蛋,看把你吓得。你看到书名了吗?"

我看了看:《西班牙黄金世纪[①]诗歌》。

"什么意思,老板?你在嘲笑我吗?你知道我什么都不懂。"

"我和那个阿根廷人打了个赌,呆子。"他模仿阿根廷口音,对我说道。

"你押我赢?"

"怎么可能,你小子真是笨到家了,当然不是。我押你输,咻,咻,咻。"

"去你的,老板。"

"先别生气,毛头小子。我跟那个阿根廷傻瓜打赌,你满脑子糨糊,这本书一个字都看不懂。这样我们双赢:你不用看,我稳赚不赔。"

"滚,去你妈的,老板。"

我把手枕在脑后。困意渐渐逃散,我的脑瓜像是泄漏了,像一个坚硬的滴漏,水逐渐流尽。

又过了几分钟,我的双腿挂在床边,双脚贴着冰冷的地面。光线更加刺眼,时间不早了。我滑下木板。今天是周日。我膝盖

[①] 指16至17世纪的西班牙文学黄金时期。

僵硬，站了起来。全身都疼，笑得疼，冻得疼，被硌得疼，困得疼。盘子里的生日面包上插着燃尽的火柴头。我伸手拿过面包。不知是因为蛔虫还是怎么了，我永远又饿又渴。我一口接一口，把面包啃得干干净净，肚皮咕咕作响。

十分钟后，我走到艾琳家门口，手上拿着用抹布擦过的盘子。艾琳打开门，她穿着灰色运动衫、运动裤和棉拖鞋。

"你洗过了？"

"就擦了擦。"我说。

"放厨房里吧。"

她让我进屋，我跟着她，关上门。窗户开着，茶几上铺着另一块串珠罩布。电脑关着，花瓶插满羽毛。里面一个房间传出电视或者广播的声音。

"你饿吗？"她一边问我，一边把餐具放进洗碗池。

"我刚吃了那个甜面包。"

"那不能当饭吃。有吃的，自己盛！"她指着炉子上的一个铝锅，对我说。然后她走出了厨房。

我拿着刚刚带来的盘子，盛了一点炖菜。蛔虫又蠕动起来。我拿了一把勺子，把盘子放在桌上，坐在一张橘色纹路的木椅上。边上有一台冰箱，合页已经锈了。墙上挂着几个小锅和小托架，摆着陈旧的装饰。

艾琳回来时，我已经快吃完了。

"好吃吗？"她问道。我点点头，勺子还塞在嘴里。"真的？

139

那我可以嫁人了。"她露出洁白的牙齿。

我咽下饭菜,笑了笑,牙缝塞着菜渣。

"上次我到你家,是想谢谢你给我买的鸡汤。但是只有一个坐着的老头。现在他没……"

"上周四那个人是你?"她打断道,"外公对我说,有一个陌生人来找我。我还以为是另一个。"

"我是在公园遇到你之后来的。"

"那就是上周四。那个坐着的人是我外公。"她突然降低音量,"几个月了,他身体不太好,这会儿在屋里休息呢。"

"他怎么了?"我也低声问道。

"我们也不知道。他骨头疼,医生说是因为上岁数了。"

"他会好吗?"

"当然会好了。"

"他有点疯,是不是?"我轻轻说,免得被艾琳的外公听到。

"像所有的艺术家一样。"她脱口而出。

"什么?他是干什么的?"

"现在什么也不干了。但是墙上这些画都是他的作品。很多年以前,外公是个画家,但是现在眼睛不好使了。有一天,他说:'到此为止了。'后来他收起了画笔,整天盯着窗外。他哪儿都不想去,如果没有社工,他就只能和我一个人说话了。"

我看着墙上的画,觉得画得一塌糊涂。

"你外公画画的时候,好像很火大,是不是?"

艾琳看了看我正在观察的那幅画,上面的色块就像飞溅的浓痰。她中邪似的大笑起来，排山倒海，美丽的双唇颤动起来。

"哇哈哈哈！"

"怎么了？"我讶异地看着她。

"不好意思，太好笑了。外公和我解释这些污渍就是艺术、抽象艺术的时候，我和你想的一样。"

"艾琳？——"突然，外公的声音从走道尽头传来，"你没事吧？"

"没事，外公，我很好。"她朝里屋大声说道，然后转向我，低声说："我确实觉得，他画这些污渍的时候很火大，虽然他不承认。"

"我们能拖他出去散步吗？"我脑子一热，冷不丁地说。

"拖他出门比拖一块石头都难。社工说我们一块上街走走，他不愿意。他说大街是一个平淡无色的垃圾场。"

"我可以像扛猪一样，把他扛出去，逼他出去散步。"

"我们试过了，但是他死命拽着楼梯扶手，我们只能送他回来。整栋楼看着我们出洋相。"

"我们可以把他撂倒。"

"什么？"

"把他打蒙。脑袋上来一拳就行了。他晕了，我们就把他拖到公园，让他好好过日子，看看树啊，松鼠啊，公园有好多松鼠。"

"哈哈。"艾琳又抽搐似的笑起来，笑声断断续续，在屋子里回旋，传出公寓大楼。

"怎么了？"我疑惑地问。

"哎哟,小伙,你很搞笑。"

"艾琳,怎么了?把笑话讲给我听!"老头再次喊道。

"没事,外公,那个,你想到街上逛逛吗?"

"去干什么?外面有的我脑袋里都有。"

"但是你需要新鲜空气。"

"外面只有雾霾,我情愿呼吸自己污染的空气。"

"看见了?"她眯缝着眼,把手搭在我的手上,"外公永远不会出这个门。"艾琳露出了我从未见过的悲伤神情。她的眉头紧锁,像穿着蛇裙的科亚特利库埃①。

*　　*　　*

又长又臭。又臭又长。臭不可闻。这些写东西的蠢货不能发明点新词?只知道在词典里捡现成的?

老板和阿根廷人打赌赢了,赚了几个钱。虽然不愿看,我一开始还是想证明自己能看懂那几个家伙,那个叫贡戈拉的傻瓜和那个叫克维多的混蛋②。妈的,眼睛里进去,耳朵里出来,翻遍词典和整本书,半根毛都不明白。一股臭油墨味。我三天看完词典中一个字母,以为自己比看上去聪明了一点。但那些上锁的诗,从头到脚披着风帽长袍③,千方百计把人绕晕。而且绕来绕去,好像都是一个意思:"何其难过,多么悲伤/哀恸的缪斯/为可悲

---

① 科亚特利库埃,阿兹特克神话中的生殖、生命和死亡女神,穿着蛇裙。
② 两人均为西班牙文学黄金世纪著名诗人。
③ 风帽长袍,天主教神职人员穿的一种带帽罩衫。

之事而悲／他们是娘炮的诗人。"反正我是这么觉得。

　　冬天过半的时候,老板请我们去他城外的家里烧烤,他当着阿根廷人的面问我:

　　"你知道什么叫'有韵无意'吗?臭鬼。"

　　"知道个卵。"

　　"那本大部头,你看明白了吗?"

　　"看明白了。"

　　"那我试试……什么是风帽长袍?蠢材。"

　　"不知道。"

　　"我没说错吧?老兄,这小子满脑子糨糊。"老板对阿根廷人说,阿根廷人从石器时代起就住在美国,"你欠我一屁股债了,哥们。"

　　那个胖乎乎的高乔[①]阔佬抽出一把钞票,在老板面前晃了晃,对他说:

　　"你个奸商,婊子养的。再赌解放者杯,赢了翻倍,输了两清。啊?怎么样?"

　　艾琳站起来,把手从我的手上拿开,她的热度已把我熔铸成了一口心形的汤锅。她转身走到厨房,收拾起来。她把一个木柜里的罐头摆好,关上柜门,然后往抽屉归拢刀、叉、锅子、杯子、石臼,还有核弹头、星尘、太阳和月亮、冬天和春天的碎片、死

------

① 这里指代阿根廷人。

去的时光，以及蚂蚁。

一阵忙碌后，艾琳坐到我对面，目光越过我的肩膀，看着我身后，透过厨房窗户，看着邻居的外墙。她像在出神，像一只笼中的鸟，极度渴望到窗外的枝丫啼鸣。谁能知道她正在想什么。

* * *

开始看没有插图的书之后，我喜欢研究这些被困在书页里、不必开口的人在想什么。我像一个闲事佬，在书中窥探。但是后来，我意识到，文学跟日常生活根本不是一回事。反正，当我躺在地上看松鼠和树林的时候，没有人知道我在想什么。有时，我试着猜身边人的想法，老板、书店客人、老板娘、阿根廷人、小青年、小姑娘，各种男男女女，还有7-11便利店里的女售货员，见人就猜。于是，我发现书上假得离谱，书中人的想法像线条，直来直去。而现实中，我们哪怕走在路上，心里也是乱糟糟的。书中即便情节跌宕，也是循规蹈矩，人物说话、做事都不会出格。不过，我懂个屁。

现在，我像一个会传心术和摄神取念的老妖婆，想要钻进艾琳的脑袋。但这不可能：现实中的人是寥寥几笔涂抹成的抽象画，不同于聊以消遣、细细刻画的书中人物。艾琳的眼神越过我肩头，看着身后的窗户。她在想什么？她的眼眸平静如水，足以凝固分秒。

"你喜欢吃鱼吗？"她忽然问道，目光回到我身上。

"很多刺的那种？"我下意识地回答。

"不是,傻瓜,一根骨头的那种。"她立刻说道,"陪我去购物中心。"

我们走下楼梯,我抢先一步,替她打开公寓大门。

"你不用这样,"她有些不悦地说,"我不是残疾人,小伙。"

我很明白,但没说话。她走出去,我把门带上。出门前,艾琳从烤箱边拿了一个布袋,整理了一下头发,对外公说我们出门买东西。她走在前,我跟在后,像一只围绕着她的大苍蝇。

我们走下石阶,朝书店走去。警戒线已经撤了,玻璃橱窗修好了,膛开肚破之处的木条也没了。店里没有一点动静,像被幽灵整理了一番,像一只舔舐伤口、渐渐痊愈的动物。我们走过书店,路过街角的小巷,那扇便门依然关着。

"你知道吗?"走过小巷后,艾琳对我说,"我觉得这不是报复。"

"什么报复?"

"你为了保护我,教训了那些流氓。他们找你和书店寻仇。"

"什么?"

"我说不好,就是直觉。"

"为什么不是他们?"

"我不知道,那种流氓挨了打,多半就算了。即便报复,也该找你,不会找你家或者你工作的地方。"

我想问她那个流氓的情况,那个后来在公交车站偷袭我、胖揍我一顿的家伙。不过还是算了,我继续安静地走着。

"书店老板不是什么好人,是不是?"

"有时候……为什么这么说?"

艾琳没有回答,我猜是因为老板总是盯着路过书店门口的姑娘的屁股。这时,我发现好几个小混混正在打量艾琳,但我在她边上,他们只得走开,摩挲着裤裆。

* * *

"你看那个屁股。妈的,能啃一口就好了,小样。"

"那你老婆怎么办,老板?"

"什么怎么办?白痴。爱情是一回事,欲望是另一回事。做爱不需要亲嘴,用不着!你懂个屁,你就喜欢对面那个妞。"

我们走到购物中心,这里有四千五百三十二盏LED灯和各种商店,吃穿用玩,无所不有。各式各样的鞋子,五彩缤纷,叫人看花了眼;东西南北的食物,意大利菜、中国菜、法国菜;卖车的,庞蒂亚克、梅赛德斯、宝马。狗屁西联汇款。联合包裹和联邦速递紧挨着。当然还少不了一众旅行社和国际航空公司,快旅、美联航、美航、汉莎、法航、墨国航和墨航。花旗银行和切斯特银行的招牌巨大醒目。停车场对面是麦当劳和洋葱角,走过就能闻到一股油烟和炸薯条味。因为今天是星期天,许多汽车来来往往。再往南是3D电影院的两块大广告牌,几道彩灯像小蛇,盘在四周,吐着芯子。艾琳和我走过一座宽大的桥,桥上搭着巧克力色的木棚,桥面和横梁上嵌着彩灯和花卉,直至购物中心入口的自动门。

大门打开，我们走进另一个星系的空间站，比金牛座或 B-612 小行星①更远的地方。卡地亚、古驰、蒂芙尼、路易·威登和拉斯韦尔一字排开，后面是鲜花绿草环绕的彩灯喷泉。一道水晶瀑布垂下，两个巨大的投影仪在瀑布上投出鱼群、珊瑚、海豚、鲸鱼、岩石和钻石。左边有一部三层电梯，右边是三部玻璃直梯，像透明的卵蛋直达顶楼。最深处，一家星巴克开在巴诺书店里，边上是夏威夷杯和两三家高级露天酒吧，花园里铺着白色石子，棕榈树拔地而起。酒吧叫奥林比尔、独梦和青春不老，里面传出九十年代的史前老歌。四周有许多长凳，供热恋情侣休息，也就是调情，他们又吻又抱。还有不少扶手椅，供人看书，或是看发光的手机屏幕。艾琳径直走向超市。店外的桌边有很多美国佬，他们一家子围坐在食物边，露出尖牙，狼吞虎咽。上方是一块大屏，滚动播放跨国巨头的广告：可口可乐、苹果、谷歌、福特。我们从屏幕下走过，艾琳在前面拿了个橙色推车，我们走进超市。

"我来推？"我对艾琳说，让她把推车给我。我陪老板娘买东西的时候就是这样。

"真不习惯。"她走出几米，对我说，"我基本一个人来。"她松开推车，交给我。

这家超市里千奇百怪的商品应有尽有：小到蝙蝠翅膀，大到截断洋流的大坝，从大象鼻子到恐龙牙齿，从家具到各种式样和

---

① B-612 小行星，《小王子》中小王子居住的星球。

布料的衣服，还有玩具、药品、肉排、罐头鸡肉、新鲜鸡肉、热面包、冷面包、馅饼、辣椒、滋味各异的水果、灌肠、大猪、小猪、野猪。林林总总不下三百万种商品。单是乳制品和蔬菜区就够我住上两百年。酒水区包装和度数花样繁多，有全世界各品牌的香槟、红酒、龙舌兰和伏特加。甚至还有汽车轮胎和不计其数的工具、器械和机器，建造巴比伦空中花园、堆砌金字塔、雕刻维纳斯石像的花环，都不在话下。而且，超市一尘不染，白色灯光柔和地照亮商品。走过电子产品区，大小不一的屏幕、电脑、收音机、家庭影院、手机和电子游戏机应接不暇。一群美国佬手持科技，叱咤风云，满脸陶醉。只要有一块大如太阳神像[①]的巨幅屏幕，他们死而无憾，这才算活着，才叫不枉此生。

*　　*　　*

"老板，你不喜欢足球，也不看电视，为什么要和阿根廷人打赌？"

"因为我不在乎赌什么，是赌就行。那个老不死的输了我这么多钱，迟早心梗。他逢赌必输，谁叫他总押像你一样的蠢货！小混球，咻！咻！咻！"

艾琳拿了一袋罗非鱼排，看了看价格。我努力计算，鱼排加面包、一小罐沙拉酱总共多少钱。我跟着特兰神父的时候，基本

---

① 指希腊罗德岛的太阳神巨像，是古代世界七大奇迹之一。

没学过算数，后来在书店学了一点。老板不在的时候，我独自应付客人，加加减减，收钱找零。

"嗯——"艾琳自言自语地说，"还是这个吧。"她换了一袋量少一点，应该也更便宜的鲈鱼。她把鱼排放进推车，我们朝蔬菜区走去。艾琳挑了生菜和黄瓜，拿塑料袋装了六七根胡萝卜。"我们可以做个香喷喷的浓汤，还差黄油和奶酪。你喜欢浓汤吗？"

我推着小车，点了点头。

我们走到几排大冰柜前，这里摆满了奶油、黄油、酸奶，还有各种奶酪：有洞的、蓝纹的、切片的、卡蒙贝尔、高达、陈年、帕马森。艾琳打开玻璃柜门，拿了一夸脱奶油和一百克陈年干酪，装进推车。

"嗯——还有什么？啊，对了。在这儿等我，你别动。"

话音刚落，她快步走开。我无事可做，慢慢跟在她身后。艾琳走到药品柜台，我在她身后几米等她。艾琳对售货员说：

"一百单位氯吡格雷[①]。"售货员看了她一眼，向一个药架走去。他比了比几种药，拿了一个画着绿线的小盒，放在柜台上。

"还要什么？"

"五百单位奥赛托星[②]。"

售货员向后走去。突然，艾琳打开氯吡格雷的盒子，抽出一板药片，藏进裤子口袋。她转过头，发现我在看她。她看着我，

---

① 氯吡格雷，用于预防和治疗脑卒中、心肌梗死。
② 奥赛托星，用于促进排乳。

我们注视了许久,后来,她避开我的眼神。那一刻,她努力对我微笑,但羞愧占据了她的内心,她双颊苍白,动人的面庞有些扭曲。

售货员走回来。

"那种药卖完了,小姐。请问还有什么需要吗?"

艾琳摇摇头。

售货员拿过药盒,用扫码机扫了一下。

"五百二十九元。"

艾琳若有所思地迟疑了,不知在想什么。犹豫几秒后,她试图继续,免得露馅。她用颤抖的、很轻的声音说:

"我得走了……因为……嗯……嗯……对不起……"艾琳转过身,她双眼晶莹,泪花闪烁。她快步走过我身边,穿过电器区。售货员手中拿着空了一半的药盒,一脸不快。

艾琳走得很快,走到收银台我才赶上她。

"艾琳。"我叫她,这是我第一次喊她名字。我的声音喊着她的名字,听上去很奇怪。我把推车丢在一边,"艾琳!——"我大声喊道。

"让我走!"她加快脚步,穿过排队付钱的男女老少。

一个时髦的猴子伸出胳膊,拦住我的去路。

"你在对那位小姐干什么?"他龇牙咧嘴地问道。艾琳已经走出大门,不见了。四周几个女人打量着我,皱着黄黑蓝紫的眉毛。

"这小子在骚扰她!"一个丑肥婆喊道。

"真该把这些混蛋踢出这个国家。"另一只母鸡咋呼起来。

我举起双手后退,我不想找麻烦。我钻到另一个收银台,挤过人群。终于，我从愤怒的人山肉海中脱身，穿过22号台。我紧张地喘着粗气，追赶艾琳，我走出自动门，迎面撞上一个魁梧的保安对艾琳拉拉扯扯。

"我们等卖药的售货员来！"

保安口水飞溅，恼火地说道，不让艾琳通过。

见此情景，我二话没说，抡起胳膊朝保安脸上挥去，他像个断线木偶，登时倒地。出其不意，一击制胜。我拉着艾琳的胳膊，把她往出口拽。

"跑！"

我们脚底抹油，火花迸溅，气喘吁吁地仓皇逃窜。我想，照这个速度跑，我们的心肝脾肾非炸了不可。艾琳紧跟着我，落下几次，又赶紧追上。我越过一个仙人掌花坛，她转到一边，飞速绕过，直线与我取齐。我没有回头，但后面的喧哗喊叫声越来越大。我和艾琳像两架超音速喷气飞机，机翼轰鸣，把其他声音甩在身后。我看见前面一个保安试图拦截我们。艾琳也看见了，她放慢速度，免得迎面撞上。但我反而跑得更快，就差几米了，面前是他发达的手臂，我一倒地，从他身下滑过，一记左拳，猛击他的卵蛋。傻大个蜷缩在地，艾琳正好跳过。我身经百战，早就有了第六感，头上自带雷达。我们穿过扶梯下方，喷泉在前，呼喊声在后，震耳欲聋。我跑过瀑布的支柱，身后呐喊汹涌。艾琳超过了我，眼看就要跑到桥上。我想起书上的一句话：分而胜之。我不知道这句话适用于谁，是我们分，还是他们分。但是，为了让艾琳有逃脱的胜算，我决定和她分开，于是我朝另一个方向奔跑。喊叫声就在身后,紧追脚跟。我把他们引向另一头,通往地下车库的电梯。我绕过电梯,三步并两步,跑下大理石楼梯。完了,我快断气了,心脏扑腾着。我跑到地下一层,朝一列汽车跑去,我在汽车中穿梭,跑到对面,一个箭步蹿上平台,爬到室外。我一刻不停,喊声紧随不舍,贴着我湿透的后背。面前是购物中心四周的网墙,我手脚并用,翻过网墙,跳出网外。刚刚着地,我就撒开腿,穿过车来车往的马路。到了对面,我严重缺氧,缺几吨氧。我停下来,手放在膝盖上,调节呼吸,总算回过气来。我扭头看去,看看我能休息多久。可是,我大吃一惊,网墙后一个人也没有,压根没人在追我。不知什么时候,我把他们甩了。突然,我心一揪,脊背一凉:艾琳呢?

* * *

"老板,你不是无神论者吗,你为什么信瓜达卢佩圣母?"

"嚯,想当然先生,你怎么知道我是无神论,又怎么知道我信瓜达卢佩?"

"因为你礼拜天都带老板娘去教堂,不是吗?"

"去教堂不等于信神,异端小子。"

"所以你不信瓜达卢佩?"

"不只信,我信仰她。"

"那你为什么总是骂上帝骂个不停?"

"因为圣父、圣子、圣灵有罪,圣母没罪,小鬼头。"

呼吸稍缓之后，我小心翼翼地从人行道一侧走到木桥的入口，那是我最后看到艾琳的地方。从这里看去，购物中心似乎一切如常。车流穿梭，通过栅栏道闸；形形色色的路人走进走出，自动门簌簌作响。技术宅在苹果专卖店流连忘返；文艺青年踩着菲拉格慕的鞋，戴着克拉克·肯特[①]同款或是鳄鱼牌方框眼镜，自我放逐；极客的吃喝拉撒睡，无一不是科技。还有许多人黏着手机，像被脐带拴着，老板说那根脐带叫脸书、推特。

＊　　＊　　＊

"老板，我想买智能手机，你能给我推荐一部吗？"

"别逗了，赶什么时髦！买本书好好看看。买智能手机！哈，咻，咻，咻！你要它干吗，小子？"

"打电话啊。"

"和谁打电话？除了你妈，你还认识谁？干活去，少废话！"

艾琳不见了。岗亭里一个警卫转过头，看着我这边，我赶紧躲到一辆汽车后蹲下。我像个逃犯，等待他的两只死鱼眼转到其他地方。

"小伙。"

我一扭头，我的脸距艾琳不过几厘米。她沸腾的鼻息拂过我的满头大汗，她的额头滚下大颗晶莹的汗珠。她的双眼近在咫尺，

[①] 克拉克·肯特，即超人，平时是一名戴着方框眼镜的普通记者。

我看见她眼眸中绿色、黄色和咖啡色的纹路，环绕着海水与天空般澄澈的蓝灰色。

我使劲眨了眨眼。

"你还好吗？"我问道，确定她不是我的幻觉。

艾琳退后一步，她干裂的嘴唇上留着牙印。她瑟瑟发抖，睫毛随之颤动。

"对不起，我从来……"忽然，艾琳抱住我，紧紧抱着，像一场台风，一场核能飓风。她的双臂环抱着我，她的头用力抵着我的脖子。她头发的气息打湿了我全身的神经细胞。我用双臂揽住她，将她拥入怀中。时间静止，末日来临，宇宙万物正在超速运转，只有我与她不动。暮色骤变，风云变幻。地球像一颗旋转的陀螺，由日至夜，由夜至日，弹指一瞬，周而复始。世界飞转，只有我和艾琳在时间之外，蹲着、抱着、躲在车后。这该死的世界。

艾琳把头从我的胸口移开，她的双眼肿得像是两扇大门，一眼便能洞穿。我挣脱她的目光，试着安抚我们浑身噼啪作响的神经。我不知道她怎么样，我只能感到她的胸口起伏。我战栗着，因为她近在身旁，紧紧拥抱着我，因为她看我的模样。

上次拥抱是什么时候？章鱼那一抱？搀扶艾琳的外公那一抱？巡逻警把我拖出屎尿？黑人老太婆把我从混混堆里拉开？教母每次抱住我，天经地义用棍子抽我屁股，我动弹不得，那算拥抱吗？阿巴古克先生那一抱算拥抱吗？混混们被我揍得屁滚尿流，抱成一团，那算拥抱吗？老板醉醺醺地挂在我身上，那算拥抱吗？

可能吧，我懂个屁，我战栗着。

艾琳眨了眨眼，我又窒息了。

我凑上嘴唇，吻她。

"不，小伙，别这样。"她立刻转过头，我的嘴唇碰上她的嘴角，像一个装着心愿的漂流瓶消失在海中，杳无音信，沉入海底。我喘不上气，喉咙像被烧穿。我松开她，一阵头晕目眩。我伸出手，想扶着她，但两腿像玻璃。接着，屁股蛋一抽筋，真孬，我倒在艾琳脚下。

"体温不退。"睡梦中传来人声。
声音变成嘈杂的潮水。

*   *   *

"你知道大海什么样吗,呆瓜?"
"蓝的。"
"除了是蓝的,海是大地在白沫下的战栗。"
"老板,你为什么不当诗人?"
"为什么这么说,哼哼叫的萤火虫?"
"因为有时候你说什么我压根听不懂。"

我微微睁开眼,透过一个白色的孔,看见模糊的亮光。我浑身湿透、冰凉。有人把一个湿答答的东西放到我嘴边,里面流出液体,我畅快地咽着,滋润干裂的喉咙。

然后我又睡着了。

*   *   *

妈妈,你在哪儿?你死了吗?为什么我记得你还活着?为什么我记得你棕色的眼睛和那件蓝咬鹃①颜色的衣服？出生之前的我们是一段穿越千年的记忆吗？妈妈，为什么我觉得教母在说谎？是真的吗？为什么我会梦见你？我记得，我的手指拨弄着你的辫子。你头发上那蓝粉橙紫的毛线是谁编的呢？

  我平静地醒来。眼皮跳动，我定了定神，眨了眨眼，适应了黑暗。我终于回过神来，有了知觉。一片漆黑中，室外微弱的光线透过一扇小窗。透明的窗帘铅封着窗外的黑夜。我不知自己身在何处，双眼像两颗粪蛋，无法承受黑暗的重量。脑袋已经不疼了，只剩一丝刺痛在太阳穴游走，渐渐减弱。我扭扭头，松开脖子上的肌肉。褥子太软，挫伤了我全身的骨头。我费劲地欠起身，胳膊无力地撑在床上。我用爪子蹭着地面，摸索着，像木地板。黑暗逐渐退去，我的目光抓住了周围几样东西：一张桌子，桌上的时钟发着微弱的蓝色荧光。还有一个梳妆台、一个床头柜、一个衣柜和一扇门。

  我踩着地，使劲从床上起来。一件睡衣套在我身上，直到膝盖。他妈的，腰带呢？我的腰带！我的腰带呢？我光着脚，小心翼翼地走着。我不打算开灯，免得叫人发现我已经醒了。我环顾四周，搜索着腰带，我的秘密小口袋。没有，哪儿都没有。我走到门边，悄悄转动门把。或许在外面。门闩开了，我慢慢打开门，走出房间。

---

① 咬鹃，生活在中美洲山地雨林中的一种攀禽，羽毛艳丽，尾羽修长。

* * *

"你为什么不喜欢电影,老板?"

"因为电影里,每次有人偷偷摸摸开门,门就嘎吱嘎吱响。"

"但是小说里也这样,不是吗?"

"臭书虫,你他妈又在看书?书上全是你的手指印,你准备卖给谁?"

屋外的墙上嵌着一盏黄色的灯,勉强照亮长长的走廊。走廊里是一扇扇上锁的木门。我不认识这里。走廊尽头有一扇伊利亚森[①]的双页拉门。我踮脚走过去,推开门,门内是一个木地板的大屋子。屋子尽头有一盏白炽灯,旁边有一个篮球筐。两侧的看台像散了架,看台上方有三四扇落地窗,其中两扇碎了。屋里一个人也没有。这应该是个体育馆,或者多功能馆,因为我还看见了几块大黑板和两张书桌,桌上撂着摇摇欲坠的纸张。刚才没有留意的一个角落里,还有一个小舞台,上面是一架立式钢琴。我从没见过真的钢琴,都是在照片上见的。有一次,书店来了一个大妈,为女儿找墨西哥音乐的钢琴谱。我拿出一部笨重得能砸死驴的大书,寻找闻所未闻的老墨作曲家。

妈的,音乐总能平息我如蚱蜢一般跳动的心,让灵魂局部安眠。声波像香脂,润滑心脏的击锤,令心脏不再猛烈锻锤,仿佛

[①] 伊利亚森,美国制门企业。

离我而去；旋律在灵魂的脚底回旋缠绕，灵魂不再躁动，昏沉沉地紧贴肉身。

我走上平台，靠近钢琴，手指腹贴着琴面，食指滑过边缘。木质优良，几条划痕历数它不平凡的经历。我在黑色烤漆长凳上坐下，面对琴盖，琴键应该在里面吧。在这空荡荡的屋子里，钢琴独自无声地残损，我有些感慨。我抚摸着它，不知道怎么打开琴盖，我可能更擅长一拳把它砸烂。我闭上眼睛，老茧和粗糙的指腹感受着木头质地。

"你喜欢钢琴？"不知从哪儿传来一个孩子的声音。

"谁在那儿？"我惊讶地问。脖子后面的汗毛像刺猬的刺，竖了起来。

"我想学弹琴。钢琴弹起来很好听。"

"你是谁？"

"你是谁？"那人反问道。

"你出来，不然我揍你。"我威胁道。

"你揍我，我就向人权组织控告你。"

"我不在乎。"我说道。我四处张望，搜索这稚嫩声音的来源。

"他们会把你关进牢里。"那人说道。

"行了，你给我出来。"

"不。"

"为什么不出来？"

"因为你会打我。"

"不会的，我不会打你的。"

"那你为什么这么说？"

"因为你吓了我一跳，我跟你开个玩笑。"

"真是个玩笑？"

"真的。"

"你叫什么？"那人问道。

"你能保证不笑吗？"我从长凳上站起来，靠近一块幕布，一把掀起。没人。

"我保证。"

"我告诉你我的名字，你就出来吗？"我看看平台下方。还是没人。

"这不一定，因为我还不认识你。"

"好吧。我叫利波里奥。现在你认识我了，到你了。"

"你叫利波里奥？"

"对，你呢？"

"你为什么觉得我会笑？"

"因为别人总是笑话这个名字。"

"这名字让你难为情吗？"

"你到底出不出来？"

在皮球和篮筐的箱子边，从看台的一个窟窿里钻出一个棕皮肤、黑头发的小女孩。她额头前面挂着几条辫子，系着丝带。她穿着胸前有彩色花朵的白色睡衣，摇着一辆红色黄边的轮椅，向我靠近。

"我以为是个小男孩！"我吃惊地说。

"不是，我是女孩。"

"你在这里干什么？"

"和你一样，冒失鬼。我在等其他人吃完晚饭，然后去睡觉。"

"我没有在等人吃完晚饭。我在那里躺了一阵子，后来……你几岁了？"

"为什么？你几岁了？"

"你为什么总用问句回答我？"

"你不也是吗？"

"好吧，你赢了。我十九。"

"十九？你看上去比这小。"

"你呢？"

"八岁，快九岁了。"

"你说话倒是听上去比你年龄大。"

她把轮椅摇到我边上，几乎撞到我的小腿，然后她伸出手，对我说：

"我是娜奥米。"我看看她，伸手握了握，"你的手很粗糙，你也是泥瓦工吗？"

"对了，我在哪儿？"我打断她。

娜奥米皱起眉头，噘起嘴巴，她少了几颗牙。

"在这里啊，不然呢？"

"是，我知道。但是这里是哪里？"

"你不知道？"

"不知道。"

"你在大桥之家。"

"大桥之家?我他妈怎么到这儿来了?"

"西恩先生不喜欢脏话。"

我看着这个小屁孩,她也用大眼睛看着我。

"操,操,操。"我连珠炮似的骂着,一声比一声高。

"看来你醒了。"

我转头看着门边,那个给我手帕和钱的老头向我们走来。我在车站被一群王八蛋揍了以后,就是这个老头给我钱,让我买膏药和绷带。我一眼就认出了他的白胡子。他叫什么来着?我忽然很不好意思,不知为什么,像被炭火炙烤,像鳞片如多米诺骨牌那般被揪下。我回头看看娜奥米,她微笑着。

"这些不是脏话,娜奥米。"老头走到小女孩面前,对她说,"关键是用意,用意肮脏,这些话才是脏话。你注意到他的语速了吗?我们要是给他报名,参加个什么比赛,说不定能打破世界纪录。你说好不好?"

"好!"娜奥米牙齿漏风,含混地说,"说脏话世界纪录。"

老头从裤子口袋里拿出一个小包裹,交给娜奥米。

"看来,你已经认识今晚的贵客了。"

"对,他叫利波里奥,"娜奥米看着我说,"利波里奥,这是西恩先生。"

"阿巴古克·西恩。"老头说,没有看我,"咱们明天再聊吧。娜奥米,到睡觉时间了。"

"我怎么到这儿来的?"我打断老头的话。

阿巴古克先生推着娜奥米的轮椅，往门里走去。我跟着他们。

"利奥把你带来的，利奥·祖维拉。"他推开门，走出体育馆。我一头雾水，愣了一会儿，推开门。

"这个该死的利奥·祖维拉是谁？"

"听见了吗？娜奥米，"阿巴古克·西恩先生平静地说，"这小伙轻轻松松打破世界纪录。哦，没错。"

* * *

"你来听听，文艺青年，这个怎么样：'高高屋顶上／是我的胸膛／投向你的床／只因为悲伤。'啊？怎么样？"

"唉，老板，你这辈子读了这么多砖头，也不过如此。"

"贱人。"

餐桌很长，是木头的，能坐下十二到十五个小伙，或者十八个小孩，或者三十二个小屁孩。长凳也是又重又实的木头。宽敞的屋子墙壁上依次是一台黑色架子的旧电视——电视朝桌子摆放、两扇窗户、两扇门和几张带框的证书——每张证书上都写着阿巴古克·西恩的名字。一扇门开着，里面是厨房。另一扇门里是卫生间，里面有个洗手池。一盏白炽灯挂在黑色电缆上，随风摇晃。一群飞蛾围着灯泡，顶着烧焦的触角，发动自杀式袭击。

"菜不多，但是吃了好得快。"阿巴古克先生说道。他把一个大盘子放在我面前，有一点蔬菜、一碗热汤和一把勺子。

我愣愣地看着盘子，牧草似的东西浮在汤上。我很饿，可我吃不下。阿巴古克先生坐在对面,胳膊肘撑着桌子。

"娜奥米是个特别的女孩。"他看着我呆呆地望着餐盘,对我说。我回过神来,"她想当一个大律师,诸如此类的。"

阿巴古克手托下巴,胡子向前翘起。我发现他少了一两颗门牙,小胡子拳曲,说话时露出一个黑洞,露出上颚和舌头。

"你呢,你打算怎么办?"他细细端详着我。

"我的腰带在哪儿?"这是我唯一想到的。

"你看过房间衣柜了吗?所有东西都在。你的衣服、裤子、腰带,一样不少……我们这儿虽然穷,但都是正派的人。"他爽朗地笑起来,像一只老鸽子。

"我睡了多久?"

"我想想……昨天,星期天,下午四五点左右,祖维拉把你带过来,现在差不多晚上十一点,我算算……"他伸出皱巴巴的手,扳着手指,"四、五、六、七、八、九、十、十一。七个小时加二十四个小时。你睡了差不多三十一个小时。哦,没错。"

"你们为什么不叫醒我?"

"喝汤吧,这汤冷了难喝得要命。我们可没闲钱再热一次。"

我把碗移到面前,把勺子放进汤里。

"那个叫祖维拉的,他来的时候是一个人吗?"

"是一个人。你好像喝醉了。我俩架着你,怕你又摔倒。"他迟疑了许久。我用勺子搅着汤里的草,"我这么问,是想看看下一步怎么办。你是不是嗑药了?小伙子。"老头一脸严肃地看着我,"霹雳、古柯、大麻、冰毒、天使粉、鳄鱼泪、海洛因、LSD、芬太尼、吗啡、鸦片、挥发剂、水晶、颠茄？"

"您是医生还是毒贩？"

"都不是。"他笑得更大声了，八字胡飘起来，"了解一点总没坏处。我这么问是因为你来的时候并没有酒气。你得了什么病？需要告诉我吗？因为连医生也搞不明白你为什么发烧。"

　　　　　　　＊　　＊　　＊

"你来，贱人，你行你来写，诗仙。"

"我为什么要写？"

"好吧。"阿巴古克先生说，"你想住多久就住多久。但你也要劳动，不是为我，而是为福利院。"

"那个，您是教徒吗？这是什么教派的地盘吗？"

"是的。"他笑着说，"穷光蛋教。"

阿巴古克关上门，他的脚步声在蛀蚀的地板上渐渐远去。我走到衣柜边，腰带真的在里面。我系上腰带，这是我悬在世上的唯一绳索。

醒来第一眼，看到的是娜奥米的脸。接着我发现一群小屁孩正围着我：床上也有，地上也有。

"没错，我说的就是他。"一个小男孩说道。他瘦巴巴的，肚子倒不小。

"可是另外一个很结实。"

165

"这个看上去像条蚯蚓。"

"瘦猴。"

"竹竿。"

"是他吗?"

我迷迷糊糊地坐起来,两三个小孩从床上滑到地上。

"他生气了。"一个娃娃大叫。

"打人了。"另一个喊道。

话音刚落,这群小鬼撒丫子就跑,疯疯癫癫地乱嚷一气。他们躲到门后,探头探脑,像一群长犄角的虫子。

"别理他们,"娜奥米对我说,"他们太小,不知道有专门保护男娃娃和女娃娃的法律。"

"这都是什么?"

娜奥米抬起轮椅的前轮,转了一圈。

"都是小孩,你没看到吗?傻瓜。"

"你在这儿干什么?"我揉着眼屎,没好气地说。

"拉家常啊,和大家一样。"

"换个地方拉去。"

娜奥米转过轮椅,透过眼屎,我看到她心情不错。她穿着昨天那件睡衣,扎着同样的丝带。阳光猛烈地透过窗帘,照得娜奥米比昨晚更像小女孩。昨晚的她活脱脱是个男生。她黑亮的头发像是毛线编成的。

门后探出几个小脑袋,几对小眼珠,我猛地抓过枕头一扔。这群小傻瓜又咋咋呼呼,惊恐得像一群蚂蚱,蹦蹦跳跳地逃到走廊。

"这群小妖怪是从哪儿来的？"

娜奥米把轮椅转到门口，拾起枕头，放在腿上。

"你不知道吗？"

"不知道。知道什么？"

"你是他们眼里的英雄、巨人，他们崇拜你。当然，除非电视上那个人不是你……"

"我不知道电视上的是不是我。但我不觉得被一群杂碎踹成肉饼，我就能成英雄，还被尿裤子的小屁孩崇拜。"

"什么肉饼？"

"你在说什么？"

"我在说电视上放的一段视频，你把一个打拳击的给揍了。慢动作放了好几次，像这样，砰！——啪！——"

* * *

"喂，老板，我写了一段东西。上个星期的赌，肯定是我赢。这次你不能说我磨磨叽叽，过期判输。这狗屁文章写得我卵蛋都少了一颗，他妈的。"

"行，让我听听你写的什么玩意，真滑稽。"

"那是我第一次见她，不知为什么，她在更新世天堂的树林中惊惶旋转。她盲目而幸福，迟迟没有注意到我。我们喽啰从城市中蜂窝状的井盖里涌出，她隐没在红色公交车和异教的夜色中。那贯穿灵质的字谜，只有几人能懂。路中、灯下、群星低垂的花园里,一个人,无声地,恋爱了。"

"这不是你写的,你不可能写出这种东西。剽窃魔头,你从哪里抄来的?哪本书?告诉我,兔崽子!"

"这是我写的,老板。"

"怎么可能是你写的?你他妈连自己的名字都不会写,你念的单词压根都不存在!再说你就是一个没脑的爬行动物,流哈喇子都勉强,还造句。你输了,麻风狗卵子。"

"是我写的,真是我写的。"

"不是你写的,王八蛋,小杂碎,别想蒙我。小骗子,这星期我一个子儿也不付你,你得干两倍的活。说谎还上瘾了。你现在给我消失,我不想看见你,王八羔子!"

"什么!"我吃惊地大喊一声。妈的,章鱼和他手下的废物肯定把疯王和我的视频传到了网上。

倒霉的家伙,像只拔了毛的羽蛇神[①]。

娜奥米像风车似的打转,听到这话,猛地停下。

"维比夫人不喜欢我们两种语言混着说[②]。要么说英语,要么说西班牙语。她上课的时候讲,如果我们掺和着说,以后就不知道自己在说什么。这不是让语言更丰富,而是更贫瘠。"

"什么?!"我重复道。

---

① 羽蛇神,玛雅、阿兹特克等文明普遍信仰的神祇,其形象是一条有羽毛的蛇。
② 本文中的大量对话为英语和西班牙语混合。

"你没听过这种说法吗?"

"你总是这么说话吗,小鬼?"

"我不是小鬼,利波里奥。我是个小孩,我叫娜奥米。"她皱着眉头,转过轮椅,挪到门边。几个小家伙让出一条路。

"喂,你生气了?"我冲她喊,她不理会,一群小鬼跟在她屁股后头,像哈默尔恩的老鼠①,"还我枕头!"

我重新躺在柔软的床上,从没这么长时间无所事事。我与被套、腋下和床单上的螨虫虱子做伴,孵着它们的卵。

我就要合上眼,娜奥米在一群娃娃的簇拥下回来了,她挪到我边上。

"我没有生气,我是不高兴,这有很大区别。收好你的脏枕头。"她用力把枕头砸在我的脑袋上,带着小喽啰出了房间。

* * *

老板生了我四个礼拜的气,只有在使唤我的时候,他才会蹦出一个字,像个死循环。

"擦、扫、整、放、拿、拍、洗、漂、拖、带、送、涮、量、装、滚、擦、扫、整、放、拿、拍、洗、漂、拖、带、送、涮、量、装、滚……"

我从床上爬起来,身上轻飘飘的,像太空中的宇航员。我换

---

① 出自德国民间传说《哈默尔恩的花衣笛手》,收录于《格林童话》。

上衣服：衬衫、W姐给我的裤子、艾琳给我的运动鞋，然后叠好睡衣，放进衣柜。走廊上的门都开着，大部分房间都是上下铺，床上铺着灰色方格床单。我向体育馆对面那扇门走去，我想尽快离开，似乎这是个兽穴。

我走到金属门边，打开门。

道路弯曲，停着几辆车。这里虽然很旧很破，但是不脏，不像其他地方，到处是涂鸦。院子里居然还有几块绿油油的小园子。我走到门口，食物的香味猝不及防地飘来。妈的，该死的吃的，这下走也不是，留也不是。香味从大门左边的食堂飘来，我转过身，再次投身兽穴。饥饿总在我的灵魂上犁出一道道沟壑。

*　*　*

"老板，你猜对了，我就是从一本杂志上抄的。"

老板摘下眼镜，绽放出巨大而邪恶的笑容。他一拳砸在柜台上，响遍整个书店。

"看吧！我就知道，你个剽窃犯！你怎么可能写出这种东西！充其量里面的脏话是你写的，其他的，哈！"

"因为我太想赢了，老板。"

"你输了，小贼。"

"是的，老板。"

"现在把你抄袭的杂志交给我。"

"你应该就是那个新人。"一进食堂，一个结实的女人对我说。

"你应该就是那个老人。"

"哈哈哈！"她笑着说，"我喜欢你的幽默感，小伙子。这里的人都太严肃了。不过这儿已经很好了，还能怎样？搬到温室大棚里？"

"我的屋子倒是又热又湿。"

"哈哈哈！"她又笑起来，"你过得肯定不错，还能说笑。你吃早饭吗？"

"吃。但我没钱。"

"别担心，这里有很多脏盘子可以洗。"她笑着走进厨房，拿了一个托盘出来，托盘上有一个小圆面包。

"只剩这个了，因为这儿八点准时开饭。"

"可是，我闻到肉味了。"

"是。没错。那是午饭。如果你想吃口肉，下午两点，准时坐这儿。记得把手洗干净。"

我拿起面包，啃起来。

"这太硬了！"

"当然了，这面包是喂牲畜的。"

"喂牲畜？"

"对，给鸡圈里的鸡吃的。"

我不再抱怨，专心啃着。

"其他人在哪儿？"

"在体育馆，等待开饭。"说完，她回到厨房，接着炒菜。

我又啃又扯，吃完面包。快到两点了，食物让我又有了时间概念。

生物钟转动起来。

我一走进体育馆，所有人都齐刷刷地盯着我。一片寂静。我很不习惯变成焦点。我走上看台，一屁股坐在长凳上，猫着腰，试图让人们忽略我的存在。体育馆里又喧闹起来，大呼小叫，此起彼伏。

看台上坐满大大小小的男娃和女娃，只有三个成年人：一个脖子上挂着口哨的大块头教练、一个坐在写字台边的女人和阿巴古克先生，他正朝我走来。剩下的，包括我，大概四岁到二十岁的样子。

"你喜欢打拳，是不是？"阿巴古克先生坐到我身边，问道。我的牙上还塞着面包渣。

我耸耸肩，不知道这老头是不是找碴，我可不想出手。他就两颗牙，恐怕不保。

几个小家伙围着一个矮篮筐，试图投球。他们挤成一团，篮球脱手，慢慢滚出场地。大肚子教练吹哨，把球交给一个小孩，重新开赛。

"你知道吗？运动是最好的发泄方式。"阿巴古克先生说。这时，一个小孩总算投进了。他躺在地上，兴奋地庆祝起来。

娜奥米在对面看台前排，手里拿着破烂的小彩旗呐喊着，激动得要命。她不时转动轮椅，扯着嗓子加油。

"她出了什么事？"我看着娜奥米，问阿巴古克先生。他也注视着她。

"一场悲剧。"他直截了当地说。

大块头教练吹哨结束了比赛,喊下一支队伍上场。他给小孩子按身高排队,累得汗如雨下。比起听从教练指导,小屁孩们显然更喜欢挖鼻屎。

阿巴古克先生捋了捋白胡子,沉思着。他满面愁容,额头上的青筋十分明显,手上揉搓着一张纸片。他看着娜奥米,说道:

"有一天,他的父亲被工厂开除了。他一时冲动,回到家,用一把点22手枪朝妻子、女儿和自己各开了一枪。娜奥米没死,但是脊柱断了。很多年以前的事了。"

我咽了咽口水,看着娜奥米的脸。有人能忘记这种事吗?当它从没发生过?娜奥米挥舞着小旗,两三个小娃娃像藤蔓似的挂在她腿边。

"她恨过吗?"

"我不知道,小伙子。她是个非常聪明的女孩,但我不知道,她的内心深处是不是埋藏着什么。我想是的,虽然我希望没有。你看她那么活泼。哦,没错。"

"您为什么要做这些事?"我问阿巴古克先生。我周围几个大孩子在做游戏,另外几个在讲悄悄话。孩子们追赶、蹦跳,撞个满怀,大声笑着。

"做什么?"

"做慈善。"

"有时候我也这么问自己,特别是心有余力不足的时候。但是你看看他们，世界没有看上去那么糟，希望还是有的：你不觉得这是很大的动力吗？"

"但是您不信上帝，为什么？为什么还要这么做？"

阿巴古克先生笑了笑。他慢慢闭上眼睛，再睁开。

"是的，小伙，我不信上帝。但这不妨碍我做个好人。"

他把一只手搭在我的膝盖上，慢慢站起来，颤颤巍巍走下台阶，像一条腿短，一条腿长。他站稳以后，转过身来。

"唉，我忘了……有人给你留了张便条。我找你是想把便条给你。"他把刚才揉搓的、对折的纸片递给我。

"您为什么不早给我？"在嘈杂的哨声、运动声、小孩的咿呀声和苍蝇的嗡嗡声中，我对他大声喊道。

"因为我老了，总是忘东忘西的。"

他走下一级台阶，转过头，用同情的眼神看了看我。

"人很容易冲动，孩子。难的是克制。"

他走下看台，和写字台边的女人一块离开。那个女人身边有一个小鬼，不知在吵闹什么。

我赶忙展开纸片，脉搏渐渐减弱。血在虹膜和脸颊上猛地凝固，肚子像是挨了一拳，我喘不上气："我不想再见你。艾琳。"

* * *

"杂志没了，老板。你卖给一个女士了，那个想学哲学的。"

"貂皮大衣那个？"

"就是她。"

"那是本墨西哥美食杂志。"

"那我不知道。反正你对她说,那本书里有菜谱,可以用来学哲学。"

"你喜欢她?小滑头?"

几秒钟的时间,我把艾琳这句话读了三万亿次。每读一次,她的字迹就愈发模糊。这草草几笔蓝色墨迹,行色匆匆,飞一般地逃往天际。又一滴水落在纸上,成了个洼,像一片海,一条浑浊的字河。艾琳,守护维斯塔[①]圣火的祭司?爱慕之心终将死于卑贱的篝火?哪怕鲜红炽热?操,操,操。痛苦的阴影里,万物不生,唯有水花在海的眼眸闪烁。操。

"你怎么哭了?"我垂下眼,看到娜奥米在看台下方问道,"因为我们队要输了?"

"我没哭,笨蛋。这是汗。"

"汗能把眼睛染红?"

"你还不闭嘴就紫了。"

娜奥米递给我一面皱巴巴的小红旗。

"你别流汗了,给我们队加油吧,他们要拿世界冠军。"

我抬起头,场上一堆小屁孩,站也站不稳,篮球显得很大。像几只细胳膊细腿、大腹便便的蚂蚁正在打沙滩排球。

"给这些崽子加油?"我用手背擦了擦眼睛。

[①] 维斯塔,罗马神话中的炉火和家庭的守护神,其神庙中的圣火常年不熄,由几名处女祭司守护。

"对啊,他们是未来的世界冠军。"

"我他妈为什么要给他们加油?"

"因为我们是一个队啊,不是吗?"

"你看看,没人碰他们,他们自己就倒了。"

"没关系,有一天他们会站起来的。"

我接过小旗,慢慢挥着,泪眼蒙眬。突然,一腔怒火烧穿皮囊,我从座位上站起来,猛挥着旗子,满腔狂怒、怨恨和剧痛。艾琳挥之不去的模样就在我斑驳的眼前。

"兔崽子,他妈的,往筐里投啊,狗屁冠军!"

全场沉默,鸦雀无声。小孩惊恐万状。教练口中的哨子掉到胸前,写字台边的女人和阿巴古克先生满脸错愕。

就在一瞬间,像傻子抽风,像破钟轰鸣,小孩齐声尖叫,合唱了一曲天使魔鬼哭号曲。

"你害得他们乱叫。"娜奥米在下面对我说。

我浑身发抖。虽然我看起来很坚强,但其实我比哭得最凶的娃娃还要懦弱。我跳下看台,朝出口走去。这时,阿巴古克先生用与他的年纪不相称的力气猛地抓住我。

"如果你走了,可能再也不会回来。但是如果你留下,你可以帮助很多人。"

我甩开他的胳膊。我想跑,我两腿抽搐,蠢蠢欲动,想要逃离这个该死的世界,一拳砸烂。我走到门边,准备抬脚踹门,但是一个念头阻止了我。

一个难以解释的念头。

我的理智告诉我不能这么做，我不知道为什么。

娜奥米挪到我身边。我喘着粗气，气血汹涌，冲击着大脑。

娜奥米拉过我颤抖的手。

"留下！"她就说了一句。

仅此而已。

她的手像是烈火中的余烬。

我知道所有人都在看我，因为我感到他们的目光像一把把尖刀，在我背后飞旋。大门的圆形玻璃照出小孩鬼叫的模样。

"特鲁迪教练，请您把软垫拿来。"阿巴古克先生说道。

大块头教练走到放篮球和球筐的箱子边，从底下抽出一个红黑相间的旧皮垫。

"放到位。"

"来吧！"教练大汗淋漓，把垫子放在胸前，两腿前后站着。

阿巴古克先生喊道：

"使劲打，小伙子。打完就舒服了。"

娜奥米握紧我的手，像给我打气，然后松开。

"去吧！"她说道，"我们生气的时候都这样。"

我深深地怨恨这个世界，我浑身疼痛，像被机器碾过。我口吐怒火，慢慢走了几步，到教练面前，飞身一跃，使足力气，朝软垫中央出拳，拳头贯穿空气。

操！——风在怒吼，空气在颤抖。

啪！——垫子一声巨响，划破体育馆的寂静。巨响之外，垫子迸出大量灰尘，皮革应声碎裂。特鲁迪教练像棵被锯断的大树，

177

一屁股摔在地上。

尖叫掀翻了屋顶。

"他杀了他!"写字台边的女人大叫一声。

阿巴古克先生跑到大块头边上。

"特鲁迪教练!您还好吗?特鲁迪教练?"

大块头一动不动,呼吸微弱,胸膛几乎没有起伏。他两眼外突,像只狐猴。他的脸忽紫忽红,又变成蓝色。我立刻走上前,抓着他的脚,屈起膝盖,让隔膜回到正常位置,以便呼吸。我处理过很多街头打架的家伙,帮他们保住小命。

"您说得没错。"我拉着特鲁迪教练的脚,对阿巴古克先生说,"现在舒服一点了。"

*　　*　　*

"老板,昨天那个混球书商来了,他说如果您再给他跳票的支票,他就把新书送到其他店。"

阿巴古克先生的办公室在大门右侧,食堂对面。我们把特鲁迪教练搬到这里,把他放在一张床垫上,免得被一群小孩围观,竞相看他是死是活。那女人在一旁,用西班牙语和英语号叫着:

"我的天,哦,上帝。甜心,亲爱的,宝贝。"

娜奥米拽了拽我的胳膊。

"这是她丈夫。"

教练脸上渐渐恢复血色,他的老婆往他的鼻腔里又塞了一块酒精棉，他一个激灵。

厨房那个结实的女人拿着一个汤碗和一把勺子，走了进来。

"上好的老母鸡汤，死人也能救活。"她把汤碗放在教练身旁的一张小桌上。

"谢谢，梅切夫人。"阿巴古克先生说。

女厨子一蹦一跳回到对面的食堂。

"您觉得怎么样，教练？"阿巴古克先生反复问道。

大块头点了点头。他的老婆紧紧攥着他的手。

她转过头，看着我。

泪眼婆娑。

"这小子是个祸害。"

"维比夫人，这完完全全，绝对是我的责任。"阿巴古克先生顿了顿，"我没……没想到……"

"我的特鲁迪，不知道心肝脾肺有没有挪窝。"

"我们立刻把您的丈夫送到医院，维比夫人。"

"我没事了。"特鲁迪教练终于说了句话。

"怎么就没事了？亲爱的，你都断气了，你的脸一会儿一个颜色。哦，上帝。就像死了一样，我心脏病都犯了！"

"我就是岔气了。没事的，老婆。"

"你一会儿要是拉肚子，可别瞎哼哼！"

维比夫人的话让娜奥米扑哧一笑，她赶紧捂住嘴巴。

我也笑起来。

"他脸皮真厚，您看，西恩先生，他还笑话我们。"

"对不起,我……"我低下头说道。娜奥米看看我,捂着嘴笑。

"维比夫人,我理解,刚才的事让您很恼火。但是,您要记得,您是个好人,我们在这儿都是为了帮助可怜人,无依无靠的人。过错不在这个年轻人身上。"

维比女士脸红了。她转过头,重新看着她丈夫。教练好多了,脸上淌着汗珠,恢复了血色。

"不得了,小伙子。"教练瞪大眼睛,看着我,缓缓呼气,"我当兵那会儿是装甲车技师,我们海军陆战队的常常互相较量,边上的人下注、赌钱、赌香烟。这辈子,我发誓,你左手那一拳,我从来没见过。"

"我也没见过,特鲁迪教练。"阿巴古克先生说道。他坐在书桌边缘,身后的墙上挂着他的荣誉证书,还有几张合影,上面那些我不认识的人笑眯眯地看着镜头。

"你喜欢拳击吗,小伙?"教练问我。

"特鲁迪教练,您不会是想?……"阿巴古克先生说道。

"还得再试试,您觉得呢,西恩先生?"

* * *

"老板,银行的人打来五次了,我怎么对他们说?"

"说我死了。就说我昨天死了,今天早上下葬。这些衣冠禽兽,别想再吸我的血。"

"你看,小伙。"我和特鲁迪教练在体育馆。小孩都去食堂吃饭了。我很饿,但是教练被老婆催着上医院,他只得马上开始。"我们早该这么做了,西恩先生。"他对阿巴古克说,他们想让我在慈善之夜的表演赛中上场,"为福利院筹钱。我们时间不多了。""小伙子,"教练对我说,"这些叫作肌肉,练体型就是练肌肉。这是胸锁乳突肌,这是三角肌、三头肌、二头肌,后背是背大肌。这里,肋骨这儿,斜肌,然后是腹肌、臀大肌,四头肌有四块肌肉:外展肌、内收肌、股直肌和缝匠肌。再是股二头肌,下面是腓肠肌、胫骨肌。所有这些,我们从头练起,仰卧起坐、俯卧撑、深蹲,还有很多。你明白吗?"

"明白。"

"明白?我说了什么?"

"脖颈子到腿肚子,胳膊上的小老鼠、屁股、肚子,反正都要练。"

"不错,意思不错,这就够了。从明天开始,你先跑十分钟,以后每天增加两分钟。先慢跑,再冲十米二十米,把心血管调动起来。"他若有所思地看着我,"你确定之前从来没练过拳或者类似的运动?"

"从来没有,特鲁迪教练。"

"好吧,那我们看情况。明早五点之前。对了,你得喝很多水。"

"为什么这么麻烦?"

"因为出拳是一回事,吃拳是另一回事。"

"什么意思?"

"狠狠打肚子,明白吗?"

181

"明白。"

他二话不说,一个拳头向我挥来,我本能地退到左后方。拳头掠过我的肚子,教练一个趔趄。

"不要逃,小伙子。"

"为什么?"

"我要给你示范。"

"说一说不够吗?"

"不够。"

我站着不动,肚皮用力。

他照着我的肚子就是一拳,我差点把小圆面包吐出来。

"这还不算重的,年轻人。"他对我说。我蜷着身子,半死不活地躺在地上,"有些疯子恨不得一拳把你脑瓜削下来。"

天没亮我就醒了,时钟的蓝光显示 4:45。我利索地穿上衣服,走到厨房仓库,拿一袋饲料,把饲料桶装满,然后沿着旋转楼梯,走到屋顶。一个围着木栅栏和铁丝网的鸡圈里,几只母鸡在横杆上睡觉。我把饲料倒进盆里,拿水管灌满水槽,顺便给几个木箱浇了浇水:里面有罗勒、百里香、香菜、欧芹、薄荷、土荆芥、洋甘菊、芸香、牛至、胡椒、苋菜、山金车、几种甘蓝、白萝卜、胡萝卜、南瓜、小番茄、红辣椒、赛拉诺辣椒、哈瓦那辣椒、皮奎辣椒、曼萨诺辣椒、普埃布拉辣椒和哈拉帕辣椒。还有几块地种着芦荟和龙舌兰,一棵小鳄梨树和一棵低矮的柠檬树。前面还有一排管子,种着水培西洋菜、生菜和一些像牛饲料的叫"白日星"的怪东西。

"为什么没有玫瑰、康乃馨或者香堇,梅切夫人?"

"因为不能吃。"

"但它们是眼睛的食物,是不是?诗人都这么说。"

"哎哟,小伙,诗人是另一个世界的,他们不用吃饭。"

按照梅切夫人的嘱咐,我给屋顶上几个小菜圃浇了点水,给自己挣一顿早饭。

"浇一点就够了,水一多菜就烂了。"

我把饲料桶带下楼,放在仓库,朝大门走去。我轻轻开门,免得把大家吵醒。我走到街上,路灯还亮着,我向左走。店铺关着,路上只有两三个人,多半是去往郊区的工厂。天很冷,我按照特鲁迪教练说的,一路小跑热身。

我跑到威尔斯公园,几个脑子进水的家伙和我一样早起,正在晨练。其中一个戴着围巾、眼镜和耳机,在石子路边活动身体。几个人跑过我身边。黑人老太婆的破车还在公园中央,那儿睡着几个人。天凉飕飕的,我穿着W姐给我的运动裤、阿巴古克先生给我的运动服和艾琳给我的鞋。

教练让我先做什么来着?

哦,对。

我身体前屈,骨头发出吓人的声响。一、二、三,我站起来,蹬蹬腿。我两条腿分开,像圆规似的,腹股沟一扯。

疼。

我做了几个深蹲,膝盖嘎吱地响。

我像一台润滑油不足的机器。

我把胳膊向前抻抻,向后抻抻。

扭扭脑袋,活动活动脖子。

我沿着跑道走起来,加速,飞奔。奇怪,没人追我,我居然自发跑步,不是被人追着打。

我绕着公园跑了几圈,嗓子很干,有时喘不上气。开始大概都是这样。难受。

真难受。

"你记住，小伙，不疼就白练。"特鲁迪教练昨天对我说，说完就挽着老婆的胳膊走了。

天色渐渐变蓝，我趁着还有一点力气，跑出公园，径直跑到艾琳楼下。看着红砖，我像失落了一片魂魄。

远远看着她走过马路、乘坐公交、穿过公园，我本已心满意足，为什么现在如此心痛？

我久久伫立，看着她的窗户，她应该正睡着。天空渐明，天色大亮前，我飞快跑起来，让身体的疼痛盖过内心的剧痛，她永远不想和我这样的人在一起。

我回去时，天已经蓝了，太阳还没出来。福利院大门敞开，门外一辆卡车在卸货。阿巴古克先生和梅切夫人正在搬箱子，大个的小孩排成一列，一个传一个，往院子里搬，中等个头的负责堆放。他们像一群用颚部传递枝叶的蚂蚁。

"这是什么？"我问阿巴古克先生，帮他搬箱子。

"帮我们过冬的捐物。"他回答道，累得直吐舌头。

我又搬了几个大箱，总算把卡车搬空了。

"我看看。"阿巴古克说道，"食物，搬到厨房仓库；衣服被子，搬到最里面的仓库；药品，搬到我办公室。"

"特鲁迪教练到了吗？"东西全部归位之后，我问道。

"他都是早饭之后到，小伙。"

"那现在我干什么？"

"跟我来！"

我们走到一个杂物间。屋里堆着柜子和椅子，布满灰尘。几麻袋的塑料瓶、几把破锁、成堆的箱子。几块搁板上放着乐器。角落里有几本落灰的书。阿巴古克先生在箱子里摸索一番，拿出一个脏兮兮的口袋。

"在这儿。但愿还有用，没被虫蛀。"他边递给我边说，"这是一套拳击装备，里面应该有一副小手套、一副大手套、一个头盔、一个梨球和几副护齿。"

他打开口袋，他说的东西一样不少，外加一根跳绳、一条绷带和一块护裆板。

"告诉梅切夫人，让她给你点洗衣粉。你到楼顶的水槽洗一洗，到晾衣场晾上。弄完了下来。"

"这间屋子原来是干什么的？"我问阿巴古克先生。

他转过身，看了看这个猪圈。

"用来积灰，放破烂的。哦，没错。"

梅切夫人给了我一点洗衣粉和一把尼龙刷，我到屋顶上洗我的装备。我把所有东西一股脑儿倒进水槽，从小件的开始。我拿起一个护齿，认真清洗，像是对待埃及古墓的珍宝。冲干净后，我仔细瞅了瞅。应该是放嘴里的。我把护齿塞进嘴里，没错，确实是放嘴里的。但是，它原来的主人满口歪牙，我的牙齿嵌不进凹槽。我吐出护齿，用水冲了冲，然后拿过大手套。手套上还留着深色的血迹，刷完之后，只剩几道洗不掉的划痕。我开始洗小手套、绷带和护裆板。板子看上去很小，我的裆部比它大多了。最后是跳绳和护胸，脱线的护胸破了个洞，红黑两色，被我洗得亮晶晶的。我把它拿到晾晒场。从屋顶上可以望见城市一角，透过高楼和附近几棵树，在那一片阴影和威尔斯公园之间，应该是她的公寓。

* * *

"老板，为什么你一个人的时候满口脏话，有客人的时候半个脏字都没有？"

"我他妈的说什么脏话了？好管闲事的小兔崽子。"

"就这些。"

"妈的，这不是脏话。电视剧里人模狗样的家伙，婊子养的共和党畜生，不要脸的王八蛋，他们说的才叫脏话。投我一票，生活更美好，借一笔贷款，你就是房子的主人……放他妈狗屁。我这种说话方式叫直抒胸臆，小子。"

我晾好跳绳，下楼吃早饭。小孩纷纷给我让路，好像我在一个透明球里，把他们统统挤开。只有娜奥米转着轮椅，向我靠近，她把盘子放在我边上。

"如果你是一棵树，你会是什么树？"

我舀了一勺麦片。

"你为什么这么奇怪，小丫头？"

"你觉得我奇怪?"

"很怪。"

"那是好还是不好?"

我想了一会儿。

"是奇怪。"

娜奥米也把勺子伸进盘里,喝了口麦片。

"你真的对西恩先生说,你要把杂物间打扫出来当图书馆?"

"谁跟你说的?"

"哎哟,利波里奥。这地方,有点事,谁不知道啊。"

"他们舌头真长。"

"所以是真的?"

"不是。"

"我能帮忙吗?"

九点过后,特鲁迪教练来了,手臂下夹着一副手套,拿着一大瓶水。维比夫人把孩子们带到体育馆的一角,在黑板边上英语课。小孩和娜奥米时不时回头看我们。维比夫人发现了,提高嗓门,他们立刻回头看黑板。

"你跑步了吗?"特鲁迪教练放下手套,问道。

我点了点头。

"好,起码不懒。"他说,"那什么,"他从裤子口袋里掏出一张皱皱巴巴的纸片,高声读起来,"拳击是世界上最苦、最难和最严格的一项运动。学习拳击,必须要有毅力和纪律,不断突破人体极限。"

"特鲁迪教练,"我打断道,"您以前教过拳击吗?"

他的脸变得更红了,一个劲儿地冒汗。

"你是第一个。"他说道,为了弥补经验不足,他又强调道,"我年轻时练过拳击,多少懂一点儿。"

"要不您别念了,教我打梨球吧。"

特鲁迪教练把纸片揉成一团,塞进裤子口袋,然后躺在地上,肚皮朝上。

"你说得很有道理,小伙。但是要先热身,一百个仰卧起坐,像这样。"他吃力地做示范,上气不接下气,"躺下,呼,起来。呼,要呼气,呼——用力呼。"

我躺在他边上,边做边数。

"1、2、3、4、5、6、7、8、9、10、11、12、13、14、15、16、17、18、19、20、21、22、23、24、25、26、27、28、29、30、31、32、33,"肚皮有点痒,"34、35、36、37、38、39、40、41、42、43,"来了,越来越吃力,肚皮灼烧起来,"44、45、46、47、48……"

"加油,小伙,再来两个,就一半了。"

"……49、50。"我四仰八叉,躺在地上。

"万事开头难,就差五十个。"

做完一百个仰卧起坐后,我的屁股像是开了花。

"……98、99、100。"我汗流浃背,汗水像千万条溪流沿着额头淌下。我接过教练递给我的水。

"现在是十个俯卧撑。像这样,看我:你得,呼——整个胸部下去,呼——着地。接着,呼——再起来,呼——锻炼二头和三头肌,吸气,呼——起,呼气,呼——下。"

"教练,你是肚皮着地的。"

"闭嘴,快做。"

几种练习重复三次后,教练站起来,我的胳膊和腿哆哆嗦嗦,站也站不稳。

"现在是一点技术练习,"他拿起手套,对我说,"伸直胳膊,我给你戴手套。"

我伸出胳膊,每一寸都在颤抖。尤其是二十次蜥蜴爬行,把我彻底累瘫。教练给我戴上手套。我觉得手套沉得要命,差点向前一头栽下去。

"站稳。"教练扶着我的前胸,防止我摔倒,他对我说,"你得习惯这个重量,像是你身体的一部分。"

"现在干什么?"我耷拉着胳膊,问道。

"举起手套,呈防御姿势,像这样。"

"我举不起来。"我说。

"怎么举不起来!我试试……"他一拳朝我脑袋打来,我急忙举起左拳招架,"不是说举不起来吗?"

他左右出击,我只能用手套又避又挡。

小孩大喊大叫。

"他们打起来了。"

维比夫人大声喊道:

"特鲁迪教练,你行行好,别这么野蛮,我在上课。"

特鲁迪教练停下来,脸涨得更红了。他缓了缓,整理形象,但是雨滴似的汗水浇遍了他全身。

"对不起,维比老师。"他走到看台坐下,"今天到此为止。"我也坐下来,"我们刚开始,慢慢来,不然会受伤。"教练喘着粗气,汗水从脸上淌到胸前,裤子和我的一样,都湿透了,"西恩先生说找到了一副装备和跳绳。你明天自己跳半小时的绳,明白吗?跳绳可以练速度。"

我点点头,全身都在哆嗦。教练帮我摘下手套,放在一张长凳子上。

"拿着,小伙子,别忘记我说的话。"他从裤子口袋里拿出那张纸片,交给我。

教练站起来,拖着腿走了。我突然觉得他有点可怜。他推门离开。我颤抖的双手拿着纸片,看来看去,奇怪地发现手上是一张白纸,什么都没有。

下午两点,我和刚下课的娃娃们一块到食堂。娜奥米坐在我边上。

"训练怎么样?"

"什么?你没看见吗?"

"就一小会儿。"

"要人命了。"

梅切夫人拿着托盘走过来,上面有几盘米饭和一个鸡翅。

"教练说你要多吃蛋白质,才能长肌肉。可是,小伙,我们这里没多少吃的,你还是和大家吃一样的,行吗?"

"没问题。"我说,"有什么吃什么,吃什么拉什么。咕咕咕。"我抖动着两条残废的胳膊,像母鸡扇着翅膀。

旁边的小孩和梅切夫人都笑了。

"他们看到这家伙就笑个不停。"梅切夫人笑着说。

"他们怕他,但是也挺喜欢他。"娜奥米说道。

娃娃们累了,两眼无神地看着餐桌,胳膊软绵绵地撑着。

"那你呢,丫头,你为什么像口香糖似的黏着这小子?离他远一点,别爱上他了,你会受伤的。"

娜奥米发出小孩特有的笑声,简单纯粹,天真无邪。

"您在想什么,梅切夫人!我要好好学习,成为大律师,维护人权。这是我的头等大事。"

"呵,好家伙。想法不错。努力学习,对付坏蛋。但是丑话得说在前头,'律师'。"她笑了一声,给其他桌上菜去了。

* * *

"你怎么认识老板娘的,老板?"

"关你什么事?臭小子!这是我和她两个人的事,跟别人没关系。"

"你不好意思了?"

"对。"

我搬开一张积满灰尘的椅子,坐在房间中央。我得盘算盘算,从哪儿开始收拾。我闭上眼,思考着。

"你别睡着了。"娜奥米在我身边说道。

我知道,我没睡,我死了。

我动也不能动,眨眼都疼。

一百万个警察排队揍我,都没有训练这么痛。原来肌肉里还有肌肉,牙齿也会痛。不过,不疼就白练。

"哎哟,我的屁股。"我站起来,哀号一声。要是睡着了,我恐怕会在梦里心脏病发而死。"我们从哪儿开始?"我问娜奥米,累得无法思考。我一手拿着扫帚,一手拿着水桶和抹布。

"先取名字,好吗?我早上想到,可以叫'自由与自然图书馆',你觉得怎么样?自由的'L'来自利波里奥,自然的'N'来自我的名字。我俩名字都在里面,是不是很棒?"

"或者可以叫'过会儿再收拾图书馆'。"我说道,眼皮撑不住,就要爆炸了。

"这名字不行,笨蛋。现在,我们可以把书架上的书清理一下。"

"这些?"我抽出几本尘封千年的书,扬起一片毛絮、灰尘和蛛网,"总共就这几本!"

"最好不过了!"娜奥米几乎从轮椅上跳起来,"你想想,世界上的图书馆最开始都没有几本书,可能只有一本,可能一本都没有!"她兴奋地笑着,眼里充满欢乐和希望。她掉了几颗牙,漏着天真的风。

从来不下雨，一下雨就震。不是地震，是天在震。一开始，我什么也没听见，没有雷声，没有闪电，雨声也没有，突然就大雨瓢泼。

娜奥米和我打扫完房间，擦完书架，摆好仅有的几本藏书，把箱子搬到角落，把乐器挂在墙上。然后，我直接回到房间，没吃晚饭就钻进了被窝，像一团面糊，化在床上。

昏昏沉沉中，有人说话，是艾琳？

"吃吧，是块甜面包。"

我闭着眼睛嚼着。吃完的一瞬间，我睡着了，轻飘飘的。没有梦，没有潜意识，没有什么扰我安眠。

一夜无梦。

一声炸雷把我惊醒，雨声大作，像玻璃碎裂。我听得清楚，却无法动弹，像被活埋，或是强直性昏厥，我无法控制身体。我的声音像幽灵，虚无缥缈。我转头看时钟，肌肉纤维痉挛了成百上千次，像魔鬼的尾巴和三叉戟嵌在肉里。

时钟闪着 4:38。

再过几分钟，就得起床，进行第二天的训练。我死得透透的，僵硬的肌肉就是我的棺材。为什么没有折磨就没有进步？怎么这么疼？像超新星在骨头里爆炸。

时钟闪着 4:49。

操，操，操。

去你的。

我从床上滑下来，搬起一条腿，忍痛搬起另一条腿。雨声噼啪，像花岗岩。要不躲回被窝？还是就此放弃？反正，没有人能逼我起床训练！

时钟也在滑动：4∶56。

操。

不疼就白练。

爱情也是这样吗？

5∶01。

操。

豁出去了，我一个鲤鱼打挺。肌肉嘶吼着，试图让我回到床上，像无形的绳索捆住我的骨骼。我全身剧痛，口渴得厉害。

我穿上衣服，出门。

母鸡淋湿了。我从图书馆搬来一块木板，让它们躲雨，免得感冒，还是发瘟，我不懂。

菜圃不用浇了，大雨滂沱，但愿别烂。

我到晾衣场收回淋湿的护具、手套、头盔、护齿、绷带、护裆板和跳绳，把这些东西晾在大门屋檐下，开门出去。

大雨倾盆。

街上一个人影，一个鬼影也没有。没有天亮的迹象。信号灯在空无一人的街上变换颜色。

天空像被砸烂了。

威尔斯公园也空荡荡的。黑人老太婆的推车不见了，草坪上一个人也没有。跑步和运动的人没了踪影。花草树木使劲喝水。我独自一人，被大雨浇透，寒意渗入指甲，口中呼着白气。今天是星期四，过一会儿，艾琳或许会在什么地方出现，或许会牵着甜心，穿过树林。或许我能看见她，就像第一次见她一样。但这不过是我的异想天开。我头晕目眩，浑身冰冷，沿着石子路跑起来，要么疼痛而死，要么更加强壮。

＊　　＊　　＊

"如果着火、发洪水或者地震了，你会救哪一本书，老板？"

"这里没有洪水，乌鸦嘴，也不会地震。"

"要是着火了呢？"

"我记得，这里也从来没着过火。"

"好吧。如果你不得不搬到一个荒岛，你会带什么书？"

"我他妈为什么要搬到荒岛上？属你爱钻牛角尖。我为什么要带书，不带一个美女？"

"不知道，可能被银行追债，被海盗追杀，没地方躲。"

"少放屁，扫地去。"

"我的圣母，你会生病的，傻小子。"梅切夫人见我走进大门，尖叫着。我是一碗行走的汤，边走边洒；我是一块被海浪吞噬的峭壁，水花飞溅。我像只落汤鸡，翅膀、胸脯、脖子和尾巴冒着水汽。

"我挂在这里的拳击装备呢？"我问梅切夫人，她递给我一块掉色的破布，让我擦擦。

"我放锅炉边了，那里干得快……我看到你给鸡圈盖了板子。

太谢谢了。我睡得很死,什么都不知道。"

"您会跳绳吗?"我冷不丁地问。

梅切夫人眼睛一亮。

"哎哟,小子,几百年前的事了。"

"您能教我吗?"

梅切夫人有些犹豫,摩挲着夹杂着几缕白发的罗马辫。

"但是你不能告诉别人,行吗?"

"谁都不告诉,我发誓。"

* * *

"我有个绝妙的故事,卖给好莱坞能值几百万。"疯子作家说。他到书店来买一本叫《网络匪帮》的关于网络谋杀案的书。一个叫海拉·德鲁姆的西班牙年轻女作家写的,她刚刚获得麦德林小说奖。"你想知道故事内容吗?"他问。

"不。"老板坚决地说。

"你呢?"他呆滞的四眼看着我。

老板看了我一眼,邪恶地笑了笑。

"他想听。"

"不,不,不,看好了。每跳一下,唱一个音节。"梅切夫人又拿起绳子,边跳边唱:"小白鞋,小蓝鞋,告诉我,你几岁。5岁!1、2、3、4、5。请你去找W,牵手一起走。"

我接过绳,跳起来。

"小白鞋，小蓝鞋，告诉我，你几岁。5岁！1、2、3、4、5。请你去找W，牵手一起走。"

后来，一千五百下之后，我终于唱完了整首歌，也学会了跳绳。

"你瞧，"早饭时娜奥米对我说，"我给咱们的图书馆找到了两本书。"

她把书搁在桌上，是两本绘本。一本是《想画就画》，一本是《小鹿斑比》。

《小鹿斑比》我读过了，于是我拿起另一本，一下就翻完了。

"很好，娜奥米。正是我们要找的。"

她笑起来。

雨下了一整天。乌云压顶，体育馆的铁皮天花板发出沉闷的声音。雨水从天花板上渗下来，我们在地上摆上水桶，免得积水，再用蓝色尼龙布盖上钢琴。维比夫人不得不把孩子们带到图书馆里上课，在阿巴古克先生、特鲁迪教练和我的帮助下，搭起黑板，找到几把椅子。

"那图书馆怎么办？"娜奥米一脸担忧地问维比夫人。

"这是教室也是图书馆，小姑娘。"维比夫人回答，看了我一眼。她的镜框四角尖尖，向上翘起。

现在，体育馆里只有我和特鲁迪教练。他带了一把电钻和一个工具箱，在维比夫人上课的角落装了一个梨球、一个沙包和另一种球，用粗绷带吊在天花板和地板之间。

特鲁迪教练钻孔、上螺丝，我给他递材料。

"我们得开一个体检报告，证明你脑袋、心脏没问题，才能申请拳击资格证。"他一边说，一边拧梨球的螺丝，"你看过医生吗？"

"看过。"

"医生说什么？"

"我肚子里有蛔虫。"

* * *

"不只有蛔虫，女士。他还缺钙，缺所有的维生素和矿物质。您看看这些疙瘩。这个小孩严重营养不良，很可能还贫血。您确定您的儿子有好好吃饭吗？"

"他不是我的儿子，医生，而且我给他吃了好些杀虫的大蒜。"

福利院的澡堂在体育馆角落的一个水泥房间里。几乎永远没有热水，我洗过两次，都是冷水。我洗完澡，雨还在下。

特鲁迪教练装好了梨球。雨声大作，铁皮天花板在轰鸣，教练对我说：

"沙包……沙子和锯末……木头……明天找一个……你会缝？没关系……帮忙……女孩……我带着沙包……最后……装好……支架……膨胀螺丝……铰链……哈……哈……哈……"

我听得稀里糊涂，噪声震耳欲聋。不管他说什么，我竖着耳朵，点着头，像是听得一清二楚。

199

* * *

"妈的,老板,再有下次我阉了你!"

"干什么,兔崽子?"

"你坑我,把我扔给那个疯子。"

"别生气,小子,那家伙是个呆子。他就是找人聊聊天,他太孤单了。"

我正在读图书馆仅有的六本藏书中的一本,有人敲了敲门。

"我在读书,娜奥米。你看完了吗?"

"有人找你。"梅切夫人在门口对我说。

心脏怦怦直跳。我以为是艾琳,不想 W 姐突然蹦跶进来,一头栽进我怀里,我差点断了气。她戴着一顶闪亮的金色假发,穿着短裙和金色高跟鞋,手上拿着金色镶钻小包。

"小鬼,你居然穿着衣服,太可惜了,我还想看你光屁股呢。"她笑着说。

梅切夫人探探脑袋,她见我一脸讶异,我见她板着面孔。

"都好吗?"梅切夫人严肃地问。

"好,好,都好。"W 姐立马回答,"您能给我们几分钟时间吗?我们有点小事,跟您没关系。"

梅切夫人用不快的眼神询问我。

"我就想跟我的侄子聊聊天。这小子比艾德曼合金[①]还难找。"

[①] 艾德曼合金,金刚狼的武器外壳材料。

"我把门留着,你随时可以逃,小伙。"梅切夫人讽刺地说。她又上下打量了一眼 W 姐,嘟嘟囔囔地离开了。

"什么情况!你找了一个碎嘴老妈?小鬼,尽管找我啊,我很乐意给你喂奶。"她咯咯笑着。

"你在这里干什么?"我皱着眉头打断她。

W 姐在屋子里打转,四处摸摸:时钟、衣柜、桌子。她停下来,坐到床上。

"首先,"她声音很轻,像是不想被我听见,"我想为那晚的事请求你的原谅。我不应该……你知道的,我太鲁莽了。你知道吗?我向来是个我行我素的人。我没想到这么做会伤害你,但是,我确实这么做了。我向你道歉,真诚道歉。那天晚上,我出去找你,但是你跑得太快了。我甚至找了几个警察朋友帮忙,请他们在周围搜一搜。我怕你出事,因为你连鞋子都没穿。他们说看到你了,但是你撒腿就跑,一溜烟就不见了。"她顿了顿,吸了口气,"我真的很抱歉,小鬼,我没想到你会这么生气。我自以为做了件大事,能改变这个该死的国家,但是我不知道应该怎么做。从早到晚在聚光灯下,我很迷茫。"她又停顿一下,看看指甲,她抬起头,看着我的眼睛。她画着金色和蓝色的眼影,戴着又长又卷的睫毛,对我说,"你能原谅我吗?小鬼。"

我没有回答。在她的眼里,在眼线笔和睫毛膏画出的面具后面,我看见了悲伤。但是,这种悲伤质地坚硬,像是忧郁,还是什么,在她的眼眸深处凝固。或许是她演出来的,我不知道。

"你怎么找到我的?"我冷冷问道。

她笑了笑，一瞬间，就是一瞬间，匆匆即逝，真切的忧郁，在妆容后一闪而过消失了。她又是强势的 W 姐。

"哎哟，别提了，我到处都找遍了。我找到了上传视频的你的那几个大块头朋友。他们视频的访问量比我的还多，好家伙，超过一千两百万，而且还在疯长……你揍疯王那一拳，太带劲了。哦，对了，他们也在找你，我抢先了一步。前天，我在那栋公寓楼外一直等到下午。上次就是在那里遇到你的，你手上还戴着手套。后来过来一个美女，作为专业记者，直觉告诉我她有线索。我向她打听你，开始她很惊讶，后来她说确实认识你，但是不知道你在哪儿。她说可以问一个朋友，你在马路上晕倒的时候，是那个人帮她照顾你，还打车把你送到医院。你真晕倒了？好了，说重点，美女给了我她朋友的电话。今天早上，我去医院找那个人，他给了我这个猪圈的地址。那个庸医还很不情愿，他叫什么来着？等等，我记下来了：利奥纳多[①]·祖维拉。你认识他吗？他是你朋友？如果是的话，那人嘴巴挺紧。不过你也知道我的作风。我说我要告他，绑架、杀人未遂、非法拘禁、污蔑、诽谤、这个那个，乱七八糟，想到什么说什么。你知道的，告人我是大专家，你要是不知道可以问我前夫。反正，我本来到得更早，但是这雨他妈的……哦，还有，你老妈给我开的门，她以为我是你姨妈。"说完，W 姐停了许久，一道闪电划过，接着雷声响起，"你真的要给这个猪圈打拳挣钱吗？"

---

① 利奥纳多，利奥的全称。

"这儿不是猪圈。"

"好好,小鬼。我收回。"

她从床上站起来,走到窗边,拉开帘子看着窗外。院子成了池塘,雨水在玻璃上倾泻着,傍晚的蓝色渐渐褪去。

"我有个计划,你想听吗?"

"不想。"

"这个计划成了,你就能原谅我,小鬼。对你我都有好处。"W姐看着窗外对我说。路灯影影绰绰,像散落的箭镞。"听听吧,很靠谱的。"她抬起膝盖,放松一下腿脚。短裙沿着大腿,上滑了几厘米。她没穿袜子,多半也没穿内裤。

"你为什么这么做?"

"做什么?"

"找我,改变世界,这计划那计划。你想从我身上得到什么?你他妈想要什么?……我什么都不是……我不是什么人物,从来也不是。你倒是个人物,有前途,有未来,有一堆狗屁。"

W姐的目光从窗户上移开,仿佛突然对泥水横流的庭院失去了兴趣。她看着我,似乎雨水穿透玻璃,打湿了她的双眼:一道细小的水痕缓慢地,十分缓慢地滑过她的脸颊,碰上鲜红的嘴唇。

"这你错了……"

我不知所措,面对他人的眼泪,我无能为力。我一动不动,因为我不知道该做什么。W姐咽了咽口水,把裙子往下拉了拉。

"你说得对,我傻透了。"她准备离开,走到门边,她停下来,

203

背对着我说,"帮我最后一个忙,行吗?"

"什么?"

"拳击比赛的时候,让我采访,我帮你宣传。"

W姐没有等我回答,匆匆走出房间。高跟鞋的声音消失在雨中。

* * *

"又来了,老板。外面有一个银行的人来找你。我是告诉他你昨天死了,还是前天死了?"

"别傻了,十二面体白痴。告诉他我去旅游了,或者出国了。妈的,干脆说你不知道,因为你是个弱智。"

"好的,老板。但愿他们抓不到你,像《圣胡利娅的老虎》[1]里一样。"

"闭嘴,啰里八唆的饶舌王八蛋,让我安静拉屎。"

天空静谧,只有月色吮吸水洼。我以为自己会因为W姐的造访无法入睡。我躺在床上,回味着她的话,特别是关于艾琳的那部分。想着想着,我就睡着了。四肢俱断,像月神的孪生兄弟[2]。

训练第三天。我应该从岩石里重生,从坚硬如坟墓的肌肉中复活。

---

[1] 《圣胡利娅的老虎》,墨西哥电影,讲了一个关于逃兵的故事。
[2] 阿兹特克神话中的月神是一个被肢解的女性形象。其母受孕,月神与兄弟谋划杀害她,后被刚刚出生的战神肢解,头颅被抛向天空。

3:47。

我从床上跳起来。

天色如洗。天穹像无垠的视网膜,眼睛一眨,污垢一扫而光。我给伤风的母鸡喂了一把粮食。

菜园一片狼藉。没有花草可以糟蹋,大雨就把蔬菜打得歪七扭八。我拿起扫帚,把水扫进阴沟,开始收拾。我立起菜圃四周的木板,用铁丝扎好,下楼清扫院子。我从来没有在任何一本小说里读到过任何一个角色打扫卫生、洗盘子,或者因为干活满手老茧。作家笔下的狗屁生活明净优雅,没有肮脏的琐碎玷污洁白的纸张。

威尔斯公园里,人多了起来,像从石头缝里冒出来似的。暴雨之后,城市重新运转。几个穿着紧身衣的美国妞在跑步;几个戴着帽子和眼镜的正在散步;前面几个人弯腰伸背;还有几个小矮子蹦蹦跳跳,蹲下起立。我比昨天多跑一圈,小腿疼痛也减轻了。昨天,我把鞋子放在锅炉边烘了烘,现在还有点湿。

"她不是你的姨妈。"我到厨房放鞋、吃晚饭的时候,梅切夫人对我说。

"是一个朋友。"

"她是个贱人。"

"不是。"

"我像开玩笑吗?"

"她说您像我妈。"

"如果我是你妈,已经揍你屁股了。"

"为什么?"

"不三不四的东西。"

公园里,树上的鸟鸣渐渐沸腾。我走到街上,穿过马路,绕过街角。我走上台阶,用力推开大门,跑上楼梯,敲了敲艾琳的门。

我又用力地敲了敲。

屋里的灯亮了。

"谁?"

我又敲了敲。

艾琳打开门,头发乱蓬蓬的。她穿着一件粉色小熊睡衣。看到我大汗淋漓地站在门外,手上拿着一张纸条,她一脸惊讶。

"有人在追你吗,小伙?"

"这是你的字吗?"

"什么?"我把纸条递给她。她伸出困倦的手指,用另一只手揉了揉眼睛。她看了看,抬起头说:"不是,小伙。这不是我写的。"

我没说话,干净利落地吻上她睡意蒙眬的嘴唇。一个迅速的、少年的吻。我捧起她的脸,轻轻一吻,轻触嘴唇,没有碰舌头。

我立刻转身,像被魔鬼夺走的灵魂,飞到街上。

* * *

"你不是说现在要去餐厅,和一生至爱共进晚餐吗,老板?"

"是的，毛头小子。店就交给你了。小心看着，别给我添乱。"

"啊，太好了，老板。老板娘刚刚打电话，说要和孩子们一块儿过来。有一个在学校摔了一跤，把嘴摔破了。"

今天我练得更狠，青筋凸起。特鲁迪教练带了一个他女儿缝的沙包，里面装满沙和木屑。我使劲揍了几拳。

"你路子很野，年轻人。但这不够，要想赢，还需要智慧和意志。"教练说。他拿着沙包，我每打一拳，他的脸就涨得越红。他累得上气不接下气，于是把我带到梨球前。"梨球，"教练气喘吁吁地说，摆出防御姿势，"是练节奏的。你看，一记右拳，一记左拳，两记左拳。换个姿势，一记右拳，两记右拳，一记左拳。懂吗？开始要慢，非常慢，然后一点点加快速度。"

"这孩子怎么样，特鲁迪教练？"阿巴古克先生朝我们走来，手上拿着几张海报。

"不好说，西恩先生。还是想怎么打就怎么打。打沙袋的时候，感觉有点笨。恐怕天生脑袋不灵光。我说的话一只耳朵进去，另一只耳朵出来。"

"啊，天哪！特鲁迪教练！你觉得他明天能上场吗？"

"什么？不是17号吗？"

"明天有一场慈善晚会，他们少一个拳手。马歇尔夫人知道了，请我们帮忙……你也知道马歇尔夫人什么样……我本来是拒绝的，但是她魅力太大。哦，没错。"

"什么魅力！不过是她对捐款的影响力！老巫婆！"特鲁迪

教练恼火地反驳道。

"你别把她想得太坏,教练。没有她在市议会的特别提案,我们连头顶上这些大窟窿都没有。"

"哼!"特鲁迪教练看了一眼天花板,漏得像溶洞的钟乳石。

"我倒很想打一架。"我插话道,走到阿巴古克先生面前。

"你准备好了,利波里奥?"

这问题简单,我老实回答:

"没有。"

"你笑什么?"娜奥米问我。

我没理她,继续看书。图书馆有个新成员,一个小屁孩喜欢《小鹿斑比》,正使劲给犄角上颜色。

"因为明天要打拳?"娜奥米又问。我把周六拳击赛的海报钉在了黑板边上,她看了一遍又一遍。"没有你的名字也不要紧?"

海报上用英语和西班牙语写着:

周六拳击赛。18:00。福特基金会,募集善款:$1000.00。为了我们的孩子。福利联合会,A.S.C.。约翰·潘托斯对阵道尔·杰拉。德威·阿米尔对阵阿兰·史丹顿。杰瑞·诺克斯对阵威尔·赛文。H.G.弗洛莱斯对阵阿那托利·普林斯科。吉姆·弗农对阵奥登·里德。赛后备有鸡尾酒会。我们需要你的支持。

我正在读《1958—1959年政府财报》，什么都看不懂，但这已经是我们所能找到的最有意思的书。

*　　*　　*

老板常说："面包不够，玉米饼来凑，你个死脑筋。"在这里，面粉很难找，玉米饼更不多见，只有塔可烧烤店冷冰冰的饼子。但最难找的是怪话连篇、让人绞尽脑汁的书。

我的目光自动扫描着这本老旧的英文书。我一个字也不认识，但是没关系，我在想其他事。我吮着上嘴唇，用舌尖轻轻舔着。

我又笑起来。

"看你笑得像傻了一样，这本书很有趣吗？"娜奥米又问道。她身边的小屁孩正在把斑比的毛涂成紫色。娜奥米把轮椅转过来问："你看完了能借我吗？"

"好的。"我回答道。我咬到了嘴唇，思想早已飞出云外。

阿巴古克先生有一辆古董捷龙[①]车，平时用来给福利院拉日用品。办私事时他基本不开，他喜欢走路。而且，他说自二十世纪七十年代以来，马路越来越暴躁了。"一个老头因为开车慢就被骂个狗血喷头，满街都是暴躁狂。我觉得很过分。"

"你别忘记把这个箱子搬到车上。"特鲁迪教练对我说，他正

[①] 捷龙，克莱斯勒公司生产的厢型客车，1984年推出第一代。

吃力地把一个黑黄相间的大箱子搬到后备厢里,一辆1981年的费尔蒙特[①]自动挡,他拾掇了一下,闪闪发亮。我们带上了能找到的所有拳击装备。我还往箱子里塞了一条红色短裤和一件印着一个美国佬名字的短袖,都是从冬天捐赠的衣服里淘出来的。梅切夫人送了我一双运动袜。"我从没见过你穿袜子,估计比筛子还破。不穿袜子,脚会有一股臭奶酪味,哦呜。"

维比夫人也忙前忙后,她严肃地招呼孩子们排队、坐好。他们和我们一块去拳击赛:"因为马歇尔夫人需要孩子们在媒体面前露露脸。"证明慈善有血有肉,不是胡编乱造。

"记住,每跳一下,数一个音节,小子,别忘了我教你的歌词。"梅切夫人对我说。她把一篮子吃的放到后座,"免得你饿肚子,俗话说得好:'肚皮饱,心不慌。'"我们在福特基金会的时候,她在福利院看家。

娜奥米也去,据她自己说,她是大桥之家的官方啦啦队长。她用旧报纸做了小旗子,和几个小朋友一起涂成蓝色、绿色和红色。她对啦啦队员们说:

"大家用力喊,气势要大,明白吗?"

"这样?"一个四五岁的娃娃扯着嗓子喊道,所有人回头看他,"啊!——"

"就是这样!"娜奥米放下捂着耳朵的手指,说道。

"还得再来一桶水。"教练说道。

[①] 费尔蒙特,福特公司生产的轿车,1978至1983年在北美市场销售。

"只有空瓶了,教练。"梅切夫人说,"让那里的有钱人买水给你们喝。"她拿出两三个大空瓶,"如果可以,弄点白糖回来。"

阿巴古克先生走进办公室,拿出一部柯达相机。

"维比夫人,您觉得还有人在卖这种相机的胶卷吗?"

维比夫人瞥了一眼阿巴古克先生手上的相机,讽刺地说:

"这个牌子都没了。"她一脸不屑的表情,"我觉得,院长先生,绷带还是能买到的,缠一缠,入土为安吧。"她继续招呼孩子们:"特鲁迪教练……"她边喊边走到车边,教练正在把空水瓶放进车里。

我把行李箱放进阿巴古克先生的后备厢,然后坐到车里,拿出教练早上给我的一页纸,反复念着,记在脑子里:"不要打腰部以下。不要用头撞人。不要踹人。不要咬人。不要肘击。不要吐痰。不要响铃后出拳。不要骂人……"这不要,那也不要,妈的!我想,还以为很简单。

"所有东西都搬上车了,小伙?"

"是的。"我回答教练,"但是我不知道是不是少了什么。"

"你觉得怎么样?紧张吗?"

"我不知道。"

"什么叫不知道?我在'装甲舰'打拳的时候,紧张得全身僵硬。"

"你打过几次,教练?"

"很多次。"

"我不知道自己是什么感觉。拳击这东西,规则太他妈多了……为什么要这么多规则?"

"免得你像我一样，一出场就下场。"

从车上看去，福特基金会很小。娜奥米坐在副驾驶位置上，指着远处对我说：

"那就是福特基金会大楼，利波里奥。"她的轮椅我们也给带来了，捆在车顶的行李架上。

特鲁迪教练和孤儿院的四个大孩子在前面那辆车，阿巴古克先生开着他的捷龙车，我和三个小男孩、四个小女孩挤在后座。

车行驶到一个路口，转进灯火通明的一条石子路。路上有几座华丽的拱门，精心修剪的树木装点其间。常在图书馆的那个小男孩问我：

"你怕吗？"

"怕什么？斑比，我好端端的。"

"啊……"他张着嘴，口水流了下来。

娜奥米喊道：

"快看那边，灯光喷泉！"

小屁孩们来了精神，疯子似的扒在左侧车窗上。喷泉变换形状，灯光照射下，令人目眩神迷：蓝、紫、红、绿、黄、粉，像栎树，像石竹，像一窝土拨鼠。我也看呆了，推开一个娃娃，凑在车窗上，直到汽车驶到福特基金会的安检处。

特鲁迪教练把通行证交给保安。保安交代几句之后，马上升起闸门，他们开了进去，我们跟在后面。

"你们去哪儿？"保安问道。

"你说呢,我们是大桥之家,来拿冠军的!"娜奥米一副理所当然的口吻。

阿巴古克先生递上邀请函,保安看了看,说:

"您请直走,先生,停在B道对面。"

闸门升起,我们开进福特基金会。

花园很漂亮,满眼都是绿色和灯光。大草坪上摆着花坛,一年四季鲜花开放。树木行列整齐,周围铺满白色泛红的鹅卵石。路面八边形的石板和花园浑然一体。基金会大楼的穹顶饱满高耸,洁白无瑕。我们开进停车场,阿巴古克先生找到了车位。这儿停了不少车,像购物广场似的。

方向盘一打,车就停妥了。

"嗯,咱们到了。我还跟做梦似的!"他一边说一边熄火,关上车窗。

"你们先别开门,我先下去。"维比夫人命令道。

她下了车,打开车门,我们一窝蜂似的下了车。

隔着两个车位,特鲁迪教练也从车上下来。

维比夫人让小朋友们排成一列,手拉着手。她带着孩子们往大平台走去。

阿巴古克先生打开后备厢,我卸下娜奥米的轮椅,放在车门边。

"我帮你,娜奥米?"我问她。

"谢谢,利波里奥,我自己能行。"

她抓住车顶的把手,借势把腿从车里送出来,用力一拉,身体悬空,神奇地一扭,落在轮椅上。然后,她用手把两条腿搁在踏板上。

我在一旁看傻了。

"你真是自然的奇迹。"我惊叹道。

娜奥米往后靠了靠,转过来,看着我。

她笑了笑。

"希望你是奇迹,赢得比赛。我只是你的啦啦队长,怎么样?"说完,她移到阿巴古克先生旁边,拿起装旗子的包,放在腿上,同维比夫人和其他小孩会合。

我拿起另一个包,和教练一起卸大箱子,里面装着我们的装备。教练刚刚把他车上的小孩拉到了平台,又折返回来。我们扛着所有家当,和大家会合。

"跟我走。"阿巴古克先生率领我们出发。

娜奥米把纸旗分给了其他小朋友,他们嬉闹起来。维比夫人也得了一面,虽然不太情愿,也跟着摇了摇。我们穿过平台,走到有花坛和喷泉的一条大路上。阿巴古克先生往右转,我们像一支驼队,前面的骆驼跟着右转,拉着后面的货。

走进大厅,我目瞪口呆。这简直是一座神殿,典雅的圆形让人落泪。四面环绕大理石墙裙,罗马柱拔地而起,柱头精雕细刻,像是安葬布兰卡夫人的一座现代陵寝,金堆银砌,辉煌无比[①]。穿

[①] 这是墨西哥一儿童游戏的歌词。游戏类似丢手绢,做游戏时,围成一圈的儿童齐唱"布兰卡夫人安葬地,金堆银砌,辉煌无比……"

顶仿照西斯廷礼拜堂①的式样，连着几扇巨大的落地窗。墙上挂着几幅金箔画框人像，画上的男女或许已经死了，因为他们看上去很老，眼角遍布皱纹。

地面铺着巨大的石板，摆着蓝色扶手椅，中心是一个大拳击台。几个清洁工穿着浅蓝色套装，胸前戴着姓名牌，正在做地面和装饰的扫尾工作，确保一切就绪。

我看着拳击台：一对角一蓝一红，另一对是白色②。黑色围绳上挂着蓝白红三色绳金边的裙布。台中央的帆布印着福特基金会的字样，还有万宝龙、谷歌等四十多个小商标，其余倒着的认不出。

拳台下方是几张盖着深蓝桌布的桌子，特鲁迪教练说这是裁判坐的："但是今天是表演赛，应该是媒体坐这儿。"

我们往前走。一张桌边站着几个蓝西装红领带、油头粉面的家伙。阿巴古克先生和他们交谈，他们让我们分开：孩子和其他福利院的一起，坐在指定地方；残疾和智力缺陷的坐最前面；教练和我需要走到最里面一个入口，黄色花边的压光窗帘那个位置。那是保洁人员的盥洗室，他们说，今天充当我们的更衣室。更衣室旁几张桌子是工作人员赛后吃饭的地方。

"走吧。"阿巴古克先生说，"我们正好赶上。"他看了看手表，"五点差两分。维比夫人，请你把孩子们先送去坐好。教练，你陪着利波里奥。有什么需要交代的，跟他再交代一次，千万别出

---

① 西斯廷礼拜堂，梵蒂冈的教皇私人礼拜堂，穹顶是米开朗琪罗所绘的《创世记》。
② 拳击台的四角设一个红角、一个蓝角和两个白角。红、蓝角供双方运动员在比赛开始前和回合间休息使用，白角是中立角。

什么事故。"然后,他又对我说:"集中注意力,小伙子!"最后他对大家说:"我得去找马歇尔夫人,告诉她我们来了。哦,没错。"

"别被这阵仗吓到。"特鲁迪教练对我说,一边看着老婆,一边看着纸上潦草的字,"想想我们的破天花板。"

推开盥洗室的门,我看见三个比我高一点的家伙。他们穿着短裤,蹦蹦跳跳,摇头晃脑,甩甩胳膊,嘴巴一张一闭。另有两个老拳手坐在一个角落聊天。

这个房间比艾琳的整间公寓还大,几乎赶上了书店。墙上嵌着几个灰色的存物柜,中间摆着四张木头长凳。还有两个花洒、两个马桶和两个小便器。一面光亮的大镜子下面是米色的大理石台面和四个洗手池。另一个角落有几个大架子,上面有各种各样的清洁工具:扫帚、水刮、抹布、拖把、滤网、几台黄色榨水车、两台大吸尘器和两台地面抛光机。架子旁边是一个台子,上面有一盏台灯、一本笔记本、一支系着金属绳的钢笔和一把黑色的椅子。

我径直走到里面,把大箱子放在一个角落。特鲁迪教练跟着我放下行李,身上冒着油腻的汗水。

"你来过这儿吗?"教练气喘吁吁地问。

"没有,教练,第一次来。您呢?"

教练咳了一声,清清嗓子。

"来过一次,但只是在大平台上,给新奥尔良的受灾居民发食物。"

他倒在一张长凳上，注视着几米开外蹦蹦跳跳的小子。他们手臂、脖子和胸膛上的肌肉块块分明，腿肚子和马腿一样结实。那两个老手还在低声私语。一个戴着咖啡色贝雷帽，另一个梳了个大背头，左耳戴着黑色耳钉。

"你们几个也是来比赛的吗？"特鲁迪教练冷不丁地问了一句。

那几个小子愣愣地看着特鲁迪教练。为了化解尴尬，我接过教练的话茬，开玩笑说："不是，教练，我们是来玩弹珠的。"

他们还是一脸痴呆，但是另外两人看了看我们。

"你们两位是哪个圈儿的，先生们？"戴贝雷帽的问道。

"圈儿？什么圈儿？"教练生怕别人不知道我们是新手。

"是哪个俱乐部的，比方说，愣头青二人组？"戴耳钉的嘲讽道。

两人大笑起来。

教练不理他们，对我说：

"换衣服吧。"他高声说，好让其他人都听见，"记住我说的，别把对手吓倒了。"

"什么？教练，你原来不是说'别被对手吓倒'吗？"

"算了，当我没说。"

几个痴呆的小子一阵哄笑。

我脱衣服的时候又进来三个跟我差不多个头的家伙。他们互相打招呼，好像早就认识，把包随手一丢。

我脱掉了上衣，不想铆劲鼓起单薄的肌肉，作势吓倒那些家伙。明明没有，装也没有什么用。我拿出一件散发着消毒水味的短袖，套在身上。

"比尔[①]当选！"教练看着这件捐来的衣服上印的标语，突然大喊，"赶紧把这件文物脱了！你没有其他衣服了吗？"

"为什么，教练？几包衣服里我只找到这一件没破洞。"

"他们会杀了我们的。"他汗如雨下。

"为什么？"

"因为这里是共和党的老巢。妈呀，我的天！你的短裤呢？"

我把短裤拿出来让他看。

"阿巴古克先生让我找一件红色的。"

"性感。"教练看着短裤臀部的绣字，"完了，完了，完了。"他的脸涨得更红了，"他们非得杀了我们不可，教会也会开除我们。"

其他家伙大笑起来，像是一字不落听见了我们的对话。笑声中门开了，又进来了三四个人，盥洗室成了一个集市。

"笑什么？"刚来的一人问道，他从颧骨到脖子刺着一大片文身，"这么热闹？说出来听听！小兔崽子。"

耳钉男强忍着笑，回答说："天上掉下来两个活宝。来，老兄，我给你介绍一下，这位是'民主党小性感'，这是'小性感'的老妈子。"他发出刺耳的笑声，几乎断了气，其他人笑得前仰后合。

特鲁迪教练低着头，一脸狼狈。他的脸涨成了紫色，十分沮丧。

[①] 指威廉·杰斐逊·克林顿（1946— ），美国第42任总统。比尔是威廉的昵称。

他向来不会跟人吵架。我转身穿上红色短裤,一个小子突然一把揪住我的奶头。

"白奶头还是黑奶头①,舔舔鸡巴也松手。"他口齿不清地说。

盥洗室里又爆发出一阵笑声,像在上演最滑稽的马戏。

那只手还在我胸上,我把身子弹弓似的一拧。

"不准碰我。"不必啰唆,我照着那张脸猛一出臂,一记刺拳正中下巴,把那小子撂倒了。

他摔在地上,蔫了。

大笑的人群猛地沉默,瞬间鸦雀无声。

"好拳!"戴贝雷帽的男人扯下帽子,打破了沉默。

"闭嘴!"耳钉男对贝雷帽说,他急忙跑到倒地的小子身边。"杰拉!……杰拉!……"他猛拍他的脸颊,"醒醒,杰拉!……杰拉!快去叫医生。杰拉!……你他妈醒醒。起来!王八蛋,都是你自找的!"耳钉男抬起头,恶狠狠地盯着我:"这下我们完了,婊子养的。"

*　　*　　*

"你骗过老婆吗,老板?"

医生和一个系红领带的油头小子匆匆赶来。

"又捅什么娄子了,勇士们?"

---

① 这是霸凌的套路,回答"白奶头"乳头会被扯一下,回答"黑奶头"则会被捏一下。

他向昏倒的那个家伙走去,蹲下检查他的生命体征。

"把担架抬过来,马上送医院。"

"他会好吧?"一人问道。

"不好说,"医生回答,"出了什么事?"

"他滑了一跤,摔倒了。"耳钉男抢着说道。

"马歇尔夫人会中止比赛吗?"另一个小子问。

"他本来是第几场?"油头小子问道。

"第一场。"贝雷帽答道。

"啊,这下糟了。"油头回答。

"诺克斯的替补来了,让他跟潘托斯打第一场。"耳钉男说。

油头想了想,医生正固定地上那小子的脖子。

"这行吗?"油头说,"诺克斯和赛文那场怎么办?"

"替补接着比。"耳钉男说,"救场如救火,是不是?要是场子砸在我们手上,我可不敢想马歇尔夫人会有多生气。"

"但是一天打两场?"油头有些犹豫。

"第一场点到为止,没问题吧,潘托斯?"

"好,为了比赛。"约翰·潘托斯说。

"第二场也是。"耳钉男说,"威尔,行吧?"

"就这样吧。"威尔·赛文肌肉发达,一绺绺头发像个迷宫。

"嗯——"油头犹豫着。他看看地上那小子,看看医生,看了看所有人,又瞅了一眼特鲁迪教练,最后眼神回到地上。他吸一口气,长叹一声:"唉!好吧,下手别太狠,好吗?我不希望再有意外发生,但愿比赛圆满。医生,叫辆救护车,你们去中心医院,保持联系。你们快热身,比赛马上开始了。加油,好好比!"油头大步离开,这时担架也抬来了,他们把人送往医院。

特鲁迪教练走到我旁边,悄悄说:

"当心点,小伙,他们恨不得把你的脑瓜打飞到大洋彼岸。我现在就去弃权。"

"不,教练。"我紧紧拉住他的手臂,在他耳边说道,"他们想报复……就来吧。"

我不想待在屋里,气氛僵得像水泥。

"我去外面热身,教练。"我穿着红色短裤和文物短袖穿过人群,他们毫无反应,仿佛我是一个幽灵。我开门出去,虽然耳钉男头也没回,但是我的眼底浮现出了他凶恶的眼神。

我深吸一口气,走进一条小走廊,大厅的声音很模糊。我甩开绳子,跳了起来:

"一——只——大——象——荡——悠——悠,蜘——蛛——网——上——乐——悠——游,蛛——网——结——实——不——会——破,唤——来——新——朋——和——旧——友。两——只——大——象——荡——悠——悠……"①

数到第二十二只大象时,我开始发热出汗。我越跳越快,脚底几乎贴地,节奏自如。

"歌唱得不错。"

---

① 这是墨西哥儿童歌曲。主人公每跳一下就唱一个音节。原文中,每增加一只大象,需唱四十个音节。

我猛地一停,一回头,绳子打在了小腿上。

一个身材魁梧、穿着印第安夹克的男人倚在我身后的墙上,他手上拿着一顶毡帽,一只脚贴着墙。他朝我走来,墙上留下了一块鞋印。

"多少年没听到这首曲子了。你是墨西哥人,是不是?"

"什么?"

"我不是因为肤色才这么说,你不能告我种族主义。现在很流行给人扣帽子。"

"什么?"

"我猜你是墨西哥人是因为只有墨西哥人说'荡悠悠'。其他地方,怎么说,更文绉绉一些,他们这句唱'摇曳',但是我觉得'摇曳'的节奏不对。"

"我的教练教我的。"我反应过来,对他说道。

"你的教练?见鬼,哪个教练这么有创意?真难想象!你是墨西哥人,听你的口音不会错,虽说墨西哥人的口音千奇百怪,当然,仅限西班牙语,说其他语言的时候,比方说英语,就差不多。你跳绳的时候总是唱歌吗?"

"唱着跳绳不会枯燥乏味。"

"'枯燥?'……'乏味?'……见鬼!你讲话真奇怪。不,我收回,我应该说你遣词很特别。你上到几年级,大小伙子?"

"喂,我在热身,不要打扰我。"

"不好意思,我迷路了。我看到一个人躺在担架上被抬出来,你知道出什么事了吗?"

"不。"

"好吧。有一种人……在你们国家怎么说来着,'巧克力辣酱里的芝麻'[①]?是这么说吗?"

我跳我的,懒得理他。

"一——只——苍——蝇——墙——上——停,一——只——苍——蝇——墙——上——停……"

"最后一个问题,问完就不烦你,让你墙上停。你为什么把短裤反过来穿?'性感'不是挺好的吗?"说完,他开始以龟速往大厅走去,突然又一转身,边戴帽子边对我说,"对了,几百万年前我投的也是克林顿。"

"时间到了。"特鲁迪教练对我说。

手指被手套里的绷带紧紧勒着,我觉得自己双手残疾,像一只两只蹄子的猪。拳头攥得很实,脉搏从手腕传到脑门。护裆也不舒服,勒得透不过气。"一定要戴这玩意吗,教练?""一定。"他给我戴上头盔,勒得我喘不过气来。"我看不到两边了,教练。"教练大概是想让我闭嘴,对我说:"张嘴。"然后他把护齿塞进我嘴里。"喂木有戴猴。"我对教练说,但是他完全没听懂。

"现在不戴头盔了。"贝雷帽在我们背后说道。

"什么?"特鲁迪教练质疑道。

"很多年以前,业余比赛的规则就改了。"

[①] 墨西哥俗语,指出现在各种场合的人。巧克力辣酱是墨西哥经典酱料,用多种辣椒、巧克力、花生和芝麻等原料制成。

"怎么可能？"

"据说戴头盔比不戴更容易受伤，就不让戴了。"

"不可能。你在耍我们。戴头盔才能保护脑袋。"

"行吧，随你们便。"贝雷帽走开了。

"我告诉你，他们想废了你，小伙子。现在退赛还来得及。"

"勿，教念。"我边说边摇头，让他更明白。

另一个红领带的油头走进房间。他戴着金属名牌，拿着一个文件夹。

"约翰·潘托斯？"

"到。"

"道尔·杰拉？"

"在医院。"耳钉男冷冷地说。

"我知道。"油头二号说，"广播里还是报他的名字，谁替他？"

"那边的小子。"耳钉男指着我说。

"名字？"

"呃叫伊卜迪凹。"我戴着护齿，舌头根本动不了。

"古巴人？"

"乌托。"

"好，伊卜迪凹·乌托替道尔·杰拉。第一场。"

他后退了几步。

"德威·阿米尔？"

"到。"

"阿兰·史丹顿？"

"到。"

"你们第二场。好的。"

"杰瑞·诺克斯?"

"那儿。"耳钉男又指了指我。

"还是你?"

"珀鲁先生说的。"耳钉男说道。

油头二号拿起对讲机:

"好的,好的……好的……知道了。"他挂了对讲机。"好吧,小子。"他对我说,"你到时候换一件蓝色短裤,然后对阵……威尔·赛文?"

"到。"一个黝黑的家伙说道。

"你们第三场,明白吗?"

"明白。"

油头二号接着安排,出场次序定了,他说道:

"好了,一切就绪。勇士们,比赛开始。"

我们走在约翰·潘托斯和耳钉男后面,教练紧跟着我,看上去比我还紧张。戴着头盔,我几乎什么都看不见。肯定要挨揍,我心想。我们走向大厅时,倒像是瞎子领着小癞子[①]。一个油头让我们在黄色布帘后等待。一个低沉的声音正在用黑人唱法演唱美国国歌的最后几句,接着音调转高,忽高忽低。演唱完毕,大厅

---

① 出自西班牙流浪汉小说《小癞子》。主人公刚开始流浪时,伺候一个瞎子,为他领路。

里爆发出阵阵欢呼。掌声、口哨声、铃声和棘轮[①]的声音相交织,还有小纸旗簌簌作响。

"加油,小伙子!你能行!你能行!你能行!别怕!放胆去!你可以的!"教练说这话时,脸色煞白,一个劲儿拍我的背。

话筒开了,传出一个温柔的男声,像超市里穿透嘈杂人声的广播。

"女士们,先生们。万众期待的时刻来临了,这个爱心涌动的夜晚即将迎来第一场比赛。第一场比赛分三局,让我们有请来自'慈善无界'的约——翰——潘——托——斯——"赛场里欢声雷动,一片沸腾。约翰·潘托斯蹦蹦跳跳地穿过布帘,在空中挥着拳头,耳钉男跟在他身后。"对阵来自'团结和尊严'的道——尔——杰——拉——"

特鲁迪教练使劲一推,把我推出帘外。

灯光在我身上狂轰滥炸,紧追不舍。隆隆巨响在罗马柱之间回旋,把我压成了三明治里的一片肉。我晕头转向,只好迈着小步,免得出洋相。有人对我吹口哨,有人为我鼓掌,场面热烈,欢呼声此起彼伏。

我走到拳台边,登上梯子。

我想转身看一眼特鲁迪教练,却只看到了光鲜亮丽的男男女女,有几个穿着礼服和披肩。很多人拿起手机和平板电脑,闪光灯不断。

[①] 棘轮,一种木制乐器,由手柄、齿轮和外框组成。演奏方式是转动手柄带动外框围绕齿轮转动,发出咔哒的响声。

我穿过围绳，走进拳台。

我从没上过台，脚底滑溜溜的，似乎踩在家乡泥泞的土路上。

台上站着一个艳丽的女人，穿着超短裤、紧身背心和一双高跟鞋，胸前披着一条绶带。她举着一块标语，上面是几个镶边大字："为了我，为了你，为了他们。亨利·福特。"

裁判是一个矮胖的白人，他穿着浅蓝短袖，扎着领结，戴着一副乳胶手套。他正在对面蓝角检查潘托斯。

歌手走下拳台。是个军校女学员，一身黑衣缀着金色纽扣，腰上佩剑，穿着闪亮的鞋子，戴着白色的军帽，手上拿着卷好的美国国旗。

两个头发灰白、身穿礼服的老男人和一个衣着精致的女士从另一侧的梯子下去。女士的脚踝上有一条链子，两个红领带的工作人员扶着她跨过围绳，脚链叮当作响。一个灰西装白裤子的中年男人扶着穿超短裤的女人走下拳台。

拿话筒的男人继续说道：

"……因为我们终将胜利的事业无与伦比……"

"不能戴头盔。"裁判走到我面前，一把摘下头盔，我一个趔趄。我长吁了一口气，裁判把头盔扔下拳台。"手套。"他拉过我的胳膊，检查系绳，前后摸了摸。"护裆。"他拍了一下我的屁股。"护齿。"他像给马检查牙口似的，掰开我的嘴。

裁判向拳击台中央走去。主持人终于说完了：

"……今晚熠熠生辉，非常感谢。"他向观众挥着手走下台。

"过来！"裁判喊道，用手示意我们过去。对面的小子目不转睛地看着我,向中央走来。他身后的耳钉男朝我比了个中指,走下拳台。"我已经在更衣室对你们讲过规则了,我希望这是一场光明正大的比赛。严禁低位进攻。干净比赛。互碰手套。"

那小子用力撞了撞手套,碰了碰我的手套,用凶恶的语气直截了当地威胁我:

"你死定了,臭小子,我会为杰拉报仇的。"

裁判把我们推开。

铃声响起。

"Box!"裁判大喝一声,像鼓掌似的一拍手。

那小子气势汹汹,猛扑过来,健硕隆起的肌肉喷薄着愤怒,汗水散发出燃烧、凶狠和杀戮的气息。在他把我粉身碎骨之前,我一个箭步,闪到一旁,猛出重拳,由上到下击中他右侧的太阳穴。

他两腿一弯,立刻散了架,没了呼吸。

裁判拽着我的胳膊,把我推向一个中立角。

观众喧闹起来,尖叫惊叹着。

裁判俯身察看对手,没有数秒的意思。他立刻摘掉他的护齿,把他的手枕在脖子后面,为他打开气管,这样他才能喘气。

医生和穿白裤子的男人赶上来,开始检查伤情。

我环视四周,看见了阿巴古克先生苍白的脸,他的两只小眼瞪得滚圆。我看看拳台的另一边,小孩都在那儿,他们扯着嗓子喊着,活蹦乱跳,滚成一团。维比夫人没有在照看他们。前排坐着残疾的小孩,娜奥米不停地挥舞小旗,神采飞扬,激动不已,拼命地呐喊。她把小旗分给旁边几个坐轮椅的小朋友,但他们年拉着脑袋，像是压根不知道周围发生了什么。我想对娜奥米笑笑，但是戴着护齿，嘴唇动不了。

主持人走上台：

"女士们，先生们。第一局开场仅仅三秒，击倒获胜的是道——尔——杰——拉——"

观众再次为我鼓掌呐喊。裁判朝我走来，举起我的手，带我转身向四周致意。身后的帆布上，他们还在处理地上那小子。

裁判松开我的手。

"现在下去。"他面无表情地对我说。

我从一个白角走下拳台，主持人说道："马上进行下一场，下一场一共五局……"说完，他走到拳台上的人堆里。我绕过台子，迎面遇到医务人员抬着担架赶来。

我向阿巴古克先生走去。

"特土迪教念呢？"

他银灰色的眼睛看着我，帮我摘下护齿，取下手套。

"出场前就昏过去了。"

维比夫人抚摸着他的头发，她双眼红肿，戴着尖角眼镜。特鲁迪教练半躺在过道的一条长椅上，面色苍白，额头上渗着汗珠。戴贝雷帽的那个人站在他前面。

"您还好吗，教练？"我在人群中问道。

"他差点心梗。"贝雷帽对我说，"左臂没有知觉，毛细血管堵塞，有窒息感……"

"都怪他。"维比夫人失声喊道,"肯定是他把他的心脏打坏了。"

我斜眼看了看她,她肯定也想把我脑袋打飞。

"唉,小伙子。"特鲁迪教练说道,他闭着眼睛,嘴角还流着白沫,"我想和你一起上场,但是身体不允许。"他垂下头,靠在墙上。过了一会儿,他问我:"我们比得怎么样?"

"已经结束了,但是您别担心,教练,都结束了。"我的语气像是在对一个毛绒娃娃说话。

"我预感到了。"他睁开眼,看着我,扩散的瞳孔上似乎带着汗水。

"您丈夫应该立刻上医院,避免再出意外。或许就是心律不齐,或者晕厥。但是你们得现在就去,不能再等救护车了,这会儿都忙疯了。"贝雷帽对维比夫人说,"你们开车来的吗?"

"是的。"

"您会开吗,女士?"

"会。"维比夫人伤心地说,声音很虚弱。

"你们去总医院看急诊。你,小子,"他对我说,"扶着那边,我扶着这边。您感觉怎么样?"

教练睁开眼,眨了眨。

"我可以一个人走,我好多了。"

"好的。"贝雷帽说,"但是我们会把您送到医院。明白吗?"

教练点点头。

"我要问您几个问题,确保我们可以把您送上车,情况不会恶化。回答我的问题，好吗？您怎么称呼？"

"特鲁迪，本杰明·特鲁迪。"教练有气无力地说。

"您在哪里？"

"在……大厅……福特的大厅。"

"您什么年纪？"

"四十八……对，四十八。"

"您住哪儿？"

"我住……阿瓦隆……阿瓦隆大街21号。"

"好。"贝雷帽说，"您没有意识不清，反应很好。我们扶您起来！"

我用力扶着教练，拖着他走出过道，穿过一扇门。维比夫人前后走来走去，绕着我们和她的丈夫。她替我们打开大门，我们走过花园和喷泉。特鲁迪教练沉得很，压得我骨头疼，两腿直打战。我们转弯走向停车场。

"呜呼！"大汗淋漓的贝雷帽惊喜地呼了口气。远处停着一辆救护车，红白灯光不停闪烁。车子后门开着，等待被我揍倒的那小子。

"押沙龙！"贝雷帽喊着，向他们走去，"押沙龙！"

救护车司机看到我们，立刻下车，快步走来。

"又来一个，老兄？"

"你们得把他送到医院，可能是心梗。"

司机钻进救护车后厢，展开一副备用担架，装在支架上。

"上来。"他说。

我们使出全力把特鲁迪教练抬上救护车。驾驶员让他坐在担架上，把他放平，熟练地在他胸前系上几条带子，接着利索地拿出一个护颈，给教练装上。

"钥匙……"教练说。

"什么？"我没听懂。

"我的车钥匙……我的裤子，小伙。"

贝雷帽见我还戴着手套，于是跳上救护车，从教练裤子口袋里拿出车钥匙。与此同时，驾驶员把教练固定在了担架上。

"让开！"我们身后传来一声大喝。

护工正把那小子推过来。贝雷帽跳下车，我和维比夫人走到一旁，让他们过去。驾驶员也下车帮助。

"一、二、三。"他们从左边把担架抬上车，固定好滚轮。驾驶员关上门，转身看着我们几个。

"谁去？"他问。

"这位女士……"贝雷帽回答道。

"您坐前面，后面坐不下了。"

维比夫人没吭声，立刻上了车。

一群看热闹的家伙围在车边。驾驶员爬上座位，打开大灯，朝大门口飞驰而去，像一颗流星，在安检口消失。

"一下去了三个。"贝雷帽对我说，他拉过我的胳膊，把特鲁迪教练的钥匙放在手套中心，转身朝室内走去。

"等等，您叫什么名字？"我对他喊道，身边的人都在往里走。

"你问我名字干什么？"他微微转向我，冷冷地说。

"那借我一条蓝色短裤。"我喊道,但是他已经消失在花园和人群中。

* * *

"从来没有,不长眼的小鬼,你想干吗?暗中监视我?还是想干吗?"

阿巴古克先生正在照看小朋友,他们全疯了,扯着嗓子对台上的拳手大喊大叫,满地乱跑,蹦蹦跳跳,东滚西爬,你一拳,我一拳,假装打起来。已经第三局了,这时铃声响起,台上两个家伙脑袋冒烟,回到各自的角落。

第四局开始,铃音响起。

我径直向更衣室奔去。

我一进屋,所有人都安静了。

他们停下了话头。我没看见耳钉男,当我走到放装备的角落时,其他拳手全都避开我的眼神,贝雷帽也不在。我把车钥匙扔到箱子里。

那个油头小子走进来:

"杰瑞·诺克斯和威尔·赛文准备。"

"我没蓝色衣服。"我在最里面朝他喊道。

油头看了我一眼,看了看其他人。

"有人有备用衣服吗?"他问道。

没有人说话。

"喂,肯定有人有备用衣服。"

"给这个畜生,门都没有。"威尔·赛文终于开口说话了。

"别这样,勇士们!比赛很公平,结果很清楚。"油头说。

"让这个畜生滚蛋。"一个家伙说道,他留着四四方方的络腮胡。

"一百块。威尔,赌你宰了这个小子,我们立马给你凑。"一个正在缠手指、皮肤黝黑的家伙说,"是不是,伙计们?"

"没错,没错。"更衣室里回荡着赞同的声音。

"来吧。"赛文说,"现在就凑。"

"喂,你们不能在这里打赌。"油头说。

"怎样?"络腮胡说,"你要打我们吗?"

"我会告诉马歇尔夫人……"油头警惕地说。

"不需要告诉她。"一个坐着系鞋带的家伙说,"刚刚马歇尔夫人来了,问这个衣服上印着'比尔当选'的白痴是谁。她脸都绿了,正好我们帮她个忙。赶紧滚吧,兔崽子!"

油头的衣领湿了,他气得青筋暴起。

"把你这件衣服脱了!"他命令我,然后他一把脱掉西装,解开领带、纽扣,脱掉衬衫,从身上脱下白色短袖,扔到长凳上,又重新穿上衣服。

他帮我脱下上衣。我穿上他的短袖。他的衣服很湿,松垮垮的,因为油头比我大了三四个号。

"你来时穿的什么裤子?"扣好纽扣后,他问我。

"这件。"我指着 W 姐给我的运动裤对他说。

油头过来，拿起裤子，拿到洗手池边，比了比，然后我听见了撕扯布料的声音。他把裤子改短，撕完一条腿又开始撕另一条腿，最后帮我穿上。

"我赌十块，第一拳就把他撂倒。"他高声说，好让所有人都听见。

*　　*　　*

"如果你是只鸟，你希望自己是什么鸟？"

"鸟你个头，小崽子，这都什么问题？你又看了什么邪书？我要跟你收书钱了，啊？脑子进水了你。"

"下　场一共七局，蓝角是杰——瑞·诺克斯，他代表的是北方希望中心……"

我又一次走出帘幕，又一次一个人上场。我的新裤子一条裤管短，一条裤管长，一边到膝盖，一边到大腿中间。我快步走着，走上台阶，穿过围绳，裁判立刻对我一通检查。主持人正在介绍威尔·赛文，他代表的是"天堂、地球和人类"。

裁判检查了我的手套、护裆，当他看到我的脸的时候，似乎认出了我，但他脸上的惊讶迅速消失，若无其事地对我说：

"护齿。"

我四处张望，终于看到了阿巴古克先生。我跳下拳台，向他跑去。观众发出一阵笑声。

"我需要护齿。"

"特鲁迪教练怎么了?维比夫人呢?"他问我。

"他们去医院了。"我在一片嘈杂中答道,"但是他把车钥匙留给我了……"

他的脸上渗出了汗。

他一副两难的表情。

他从外衣口袋里拿出一个护齿,帮我装进嘴里。护齿上的毛绒像是虫子腿在我嘴里爬。

"吼了。"我说。

我蹦上了拳台。观众看得乐不可支,嬉笑喧哗,释放原始的本能。在喧闹中,娜奥米的声音清清楚楚:

"给我一个……你说什么?!利波——里奥——"

主持人介绍完毕,走下拳台。

"过来!"裁判说。我朝他走去,用手套推开嘴唇,把护齿给他看。"行了。"他对我说,然后他叫来对面那个家伙,把赛前程序重复了一遍。"我已经在更衣室对你们讲过规则了,我希望这是一场光明正大的比赛。严禁低位进攻。干净比赛。互碰手套。"

赛文没有碰我的手套,直接转身回到角落。这像场街头斗殴,怒火所到之处,灰飞烟灭,就像被红火蚁扫荡过的金盏花丛。

观众沸腾了。

烈火添油。

原形毕露。

该死的铃响了。

"Box!"裁判大喝一声。

话音刚落,赛文立刻左右一通乱拳,想一拳制胜。他远远出拳,电光石火,空中迸出火星。

我像是手里拿着跳绳,嘴里念念有词:"小小鱼,快出门,做游戏,上花园。"

我右手一拳,砸到了他的触手,我知道他很疼,疼得眼球外突。他立刻像一只被戳中眼珠的螃蟹一样,缩起身子防守。

"我的家,在水里,不出来,出来就要翻肚皮。"

这时,我左拳一个斜插,撕开他的防守,贯通全身之力。这一拳惊天动地,灿若云霞,触发了核反应。我的质子轰击他的手套,他的手套直取他的脸,他的脸往后一甩,带动身体。于是他的防守洞开,像一朵愚蠢的花,盛开怒放,迎接致命的光线。我毫不犹豫,右拳利落地刺进他的脖子和锁骨、颈动脉和后脑勺之间。观众爆发出阵阵雷电般的惊呼。

他跪倒在地,像是乞求上帝的怜悯。

时间静止了,他久久不动。他的灵魂在忏悔,洗刷身体犯下的种种罪孽。

观众席热烈异常。

他跪在地上,脑袋向后低垂,胳膊耷拉着。

突然,时间重启,一切又运转起来。他的护齿掉落在地,脸朝下砸在地上。裁判用力把我推到一边,防止我继续打他,在他不堪一击的筋骨上再补几拳。

"中立角。"裁判把我推到一边。

我走向中立角,裁判转过身。

"窒息！"他一蹲下便大喊一声，用手指掰开赛文的嘴巴。医生拿着一把割喉刀飞奔上来，他们把一条透明塑料管插进他的嘴里，这个倒霉蛋四周立刻围了一圈人。

贝雷帽走到我旁边。

"走吧，小子，我帮你把手套摘了。"

我不等裁判指令，走向贝雷帽，他从大衣口袋里拿出一把剪刀。人们大喊大叫，又有几个人跑上拳击台。一个油头一边打电话一边赶上来，还有两个人拦着，不让其他人靠近。耳钉男也在那儿，正在给重伤的英雄脱鞋。

"差点出人命。"贝雷帽一边剪断左手手套的系绳，一边说，"你要么是撞大运了，"他开始剪右边，"要么就是个混蛋。"他摘掉手套，夹在胳膊下，然后从大衣里拿出一个水瓶，熟练地帮我摘掉护齿之后，对我说："张嘴！"我张开嘴，他打开瓶盖，射出一股水流。

好畅快，水流进我的喉咙，冷却了我的五脏六腑。

"谢谢，先生。"我说。

"大家都叫我鲍德。"

"谢谢，布拉德。"

"鲍德，不是布拉德。"

"好的，鲍德先生。"

主持人穿过围绳，走上拳台，看着手上的卡片念道：

"女士们，先生们，第一局开局仅仅第十六秒，击倒获胜的是杰——瑞——诺——克——斯——"

掌声、喝彩声排山倒海，冲击我们的峭壁悬崖和耳状珊瑚礁。娜奥米疯子似的尖叫着，小屁孩们个个喊得下巴脱臼。

裁判再次举起我的手，带我绕过台上的人群。他一松开我的手，我就嗖地跑下台，向娜奥米奔去。

"队长！"我激动地对她说，"我们刚刚给图书馆挣了十块钱！"

*　　*　　*

年中的时候，有人给书店寄了一个大包裹。我收到之后交给老板，他看了看包裹上的寄件人，对我说：

"扔了，专捡破烂的小子，或者烧了，塞屁股里，反正我不想在任何地方再看见这东西。明白？"

我走出书店，走进店后的小巷。

一把火烧了。

阿巴古克先生走到我们旁边。

"你们得帮我管管孩子们。"

后面的小孩正在上蹿下跳，给我喝彩。

我扮了个鬼脸，他们笑得更欢脱了。

彻底疯了。

"利！波！里！奥！利！波！里！奥！利！波！里！奥！"他们节奏混乱地唱起来。娜奥米两眼汪汪，流下开心的泪水。彩旗已经挥得支离破碎，只剩几道纸条。

"好啊，好啊，伟大的阿巴古克，谁想得到啊！你居然带来了一个专业的参加业余比赛。你在报复我，是不是，老狐狸？"

我们转过头。

是那个刚才在台上的光鲜亮丽的女人。我低头一看，果然，脚踝上就是那条链子。她转向我，伸出手，停在我面前，我不知道该怎么做，作势啃她修长芳香的指甲。她没有收手，反而把手伸过来，反过手背，用纤细的手指抚摸我的脸颊。

"呀，一滴汗都没有。亲爱的，你得教教我这是怎么做到的。"

"做什么？"我在一片喧闹中冲她大喊，她光滑细腻的手指抚过我的脸颊。

"把所有人都耍一遍，还面不改色。"

"我们刚开了一个图书馆，马歇尔夫人。"娜奥米在轮椅上兴奋地说，"是利波里奥的主意，我们已经有六本书了。我们还要买更多，是不是，利波里奥？您能送我们一些吗，马歇尔夫人？"

马歇尔夫人慢慢地把手从我的脸上收回，弯下腰，把手搭在娜奥米的手上。

"当然了，宝贝，你们这个主意真是太棒了！你今天晚上高兴吗？"

"很高兴。"娜奥米回答道，挥舞着破碎的彩旗。

"我很高兴，娜奥米，孩子的快乐是世上最大的快乐。"

那个借我短袖的油头走过来，整了整红色的领带，站在我们身后。

马歇尔夫人直起身子,看着我。她有着蓝色的眼睛,画着银色的眼影,鼻子高挺,戴着一副火红的耳环。

"你很会出风头,年轻人,这是你的主意还是别人教你的?"

"什么?"

"'比尔当选''性感'……不得了,连我都要被你唬住了。"她轻轻一笑。

"马歇尔夫人,"油头插话道,"沃森议员在找您。"

"让他接着找。"她头也不回,温柔地说道。她看了一眼娜奥米:"让他学习一下捉迷藏,是不是,娜奥米?"

娜奥米笑起来。

油头撤到马歇尔夫人身后,一动不动。

"我觉得我们可以和这个年轻人一块做点事情。亲爱的阿巴古克,你觉得怎么样?"

"比如说,亲爱的夫人?"阿巴古克先生问道。

"我不知道,亲爱的,我还没缓过神来。当你感到惊讶的时候,就像我父亲常说的,你就该做点什么,不然机会就溜走了,再也不回来。"

"下雨的时候,福利院的体育馆漏得很厉害。"我未加思索,立马脱口而出。

马歇尔夫人对我笑了笑,露出洁白整齐的牙齿。她的嘴唇泛着粉色的光泽。

"你看,阿巴古克,我的提议是不是很好?而且他自己有想法,我们都得向他学习。特别是你,娜奥米,你可是要当大律师的。"她转身对身后的油头说："德蒙,你记住,星期一让那个建筑师巴恩斯到阿巴古克那儿去,检查一下漏水的天花板。"说完,她又看着我们。"利波里奥,你是不是叫这个名字?"她柔软的手拂过我的脸颊,抚摸着我的下巴,"我很高兴认识你,年轻人。你是今晚最大的惊喜。"

"谢谢,马歇尔夫人。"我对她说,这是我第一次称呼她。

"呀。"她惊讶地说,"看来我不是唯一一个照相记忆的,还是你以前就认识我了?"她笑着问。

"什么是照相记忆?"娜奥米问道。

"就是用图像帮助记忆。"我对娜奥米说。我想起了词典上的一个例句,我反复看了几次才明白。我的双眼迅速扫过马歇尔夫人蓝色的眼睛,"照相记忆可以让人过目不忘。"

"天啊,真是惊喜不断。"马歇尔夫人又笑起来,"真精彩。亲爱的,印象深刻。如果别人对我说,我肯定不相信,一个打拳的竟然还懂这些。"她后退一步,接着说道,"好了,亲爱的各位,下次再见。现在我要去工作了。"

她转过身,从拳击台前走过,朝几个西装革履的家伙打招呼、飞吻、微笑。阿巴古克先生注视着她,似乎被催眠了。

突然,那个油头德蒙把我拽过去,把一把钞票塞到我的手心里。

"我们一块儿凑的。"他说得很快,他的额头几乎贴着我的额头,"赔你的裤子,谢谢你闭上了他们的臭嘴。"他对我眨了眨眼,快步追上马歇尔夫人。她已经走到了场地的另一边,油头追上她,他们从一扇侧门出去，慈善晚宴已经布置好了。

"见鬼。"沉思中的阿巴古克先生大叫一声，"现在我知道为什么她过目不忘了。哦，没错。"

我快速走进更衣室拿我们的东西。我目不斜视地径直走到放箱子的角落。娜奥米和一群小孩在外面等我，为了避免在路上走丢，他们已经按高矮站好了队。最后一场比赛结束后，有模有样的娜奥米队长一个一个清点人数，把娃娃们排好队，穿成一串，拴在她的轮椅后面。阿巴古克先生跟几个熟人一起给特鲁迪教练的汽车找司机去了。

"我把手套放进你的衣柜了。"鲍德先生对我说，他坐在桌椅背后的阴影里。桌上放着笔，台灯熄了。我刚才都没注意到他。黑暗中，他似乎两眼放空，我只能听见他的手指不时敲击桌面的声音，"护齿也在里面。"

"谢谢。"我说。我解开手指上的绷带，扔到一边。我拿出费尔蒙特的车钥匙，找到我的腰带，准备把钱藏进去，但是塞不下。于是我把钱藏进手套，开始收拾其他东西。我脱掉上衣，放到一旁，穿上自己的衣服。裤子破了，我只能这么傻乎乎地穿着，一条腿长，一条腿短。

"你知道吗？"他像是自言自语一般，"我在这该死的一行干了这么多年，从来没有人像你这样，把我们毁成这样。"他的手指更加缓慢地敲打桌面，"从来没有，我不知道作何感想。塞西疯了。今年接下来几场巡回赛的合同全泡汤了，因为我们有三个家伙躺在床上。塞西去医院了,他妈的,那里有三胞胎等他照顾。"

我听他说着,没接话,继续装我的箱子。我只想把所有东西塞进箱子里,肩上少扛几个。

"这就是个错误,一个该死的错。塞西老是这么固执,老不开窍,最后一塌糊涂。"

"您为什么不和他分开单干?"我装完箱子,正准备合上盖子,对他说道。

"唉,小子,"他冷冷地苦笑一声,"你不可能和家人分开,何况是过命的兄弟。"

我扛起箱子,就像当初扛起棉花,交给佩佩;就像和老板一起,搬一箱箱图书。我向出口走去。

"请问,"开门前我问他,"一个拳击手能挣多少?"

鲍德先生的手指停了下来。

"几百万。如果打得好。但是千万别落得和我一个下场。"

"什么意思?我不明白。"这时,鲍德先生点亮了桌上的台灯。他的左眼几乎闭着,肿得厉害,一块青紫的肿块就要把眉毛撑裂。他见我端详着他,大概很难堪,于是说道:

"塞西是我兄弟,我从没想害他……因为我帮了你……他……"他停下来,摸了摸青肿的眼睛。

"那个,"我突然说道,像是冷不防地出了一拳。我语气生硬,换作马歇尔夫人,肯定温柔而坚定,毫不迟疑,"您想为我工作吗?"

"你说什么?"他摘掉帽子,露出仅有的几缕头发。

"现在我没事可做。"我平静地说,"但是我想做点事,对自己好,也对别人好。我最需要一个教练,您觉得怎么样?"

"为什么是我?"

我注视着他的贝雷帽,他的手指不停地揉搓,我发现这是一个失败的男人,一败涂地,像我一样,用老板的话说,被狗日的生活击垮了。灯光照在他的颧骨上,我看见他血迹斑斑的嘴角和愈发肿胀的眼睛。

"为什么不呢?"我说。

我打开门,小屁孩们又尖叫起来:

"利!波!里!奥!利!波!里!奥!利!波!里!奥!"

回到福利院时,已经很晚了。小孩在车上像一片瓜田,东倒西歪地睡着。费尔蒙特被阿巴古克先生的一个好朋友开走了。因为如果停在福利院外,轮胎就没了,或者干脆连车也没了。阿巴古克先生下车,走向大门。

娜奥米打着瞌睡,我们驶过第一个路口时她就睡着了。她靠在我的肩膀上,口水淌了一路。

"娜奥米,我们到了。"我对她说,但是她睡得很沉。阿巴古克先生打开大门,突然传来一声尖叫。

"哎哟,您别吓我,先生。"梅切夫人的声音从里面传来。

"帮我照顾下孩子。"阿巴古克先生说。

梅切夫人穿着睡衣睡帽走出来。

"你扛两个。"我下车时,她对我说,"像这样。"

她像扛麻袋一样扛起两个娃娃。

我扛起小猪似的两个小家伙,跟着梅切夫人,把他们送回房间。

"这个在这儿……这个去那儿……她在这儿……他去那儿……"我们分扑克牌似的把小孩分发到床上。我出去又搬了两个小男孩,梅切夫人搬了两个小女孩,把他们放到床上,再折回去。她扛进了最后两个孩子。阿巴古克先生正在卸娜奥米的轮椅,我和他一起把轮椅放在地上。

"我们把娜奥米放到轮椅上。"阿巴古克先生对我说。

我踩在汽车脚踏板上,抱起娜奥米,两手叉着她的腋窝,放到轮椅边,俯下身,但是她抓着我不放。

"娜奥米,放手。"

"不。"她迷迷糊糊地说道,"把我送进去。"

梅切夫人走过来。

"给我吧。"她对我说。

她接过娜奥米,把她抱进屋里。

阿巴古克先生已经打开了后备厢,我把几个行李箱放在轮椅上,推到体育馆,拿出我的东西,再把轮椅推到娜奥米房间。梅切夫人已经把她塞进了被窝。我把轮椅放在衣柜边,回到大门口。阿巴古克先生关上了后备厢,给车上锁。

"你累吗,利波里奥?"他把钥匙装进口袋,问道。

"还好。"我对他实话实说。

"我累坏了。"他说,"我们进去吧。"

"我马上来。"

阿巴古克先生停下来，转过身，欲言又止。

"利波里奥，"他对我说，"真对不起，小伙，我的本意不是……你知道的……我觉得我们应该做的是为他人服务，而不是利用别人。"

"您一直很照顾我，阿巴古克先生。您别担心……您还记得您写给我的消肿药吗？"

"哈！"他轻松地呼了一口气，回忆似乎减轻了他当下的烦恼，"怎么不记得！他们把你揍得可狠了，孩子。"

"请问您还懂其他的药吗？"

"略知一二。"

"您知道氯吡格雷是干什么用的吗？"

"什么药？"

"氯吡格雷。"

阿巴古克先生低下头，抓抓胡子。

"这是老人吃的，治心梗、疏通血管的。孩子，你问这个干什么？"

"您觉得特鲁迪教练需要这药吗？"

"我不知道，孩子。对了，我得联系一下维比夫人，问问教练怎么样了。希望现在这个点不算太晚。早点休息，利波里奥！"他走进福利院，我听见他打开门，走进办公室。

我深深地吸了一口气，打开每一个肺泡，在脾胃脏腑掀起风暴。氧气像是荷马时代的游吟诗人，让我由内而外地复苏。城市的这一边,空气的气味都有所不同。我最后看了一眼马路,消失在门后。

快到中午又下起雨来。天色灰暗,小雨淅淅,微微沾湿地面。我转弯朝艾琳的公寓跑去,突然发现书店橱窗那一面墙已经被拆了,店门也不见了踪影,断壁碎瓦外只剩一道铁栅栏,像是一件囚衣。四周插着几块木板。一辆打着雨刮器的车开过,我穿过马路,靠近书店。店里空空荡荡,没有书架,没有书,柜台也不见了,只有被雨水打湿的灰尘和角落里几堆瓦砾。电线被连根拔走,灯泡全没了,楼梯上满是脚印和砸痕。墙上留着书架的印痕,书店像被原子弹轰了。地板都撬了起来,里间的房门被扒下来扔到一旁。右边角落原来有一个搁板,上面摆着翻译成西班牙语的美国小说。现在是一个金属的,不知是脚手架、铁塔或是方形楼梯似的玩意,上面堆着几块木板和瓶瓶罐罐。

"老板?——"我大声喊道,脖子上青筋暴起。裸露的墙壁之间,回荡着灰尘包裹的声音。"老板!——"我又喊道。

"小伙!——"艾琳的声音远远地传来,像云端传来的风琴声。

我立马转身。

我东张西望,看看这街角,看看那街角,没看见她。

"这儿,上面。"

艾琳从公寓窗户中探出头来。

"我上来!"我从街对面的人行道上对她喊道。

"不,我下去,等我一下……"

我再次穿过马路,在石阶上等她。从这一侧看,书店像个巨大的头盖骨,像一具横尸。二楼的窗户也被拆了,像一对空洞的眼珠。

"你找到工作了?"她刚走出公寓楼就问。我看了看她,她穿着紫色夹克和一双短靴。我们朝街角走去。

"你为什么这么问?"

"因为你穿着新衣服,而且还很合身。"

"这是旧的。"我脱口而出。

"哦。"她不说话了,我们转过街角,向公园方向走去。

"我给你带了一个东西。"我打破沉默,这沉默是因为我们有太多的话想说,不知从何说起,"我不知道是什么,但我觉得你用得上。不算什么,就是一个小礼物。"

艾琳皱了皱眉头,或许她不太喜欢惊喜。我拿出一个小袋,交给她。

"这是什么?"

"不是巧克力,我向你保证,巧克力没这么小。也不是气球、鲜花什么的。"她低头看着袋子,我看着她的侧脸说道,"来,打开吧。"

艾琳撕开袋子,发现是一盒氯吡格雷,停了下来。

或许是因为雨水,我不知道,艾琳的脸变得湿润。

"你偷的?"她没有看我,盯着药盒问道。

"我挣到钱了。"

"但是，怎么挣的？这药很贵。"

我想告诉她这是我揍了几个家伙挣来的，但我没说。

"我在福利院找了份工作。"

"以前我买得起。"她低着头自言自语，愁容满面，"现在我只剩下甜心，买不起了。"

"你丢了工作？"

她看着我，睫毛沾着小水珠。

"外公以为我还在上班，他不知道我们都被辞了。其他人都走了，不知道去了哪里，中国或者俄罗斯吧。"

我们一直走到红绿灯，穿过马路，走进威尔斯公园。现在没有多少人，雨打喷泉，噼啪作响。湿润的草坪晶莹光亮。

"你想做生意吗？"我们走过石子小路，向高低错落的棕榈树走去，我问她。

"比如什么？"

"我不知道，你喜欢做的事。"

"你是不是有想法？有主意了？"

"我不知道。"我确实想不到，"你喜欢做什么？"

我们走到石凳边，凳子是湿的，艾琳还是坐了下来。我也坐下，裤子湿了，屁股一个激灵。

"我喜欢旅游！"她说。

她把一只手放在凳子上。

我慢慢地。

悄悄地。

把手放在她的手上。

她没有缩手。

雨不停地下。

青草这时应该在开花。

我听见它们窸窣作响。

在我的脚边生长。

"你知道吗？"艾琳沉浸在回忆中，没有缩手，"妈妈去世前，一年以前，让我照顾好外公。我尽力了，我发誓，所有办法我都试过了。三份工作，妈妈的病夺走了一切：老房子、家具、梦想。我不是在抱怨，外公是个伟大的人，我很爱他。他挣钱不多，但他教我骑自行车，那是很多年前了。那时，妈妈身体已经不太好了。那时他还出门，拄着拐杖穿街走巷，带妈妈和我逛博物馆，听音乐会，参观艺术馆，带我们游泳。有几次我们还去了海边。有一次，我们去欧洲玩，那是一次难忘的旅行，大本钟、埃菲尔铁塔、勃兰登堡门、斗兽场、帕特农神庙，我都记得。他四处卖画，直到眼睛渐渐看不见了。我不知道……"她停下来，雨水打湿了她的脸庞，她的眼睛一眨不眨，像被雨水打蔫，显得那么柔弱，"如果我要死，我希望越快越好，对，越快越好，不要给我爱的人和爱我的人造成这么多痛苦。干干脆脆，像被闪电击中的鸟，躺在那儿，死了，一了百了。"

我不知道说什么。此刻，对我来说，这是个新生的世界。在老板的书店里，我偷偷读过维吉尔和但丁，可我不知所措，因为生活不是书中的样子；我读过卡图卢斯和贝克尔，可我无话可说；

我在公园里读过薄伽丘和巴尔扎克，读过荷马和托尔斯泰，可我束手无策；我读过塞万提斯和狄更斯、奥斯汀、博尔赫斯和伊索；我读过《圣经》，我想知道特兰神父说的地狱到底是什么鬼东西。此时此刻，我找不到一句话。我读书是因为我在书店无事可做，而现在，我不知道从哪里可以摘出一句，随便是谁，有深度的一句话。人生，去他妈的，和书上完全是两回事。我试着说：

"你想和我开一家咖啡厅吗？"

艾琳转过头，笑了，不是嘲笑，是微笑。

"唉，小伙……"意外地，她的手在我的手下颤抖，雨水沾湿联结我们的毛孔。艾琳靠近我，温柔地，慢慢地，在雨中，吻上我的嘴唇。

* * *

"为什么书架上基本没有女作家的书，老板？"

"问得好，脑瓜开窍了。我不知道，可能是女人接吻比男人厉害，不需要狗屁文学苦诉衷肠，腻腻歪歪。"

时间凝滞，印在花朵和风雨里，印在滴水的叶片上。艾琳微笑着，我能感受到她的双唇。我微睁双眼，看见她美丽的颧骨，湿润的睫毛，闭着的眼睛。雨水滑过她的眉毛和皮肤。我闭上眼睛，全神贯注，重新感受她的吻，感受空中流动的河流，拍击天际的乌云，直刺大地、生发光芒的闪电。

艾琳稍稍缩了回去。

她睁开眼睛。

我也睁开眼睛。

她的呼吸很近,很深。

我们没有说话,凝视着对方的眼睛,沉没在明晰如水的眼眸中。她的湿发滚下水珠,滑过面颊、额头,坠落到胸口。六步抑扬格的诗篇,我生命中的海伦,全宇宙最美丽的女人。

她笑了。

开心地笑了。

天真不驯的她像来自另一个世界。

没有言语,没有一句话,没有词汇作媒介,她缩回手,拥抱我,环绕着我的脖子。

我感受到她的身体,彼此的空间相互联结。

她的胸口贴着我的衣服。

我抱着她。

我绷紧肌肉,让她紧紧贴着我。

我感到她在颤抖。

她在哆嗦。

她在落雨,她在震颤,雷声萦绕。

"你哭了吗?"我在她的耳畔说道。

"没有。"

"那你怎么了?"

"是雨,雨天有时让我难过。"

忽然间，我们朝帕克大街餐厅跑去，从西边穿过街道。雨下大了，一眨眼的工夫，天空又支离破碎。艾琳站起来，拉着我的袖子。

"跑！"

"去哪儿？"

"'蟋蟀之家'。"

地上的水坑基本看不见。我一脚踏进一个，溅了她一身。她也踩进一个，溅了我一身。周围一个人都没有，只有我们俩在跑，像两只穿过雨林的鹿。

我们笑着跑到餐厅的棚下，一辆车飞快地驶过，溅起的水花把我们浇了个透。艾琳尖叫着，我也大喊一声，汽车消失在水坑之后，我们看着自己的样子，笑了起来。

我用手抓了抓头发，我在往外冒水，艾琳也甩了甩头发，拧了拧，然后把头发甩到身后，熟练地绑成辫子，用手腕上的一条橙色头绳扎好。她脱下外衣，抖下好多树叶。

"哈哈，"艾琳转过身，笑着对我说，"你的运动衫缩水了，哈哈哈。"

真的缩水了。袖子快缩到了胳膊肘，居然显得我很结实。我费力地脱下衣服，用力拧成一团，直到挤不出水来。我展开一看，可以送给福利院的小屁孩了。

"连娃娃都穿不下！"艾琳又笑起来。

我把衣服挂在肩上，打开餐厅大门，让艾琳先进。

"谢谢，绅士。"她向我回了个礼，走进餐厅。

餐厅没几个人，只有窗边的两张桌子有人。其中一对情侣不时看着窗外的雨，我们进屋时，他们转头看向我们。另外一张桌子坐着一个女人、一个男人和一个少年。看上去，他们也是突遇大雨，桌边的雨伞还淌着水。餐厅另一侧是一张吧台，一个戴着发网的女人正在把一个盘子放在托盘上。

"吧台还是桌子？"艾琳问我。

"你吧台，我桌子。"我傻乎乎地笑起来。

"傻子。"她笑着往里走，情侣后面还有一张靠窗的桌子。

我们面对面坐下，冒着水花。

"你饿吗？"我说。

"前胸贴后背。"她说着拿起一个透明架子上的菜单，"你呢？"

"还好。"

"别担心，小伙，我请你。你送了我这么大的礼物，我至少得谢谢你。那真是不小一笔钱。"

"不是这个原因，我真的不太饿。"

"你得吃点。"

"我知道，但是肚子里有个东西在乱撞。"

"你病了吗？"

"没有。"我对她说，转头看着窗外，"我觉得是小鹿乱撞。"

"你这个傻子。"她拉过我的手，摩挲着。她的手指温柔地抚过，像灵魂的触碰。

"想吃什么，艾琳？"

"嗨，凯瑟琳。"艾琳打了个招呼，"一个苹果冰激凌，一杯麦芽巧克力。"

"你呢?"服务员面无表情地问我。

"你们有含蛋白质的菜吗?"

她拿着点菜单,愣了一会儿。

"我们有十九块的牛排,九块八的金枪鱼馅饼和四块二的炖蛋。"

"一份炖蛋,一杯水。"

"只有瓶装的。"

"行。"

服务员转身走开。

"她心情不好?"

"她一直这样。"艾琳说,"不过有时候我觉得她不喜欢我。她有三个孩子要养,所以常常板着脸。"

"你们为什么认识?"

艾琳拿起盐罐,往手心撒了一点,舔了舔。

"这家店是我老板开的店之一。"她往前倾了倾身子。

"甜心的主人?"

这时,隔壁桌的女人恼火地对那个男人说:

"我告诉过你。这到明天为止。"

艾琳用一只手挡住嘴,微笑着轻轻说道:

"是的,他叫亚历山大。"

那个男人扭了扭脖子,像在压抑自己的言语。我看着他,因为他正对着我。

"那双运动鞋呢?"

"你又来了。我们约会也好,不约会也好,你从来不满足。"那个男人压着声音说道。

"他们在吵架吗?"艾琳问,她背对他们坐着,看不到他们的情况。

"我不觉得。"我说,"他们快亲上了。"

艾琳立刻转过头,发现我在骗她。

"笨蛋。"她一转头,碰上我的嘴唇,她慌忙一闪。"笨蛋。"她又说道。

我重新坐下。我不知道自己怎么了,鬼使神差,像被疯子附身。

"你知道书店怎么了吗?"我换了个话题,回味着她的双唇,几乎疯狂。

"动静很大。"艾琳红着脸对我说。

"我走了。"那个女人说完,站起来,朝门口走去。

"你会淋湿的。"那男人对她喊道。

女人想了想,停下脚步,回到了座位。

"什么时候的事?"我问艾琳。

"从星期五开始的。来了很多工人,开着电钻,噪声特别大。昨天星期六,来了一辆卡车,把碎玻璃和几堆砖头拉走了。"她顿了顿,"我会想念你的。"她的脸更红了。

"什么?"

"以前,我朝窗外看去,总能看见你在擦窗,一擦就是几个小时。你工作总这么认真吗?"

服务员端着餐盘过来。她给我们上完菜,在两侧摆好刀叉,走开了。

"你知道书店的书和其他东西去哪儿了吗？全被拉走了？"

"这我不知道。"

雨势减小了。

那对情侣站起来，快步走出餐厅。我们也快吃完了，艾琳给了我一点冰激凌，我想还她一点鸡蛋。她立马拒绝：

"呃，鸡蛋！"

我咧了咧嘴。

"你有过喜欢的人吗？"我像一只啰唆好事的鸟。

她注视着我，把最后几口冰激凌送进嘴里。

"嗯，有过。"她回答道。

"怎么样？"

"什么怎么样？"

"是什么感觉？"

"你从来没有喜欢的人吗？"

* * *

"我们活在世界的垃圾堆里，榆木脑袋。我们活在历史的渣滓里，人类的废品堆里。你想想，小王八蛋，那么多战争之后，我们还剩下什么？垃圾，几十亿的人挤在一起，腐烂变质，饿死，糟糕透顶。我们所在的世界就是狗屎。利维坦①之后，我们再也

---

① 利维坦，传说中的海怪。

回不到无罪的时代，回不到母体的庇护。我们是宇宙中最坏的物种，把所有挡路的生物都生吞活剥，像狂欢的蝗虫，滥杀的昆虫。"

"你和老板娘又吵架了，老板？"

"对，王八蛋。"

我的衣服因为受潮绽了线。艾琳准备付账，我一直盯着她，不知中了什么邪，似乎每一眼都在发现新事物。我在她迷宫一般的双唇中迷路。

"你的文身是什么意思？"她转过头，我看见她耳后的文身，问道。

"这是一个承诺。"她说，"一片羽毛。我以前幼稚地希望生活能够恢复之前的模样，但是并没有。于是我承诺自己，如果一切变得更糟，我就从楼顶飞走。不过这是以前的想法了，当时的我很迷茫。你呢，你许过什么承诺吗？"

"有一次我发誓要帮助一个朋友的家人。"

"你做到了吗？"

"没有，但是我有个计划。"

"有计划总是好的。"

服务生把账单放在桌上。

"我来。"我说道。我掏出一沓百元钞票，那几个油头小子给我凑了厚厚一沓。

"不，我请你的。"艾琳说。她拦住我的手，从上衣口袋里拿出一个皮夹，皮夹里有手机和药盒。她数着一元钞票和硬币，凑了十六块九毛。

"你老板不给你打折吗?"

艾琳抬起头,一脸严肃,极其严肃地对我说:

"什么!"

"对不起。"我后悔不已,这是世界上最蠢的话。我想牵她的手,但她把手收了回去。"真的很抱歉,我不是那个意思。"我说。

艾琳站起来,走到吧台,把钞票和硬币交给服务生。

我感到一阵凉意,窗外的雨又停了,我可不想再被浇成落汤鸡。艾琳回到桌边。

"我们走吧。"

我走在她身边,不发一语,听着窨井哗哗作响。天色灰暗,看上去比实际更晚,一滴豆大的雨水落在我的头顶,流过耳后。我手上拿着缩水的外套。艾琳在红绿灯处停下,一辆公交车驶过,朝我们鸣着喇叭,然后发动,消失在远处。我们穿过马路,朝公寓走去。艾琳叉着双手,步子越迈越大,像是随时要跑起来。我们转过街角,走到公寓的石阶前。她快步迈上台阶,打开门。

"谢谢你的药……"她说,一只脚迈进门里,"你知道吗,小伙?我不是随便的人。"她走进了大楼。

* * *

"爱情杀不死的,冷漠将其摧毁,至理名言。"

起床时，我发烧了。昨天，我爬过一个个水坑，回到福利院。我浑身疼痛，不想起床。我没有跑步，懒得动弹，只想躺在床上。因为一句蠢话，我失去了艾琳，或许，我从来没有拥有过她。但是我确定的是，她曾经近在咫尺，是我自作自受。我心痛不已，绝望挤压、揉搓着我，击碎灵魂的血脉，烧灼肉体的一尺一寸。我坐在她家门口，一坐几个小时，在心中敲打着木门，希望她开门看到我，让我补赎罪过。但是没有，什么都没有。只有雨水和车流。暮色褪去，夜色升起。如果，当初我不贪多，仅仅是看着她，不进一步；如果，当初她仅仅看着我，简单做朋友，不进一步。为什么我曾一亲芳泽，却感到一无所有？为什么我比两手空空时更加空虚？

昨晚，梅切夫人为我打开门。

"哎哟，笨瓜，你是傻还是属鸭子的，为什么老湿漉漉的？过来，你烘一烘，我给你弄点吃的。"

她把一碗鸡汤放在我面前，我不想喝，但她还是逼我喝了下去。我知道，没有汤可以温暖我内心的寒冬。

最后，把我赶去睡觉前，她对我说：

"你姨妈来了，小鬼，给你留了一个箱子，放你房间了。"

我拖着淋湿的羽毛，踢开小凳，像醉鬼似的，跟跟跄跄回到房间，鼻涕源源不断。几个小时了，我像只猪，被流感折磨着。我倒在床上，吸进掺杂玻璃碴的鼻涕。

"你的箱子里有什么？"娜奥米突然喊道，吓了我一大跳。

"我不想和任何人说话。"我用被子蒙住脑袋，身上忽冷忽热。

我听见娜奥米摇着轮椅出了房间。我确实不想和她或者任何人说话。我想静一静。

五分钟后,娜奥米和阿巴古克先生一起来了,她狡猾地躲在门后。

"你不舒服吗,利波里奥?"

"谁告诉您的?"

"这不重要,你今天没按照特鲁迪教练的要求去晨跑。你感觉怎么样?"

"特鲁迪教练怎么样?"

"还在医院。虚惊一场,但他现在还得休息。你呢,你怎么了?"

"我生病了,发烧。"

"我看看。"他把一支水银温度计放进我嘴里。

娜奥米在门后偷看,我听见了这小丫头的笑声。

一分钟以后,阿巴古克先生取出温度计,看了看。

"如果不是亲眼所见,我真不敢相信。"阿巴古克先生担忧地说,坐到床沿上。

"怎么了?"我紧张地说。

"你自己看!"他把温度计递到我面前。我压根不会看,什么都没看见:"病得很重吗?"

"是的。"阿巴古克先生皱着眉头说,"非常重。"

"为什么?"

"因为你什么病都没有,没有发烧,没有感冒。你的体温比我们还正常。哦，没错。"

梅切夫人张望着走进来。

"看见了？小伙子，我告诉过你，你这样要生病的。总仗着身体好，感冒马上找上门。"接着她对阿巴古克先生说："啊，对了，那个建筑师巴恩斯已经完工了。他和其他人在您的办公室等您。"她像个陀螺似的转过身，还不忘门边的娜奥米："离这儿远点，丫头，你要被这小子传染的。"

"总之。"阿巴古克先生换了个话题，"如果不是亲眼所见，我真不敢相信。马歇尔夫人今天一早派了一个工程师和五个工人来补天花板，已经换了三块破板。真是个奇迹，哦，没错，多亏了你啊！"

他站起来，把体温计装回塑料盒。

"对了，有些病是没有症状的，利波里奥。"

我打开箱子，看见一张纸条。娜奥米在我边上探头探脑，但是从轮椅上看不清楚。

"好奇杀死猫。"我说。

"喵呜！"她回应道。

我看着纸条："小子：我不得不把你留在我家的破烂给烧了。这是我赔你的。温多琳。"

"这是什么？"娜奥米的眼珠快掉出来了。

我端起箱子，放到她脚下，对她说：

"帮我看看，娜奥米。"

娜奥米在箱子里翻起来,她拿出一副崭新的艾华朗拳击手套放在床上,接着又拿出一双绿色条纹的耐克鞋,然后是一双红蓝相间、闪闪发亮的阿迪达斯拳击鞋,一个装在盒子里附说明书的护齿。各色短裤,红、蓝、白、黄、绿各一件,每件都贴着防伪标签。接着,娜奥米又拿出一套蓝黑色的耐克运动套装,一件法拉利的带雪帽外套,几件软和又有弹性的短袖,像是墨西哥无毛犬的皮。五双威尔胜的运动袜,五件拳击上衣,五条绷带,还有一本书。娜奥米兴奋地抱着书,说:"咱们有七本了。"她激动得大叫。书名是《拳击入门》。箱子底下,层层白色包装纸里,娜奥米拿出了一个 iPod Touch。

盒子上贴着一张小纸条:"如你所见,我没能找到一个合你尺寸的女人,臭小子,哈哈哈。所以我把女人换成了这玩意儿,让你跑步的时候不孤单,亲爱的拳王。"

"我的天!"娜奥米尖叫道,"不会吧!"

"你会用这东西?"我问道。

"当然。"她拿出机器,拆开包装,插上耳机,对我说,"你听。"她打开电源,我们各戴一只耳机。轰!"13号大街"的音乐充斥这个世界。

鲍德先生,也就是我的新教练,一开始的训练就很严格。10月1日早上,他到福利院来找我。我正对着沙包野蛮地拳打脚踢。特鲁迪教练还躺在医院里,我按照W姐送我的书自行训练。我每天早上照旧跑步,没有音乐。我把iPod留给了娜奥米,让她听喜欢的音乐。

"你再这么打下去,手腕和胳膊肘就都伤了。"鲍德教练一走进体育馆,就对我说。阿巴古克先生跟在他后面。鲍德先生戴着贝雷帽,穿着黑色棉质长裤。

"鲍德先生!"我吃了一惊,"我以为您不来了。"

"我也犹豫过,但还是来了,年轻人。"

"您兄弟怎么办?"

"我把全部工作和所有拳手都给他了,他们还没完全恢复,不过都还活着。"

"这小子底子不错,哦,没错。"阿巴古克先生笑着说,"您觉得这小伙怎么样,西斯托先生?"

"请叫我鲍德。"他纠正道。

"您觉得他怎么样,鲍德教练?有潜力吗?"

"哦，我从没见过他这样的。但话不能说太早，他如果自我膨胀，迟早输得精光。"

"你听见教练的话了吗，利波里奥？"

"我从来不觉得自己多厉害。"

"嗯。你看上去确实很有天赋。"教练戴上手套，对我说，"让我试试你的拳头，小伙。"

他摆好姿势，左脚前伸，右脚后撤，双手防御。

"现在使出全力，想象再出一拳你就是世界冠军。来吧。"

我瞄准距离，调整一下，打出一记重拳。在我的拳头碰到他的手套前，鲍德教练一闪，我一个趔趄，教练躲闪的拳头趁势迎头一击。

"喂！"我恼火地说，"您别动，不然我打不中。还有，不要打我的头。"

阿巴古克先生笑起来。

"你刚才学到了什么，小子？"教练问道。

"您爱耍人？"

"哈哈。"阿巴古克先生开怀大笑。

"不，小子。你学到了脑子比力气更重要。再来一次，使上吃奶的劲。"

"您还会躲吗？"

"我不知道，拳击就是变化。"

他摆好姿势，手套就在我鼻子跟前。来吧，不吸取教训的是笨蛋。我看好距离，这一次，我没有直击他的手套，而是朝着预测他将躲闪的地方出拳。果然,他躲闪了。我左拳佯攻,教练把手套闪到右边,我右拳猛地飞出,正中他的手套中心,发出沉闷的响声。"噗!"教练立刻摘掉手套,揉搓起来。

他的手心红了。

"你看,是不是这个道理?"他搓着麻木的手对我说,"这次你学聪明了。"他转向阿巴古克先生:"阿巴古克先生,您能借我一点冰块吗?"

"音乐怎么样?"我问娜奥米。

"你看。"她点开一段视频,一个音乐老师正在上学习钢琴的第一节课,"你觉得我能学会弹钢琴吗?"

"我比你笨那么多都在学打拳,你敲几个键肯定没问题。"

"没有付出,就没有收获。"第二天,教练对我说,他的手上缠着绷带,"你天赋再高,如果不好好训练,永远都不会成功。所以我们把训练分成五部分:体能、技术、战术、心理和理论。每个部分包括指导、训练、强化和恢复。通过这样的训练,我们能实现三个基本目标:强健体格、各项能力的充分发挥,还有,最重要的是,小子,训练效果最大化。明白吗?"

"明白。"我累得像一具僵尸,正在努力做第一百五十个仰卧起坐,按照教练说的,练出一块块腹肌。

"训练必须按计划严格执行。除此之外,别无他法,小子。"

梅切夫人不得不宰更多的鸡。

"你吃得很努力，小鬼。"一天，她看见我把食物一扫而光，对我说道。阿巴古克先生按照鲍德教练的建议给了我几片杀蛔虫药，教练说我皮肤上长疙瘩是因为虫子。他还给了我一罐维生素片，据说有助于营养吸收，减少上厕所造成的流失。你会饿得要命，鲍德教练说，永远吃不饱似的，记得多喝水。

我的一天是这样的：4:45起床。喂鸡，跑两个小时，返回，跳绳，体能训练：仰卧起坐、深蹲、蜥蜴爬。吃早饭，在福利院帮忙：收拾小孩的衣服书包、搬搬箱子、赶羊似的招呼小屁孩吃早饭、上维比夫人的课，打扫天花板，修修补补。早饭后，早上11:00，鲍德先生过来开展技能训练。他做示范，教我打沙袋。

"如果这样打，只有干巴巴的一拳。但是你看：与前腿同侧出拳，这叫前手直拳。这个会吗？"

"特鲁迪教练教过我。"

"好。对比你矮的对手，可以用这招保持距离。你在更衣室对道尔·杰拉用的就是这种拳法。前手直拳力道不大，当然，你是个怪家伙。注意是出前手。左手在前，就是左直拳，右手在前，就是右直拳。好了，小子，和前手拳相反的是后手拳。注意看。看见了？可以朝上打脸，也可以朝下打肚子。如果结结实实打中脸，立刻就能撂倒对手；如果是正中肚子，过几秒也会倒。好了，这种在肩膀上方或下方划出一条弧线的，叫勾拳。勾拳可以直取头部，也可以朝下打胁部。注意看我怎么打沙袋。如果直取头部，也可以击倒；如果朝下，取腰子或者肝的位置，可以麻痹对方的下肢。这可以很好地削弱对方的抵抗。如果正中这里，肝脏的位置，狠狠来三四拳，对手就会像撒了盐巴的牡蛎，蜷缩起来。他的两条腿迟早支持不住，肯定倒地。还有一种叫上击拳，从下到上，如果直直打中下巴，对手肯定倒地。你看，像这样，从下到上，全身前倾，然后向上发力，把体量压在这个方向上。明白吗？"

"明白了，教练。"

"那就练吧。"

之后是午饭，差不多两点的样子。我狼吞虎咽之后还是很饿，厨房里放砂锅的石板在我眼里就像一只肥鸡。饭后我在图书馆歇一会儿，翻一翻W姐给我的书，教练说这本书可以辅助理论学习。书上有正确缠绷带的示例，以避免缠得跟木乃伊一样。还有系鞋带的例子，双结"L"形交叉，以及握拳的正确姿势，以避免扭伤手骨。书上甚至还有一个人假想对手的练习法。书上说，古代有个拳击手叫阿尔斯·德·伊尔泽，他出拳比自己的影子还快，光都追不上他。

之后娜奥米过来。她几乎每次都会打断我，把我拖到体育馆舞台的钢琴旁边，让我帮她坐上琴凳。我抱起她，把她放在凳子上。

"你不会摔下来吧？"

"我努力不摔。"她对我说，"我之前老摔，看见这道疤了吗？这是在看台上摔的。我不想别人帮忙，想一个人坐好，然后就往前一趴，摔得很干脆。"

抱她下来时，她像一枚奖牌，挂在我脖子上。我把她放到轮椅上。接下来，阿巴古克先生会叫我过去帮他装卸物资，这些都是他四处争取来的。有时，我坐着他的皮卡，和他一起领取好心人的捐款捐物。

晚饭之后，眼皮自动合上。这时，我开始心理训练，也就是梦着艾琳。

W姐第一次给我打电话时，我脑子里是艾琳，手上是厨房的箱子。我们把箱子堆在外面，卖给回收的人。梅切夫人需要买一些巧克力做普埃布拉辣酱，卖掉这些我们能挣个把小钱。

"你姨妈找你，小鬼。"梅切夫人没好气地对我说。

"臭小子。"W姐在电话那头开心地说，"你怎么样啊！那些乱七八糟的东西你喜欢吗？"

"很喜欢。"我激动地说，"但是我一件都没穿。"

"为什么？"她迟疑了一下。

"穿上街马上就被抢了。"

"真的假的？"

"假的。我穿着了，很有用。"

"蠢蛋。"她大笑起来。

然后我们聊了聊彼此最近在忙什么。她告诉我最新的移民政策，政府想把非法移民送进监狱，右翼下手毫不留情。她回到了《太阳新闻》，在写一篇关于民兵计划①的报道。报道写得不错，因为她收到了上百封恐吓信。她最近晚上读的都是爱情小说，滥情滥

---

① 民兵计划，美国反非法移民民间团体，自发组织美墨边境的巡逻，对立法机关进行游说。

欲的那种。她需要把脑子里工作造成的垃圾清空一下。

"你怎么样，小鬼？"

"还好。"我说，"17号是第一场比赛。鲍德教练说规模不大，但是他想让我和几个能打的交交手。教练说，我以前的对手都嫩得很。这场比赛是新赛季的开幕赛。"

"我得宣传宣传你！"W姐突然兴奋地说，也不问鲍德教练和几个嫩货都是什么人。

"宣传我干什么？"

"小子，记住了：看不见的圣徒没人信。我明早给你打电话。"

"进展怎么样，娜奥米？"

"你看。"她被捆在钢琴上，对我说道。有一次，她差点后仰摔倒，如果我不在边上，及时扶住她，她的小脑瓜早就开花了。她又不想坐在轮椅上，所以我不顾她的反对，用麻绳把她拴在琴上，这样怎么都不会摔。"我学会这个键了。这两个黑键的左边这一个，这是do。你知道音乐有名字吗？"

"不，我不知道。"

"所有音乐都是由几个名字组成的：do, re, mi, fa, sol, la, si。"

"真的？"

"是不是不可思议？！"

16号那天，我去找艾琳，想送她一张比赛门票，再次请求她的原谅。屋里没有人，我把门票塞进门缝，附上一张小纸条，上

271

面写着:"希望你能来。"然后我走出公寓,坐在外面。书店的位置已经换了个商铺,铁艺窗户变成了一扇木框大窗。门面刷上了咖啡色的石质涂料,几个工人正在安装 LED 招牌。店里漆成了白色,另一帮人正在安装木柜和玻璃。地上的瓦砾和土石不见了。里面的新楼梯露出一截,老楼梯被换成了更大的、绿色扶手的楼梯。马赛克地砖也换成了木地板。

"为什么一个人也没有?"我疑惑着,艾琳的外公明明不爱出门。一辆红色公交车停在我面前。我没多想,飞奔到车站,蹿上了车。

"小鬼头!"老板娘两眼冒光,"你钻到哪儿去了?到处都找不到你,连个影儿都没有!太好了,你终于回来了!"她用力抱了抱我。她把我带到花园里,老板正在那儿看书,他穿着拖鞋,边上有一杯苏打水。孩子们坐在草地上搭积木。"亲爱的,看谁来了。"

老板放下书,看着我。

"我的天,见鬼了。你死哪儿去了,小子?"

"我最近有点忙。"

"哟,哟。小兔崽子还挺忙。那你百忙之中来此有何贵干啊?"

"我来请您帮个忙。"

"我不会借你钱的,鬼头鬼脑的家伙。"

"不是借钱。"

"那是什么?"

"我想跟您买一箱书。"

"啊，买书干吗？你要自己开店？"

"不是的，老板，送人用的。"

"你这身新衣服，还都是名牌。你不会在贩毒吧，小王八蛋？"

"没有，老板，我在一个孤儿福利院工作。"

"好家伙，我还打算雇你，给我的新店打工。"

"书店那间铺子还是您的？"

"没错。我只是正在重新装修。"

"但是这怎么回事，老板？您原来欠了一屁股债，电费都交不起。"

"我走运了，蠢材。保险公司赔了全部损失。现在我要把生意做得多元一点，不用整天待在店里，怎么样，小子？回来跟我干？"

"哪家保险？"

"出事前几周我碰巧买的那家保险。这还不叫撞大运吗？傻小子。"

"那是谁砸的店？"

"唉，这永远搞不清了，小鬼。上帝的审判又怎么样，我不关心了。"

"您准备开什么店？我看见书店大变样了。"

"像星巴克一样的咖啡店，但是比星巴克高端。我只欢迎高雅的客人。我需要一个清扫工，你要是来，我给你弄一套笔挺的制服。怎么样？"

"可您从来不喜欢咖啡或者唱片，也不喜欢音乐，而且……"

"人会变的，一根筋。"

273

"不，老板，有的人不会变。"

10月17日的比赛有点快。只有阿巴古克先生、娜奥米和教练陪我一起到多瓦克中心。我在那儿被W姐逮了个正着，她刚刚在《太阳新闻》上发了一篇报道，内容是一个不知名的小子将要令美国的拉美族群为他们的身份、语言和肤色感到骄傲。报道里，她一个劲儿捧我，我都看不出是在写我。娜奥米坚持要看，我把报纸递给她。

"我已经为你感到骄傲了。"娜奥米看完之后说道。

这儿的更衣室和奢华的福特基金会不一样，地盘很大，却显得很局促。我们像是挤在迷你体育馆的火鸡。阿巴古克先生推着娜奥米坐到最前排。鲍德教练带我穿过黑不溜秋的走廊，我们只拖着一个小行李箱。

"这就够了。"他说，"所以我们那天嘲笑你和特鲁迪先生，你俩跟搬家似的。"

"您想念您的兄弟吗？"

"有时候，但是我们分开了，反而关系更好。"

"您结过婚吗，鲍德教练？"

"没有，小子，没结过。我有很多女人，当然了，年轻的时候。你知道的，那时候我前程一片光明。这种时候，身边总会有很多朋友。输了几场之后，所有人都会像躲瘟疫一样离你而去。"

我在轻蝇量级，就是最轻的、营养不良、未成年人那一级。

我的对手皮肤黝黑,小胡子还没长齐。他看上去不太好惹,像笼子里的老虎,不停地来回踱步。

"小心这个家伙。"鲍德教练对我说,"他从九岁开始练拳。他是鲁德·索赫的儿子,认识吧?"

"不认识。"

"一个职业拳击手,他到处宣传他的儿子,想把他培养成冠军。他教了很多阴招,小心一点,小伙。我见过他出手。"

"他认识我?"

"他怎么会认识你,这是你第一次打业余巡回赛。"

"那我就有优势,不是吗,教练?"

我们是当晚的第二场比赛。

铃声一响,这小子就照着我的脸猛出一拳,但我迅速一躲,腰一沉,一个上击拳,顺势压上全身重量。我发誓,一砸到他下巴,这小子就"S"形一倒,躺倒在围绳上。他像一块晾衣架上的抹布,裁判数完十秒也没回过劲来。最后三个人架着,把这家伙送到医院,他的牙还被我打掉了一颗。

"完美,小伙。"教练对我说。娜奥米正挥舞着彩旗和一卷破报纸,骄傲地代表其他啦啦队队员。"第一局,不到二十秒,首战告捷。"

我得到了一块纪念奖牌和一张证书。娜奥米把证书挂在我们仅有二十本书的图书馆里。这二十本书里有十二本是我跟老板买的,花了一百二十块。

教练回到更衣室收拾装备。

"你下一场比赛是11月9日。"

"没有更近的比赛了吗？"我说，我希望越快越好。

"别着急，小伙，这才刚开始。"

娜奥米、阿巴古克先生和W姐在出口等我们，W姐穿着短裙、高跟鞋和皮衣。

"祝贺你，拳王。"她蹦到我面前，在我的脸颊上亲了一口，然后转过头，说道，"你看，我今天认识了谁。"

"我很荣幸。"阿巴古克先生说。

"原来你被那帮畜生欺负的时候，就是他帮的你。"

"这位女士说要送给我们很多书！"娜奥米兴奋地尖叫道。

"不只是书，丫头。"W姐说，"我还要写一篇关于福利院的报道，说不准哪个人物读到了，能给你们改善条件。"

"您真是太善良了，温多琳女士。"阿巴古克先生说。

"这不是善良。我们是同一条战线上的，居然彼此不认识，更别说互相帮助。"

"哦，没错。"

"来。"我对W姐说，"我给你介绍一下鲍德教练。"

教练摘掉贝雷帽，伸出一只手。

"啊，难怪叫鲍德[①]。"W姐笑着握了握教练的手，"幸会幸会，祝你更加茂盛。"

---

① 意为秃头。

11月初，鲍德教练和W姐开始约会，但我一直没有发现，很久以后才把诸多线索串联起来。

"战术素养就是预知接下来的动作。"鲍德教练对我说。一连串假想的防守和反击之后，我正在休息。几天前，教练从他兄弟塞西的体育馆借来了一个陪练。照理说，教练会告诉陪练，下手轻一点，别把拳手打伤，但是教练却对我说："行行好，别把人家送到医院去。"可我发誓，我刚刚碰到他的胃，他就跟拉稀似的捧着肚子。教练只得把他送回他兄弟那儿，发誓再也不给我找陪练，怪我下手太狠。教练只好自己戴着头盔，穿着棒球护胸和手套，教我躲避各种拳法。

训练结束喝水的时候，教练问我：

"那个爱笑话人的女人是哪儿来的？"

"她住在城里另一头。"

"哦。"故事就这样开始了。

W姐打电话通知我读一读新出版的《太阳新闻》，上面有关于比赛的报道，同时问我：

"那个秃头真的是个教练？看上去像个霍比特倒霉蛋儿。"

"他很懂拳击，我不知道当教练是不是需要什么资质。需要吗？"

"哎哟，我怎么知道，小鬼。明早我带摄影师去福利院做采访。"

"几点？"

"不知道，再说吧，得等摄影师有空。"

"好的，我去告诉阿巴古克先生。"

"好。"最后她又嘱咐道，"别忘了看报纸。希望你喜欢。"

我找到娜奥米，让她帮我在iPod上找《太阳新闻》网站上温多琳的文章：《拉美英雄诞生记》，温多琳·伍德撰。

W姐来的时候，教练和我正在对着发疯的梨球来回练拳。那是一个用松紧绳系在天花板和地板之间的球，击打时到处乱撞。教练对我说过：

"你得用直觉，不能思考，直觉告诉你球往哪里跑，你就往哪里打，一个前手拳，再一个勾拳，搭配出拳。接着猛出一记后手，最后一记上击拳。这样练可以提高攻防的速度。你有天赋，是练拳的料子。"

"这个我喜欢，老哥。"W姐大步走进体育馆，大声说，"照几张训练照。"

摄影师靠近我们，把相机对准我和教练。

"不，老哥，就拍这个小子。多个人不好看，这张要上封面。"

鲍德教练让到一旁，让摄影师给我单独拍照。

"您一直都这么粗鲁、没教养吗？"鲍德教练对W姐说。

W姐转过身，轻蔑地看着他。

"不，教练，有时更坏。"她转过头对我说："小鬼，你假装在打这玩意儿，肌肉紧绷起来，胳膊和脖子上的青筋暴出来。对了，就这样，屏住呼吸。"

我要窒息了。摄影师拍了几张之后，把我摆在看台上，摆出一个杂志模特的姿势。他把手套放在我面前,整理了一下我汗湿的头发,还给我胸前打了点光,又拍了一张。

"您看上去身体不舒服。"鲍德教练对 W 姐说。

"为什么?" W 姐难得迟疑了一下,整了整假发。

"因为您需要卧床。"

"卧床?"

"对,让男人好好干一次。"

"王八蛋。"W 姐气得不行。

"巫婆。"

"你读了温多琳女士的报道了吗?"

"没有,娜奥米。已经出来了?"

"对,她刚刚通知了阿巴古克先生,阿巴古克先生告诉了我。"

"说了什么?"

"都是好话。她说我们是一个很有希望的福利院,大家老实善良。她介绍了阿巴古克·西恩先生的事迹。维比夫人的话也上报了,你看:'我们是一个大家庭,可惜我的丈夫还在家卧床休养。我们努力让世界变得更加美好。'梅切夫人和大伙也都上报了:'虽然只能依靠轮椅行动,但是娜奥米想要成为一位大律师,并且和利波里奥一道在福利院成立了"自由与自然"图书馆,她期待着更多的捐书(包括绘本),让所有的孩子读书进步。'还提到了你,有你的一张照片:'正如上一篇报道所说,我们的无名英雄就在这里。他通过努力和坚持向我们证明,无论何时,何种条件,在哪一个角落,英雄都能诞生。'"

"一个字都没提到我?"我把报道给鲍德教练看的时候,他问道。

"没有,教练,一个字都没有。"

"该死的老巫婆。"

"别这样,她不是坏人。"

"人不坏,就是良心被狗吃了。"

第二天,我在整理孩子房间的时候,娜奥米进来了。我正在给放毛绒玩具的隔板上螺丝。这些小屁孩把自己当人猿泰山,挂在隔板上,板子掉下来,摔了个满头包。

"来,快来!"娜奥米急急忙忙地对我说。

我以为出事了,赶紧往门口跑。但跑到门口,我发现他们正在一辆卡车后面,搬运两个大箱子。

"出事了吗,阿巴古克先生?"

"恰恰相反,利波里奥,他们是来送书的。"

"还不如送几口袋白糖。"梅切夫人嘟囔着。

"你们听听这张便签上的话:发现自己记性不那么好,有时未尝不是好事。多萝西·马歇尔。又及:我看了《太阳新闻》的报道,我很喜欢。"孩子们、娜奥米和我高兴地跳了起来。

"哇哦!"我们欢呼雀跃,最小的娃娃们虽然还不识字,也兴奋地蹦着。

"这真是头一遭。"维比夫人说道。

280

"我们把书搬进去。"阿巴古克先生说。

我搬起一个箱子,大伙帮我一块往里推,因为实在太重了。

刚刚搬进图书馆,娜奥米忍不住立刻拆箱。

箱子里不仅有各种各样的图书:绘本、识字书、严肃阅读的书籍和一本百科全书。而且还有儿童玩具:木拼图、几套彩色蜡笔、钢笔、水彩、几盒画笔,甚至还有白底画本、尺子和橡皮。

"打开另外一个。"娜奥米尖叫道,小屁孩们沸腾了。

我们拥到大门外,合力搬进第二个箱子,像在搬运建成通天塔的最后一块巨石。

娜奥米一打开箱子,所有人目瞪口呆:阿巴古克先生、梅切夫人、维比夫人、娜奥米、大孩子们,当然还有所有的小娃娃。

箱子里的四个盒子上画着苹果,还有几个巨大的字母:iMac。

"这是什么玩意?"梅切夫人吃惊地问。

"不知道。"阿巴古克先生说,"但是太漂亮了。"

"是电脑。"娜奥米流着口水说。

"主爱世人,咱们终于跨入新世纪了。"维比夫人说,她帮助娜奥米率先拆开一个盒子。

图书馆大变模样,到处叮叮咚咚,用维比夫人的话说,我们把屋子翻了个底朝天。我在左边安了一溜书架,一走进图书馆,书就在手边。图书总计五百二十一本,娜奥米还不忘算上原来的二十本馆藏。我帮她布置图书,"毕竟,"我开玩笑道,"摆书我是专家,是不是?"

玩具、图画和手工在右边区域。我在隔板下面用维修鸡圈多余的木料搭了几张小桌。我又用修天花板剩下的木板做了几张小椅子，孩子们坐在那儿，就像电线上的一排小鸟。

最里面的位置，按照维比夫人的要求，放了几张电脑桌。我用一个断了两条腿的旧家具当桌面，安上几条木板和横梁，又从另一个破家具上拆下几个钢座，把桌子固定在墙上。

"但是电脑安装得靠你们。"我对娜奥米说，"我对科技什么的一窍不通。"

我搭好电脑桌，他们开始拆显示器和键盘的包装。

"电线呢？"

"唉，利波里奥，早就无线了。"

"我唯一一次碰这些玩意儿，是在老板的办公室。屋里满地都是电线，屏幕是绿的，只有一张卖书清单。"

"什么老古董！"娜奥米大笑起来，露出漏风的牙齿。

几个小时之后，图书馆彻底改头换面。阿巴古克先生捐出办公室的一盏立灯，恭贺太阳大桥之家福利院历史上最辉煌，也是唯一一个图书馆落成。

"现在得有个开馆仪式。"娜奥米说。

"你说得对。"梅切夫人附和道，她刚才和我们一起打磨桌子。"虽然没什么用，"她说，"上面一道道划痕，比原来还要难看。"

阿巴古克先生从办公室里拿出一根丝线，系在一个钉子和一个门把手之间。

"我们一起拉，为我们美丽的图书馆剪彩。"

"等等……等等。"娜奥米在喧哗声中叫道,"得用 iPod 拍张照片。"

她挪到前面,准备来一张自拍,我们把手搭在线上,她说:"准备,一、二……三。"

她在最前面开心地笑着,我们在她身后,看着镜头,扯断丝线。

娜奥米和我做了笔买卖。我告诉她哪些书最好,可以马上开始读,她教我戳电脑键盘。

"唉,利波里奥,点这儿,然后点这儿,打开一个窗口,你就可以打字了。明白吗?"

"然后呢?"

"输入你的信息,设置一个口令。"

"一个什么?"

"一个密码,笨蛋。"

"你确定是这样吗?"

"哎哟,你不看电视吗?全世界都有脸书和推特了。这是现代人的生活。"

"现代人的生活应该是看书,把这些交给机器人来做。"

"这也能办到,你看,通过这个链接可以下载两百万本书。你想看什么?"

"但这不一样,我可以把纸质书带到床上,不用接插头。"

"行行,随便你,别啰唆了。我应该先看哪本书?"

"嗯,刚开始的话,你可以看儿童书,看别的书,你立马就睡着了。"

"喂，我是大人了。"

"好，行吧，你要想看，就看《堂吉诃德》，你自己决定。"

"喂，利波里奥，"看了两天《堂吉诃德》之后，娜奥米问我，"目能穿石、汗牛充栋、全视、如斯、白癜、酬犒都是什么意思？"

"我告诉你什么意思，不过你也得给我解释解释，点赞、互粉、取关、拉黑、不明觉厉都是什么意思？"

10月的最后一周，我照常去威尔斯公园跑步，然后在艾琳家门口又放了一封信。回来时，我看见鲍德教练开着车疾驰而过，像魔鬼摄走人的灵魂。

"那什么，教练，我早上看见您开过第七大道，朝岔路口去，开得特别快。"

"我不是过去，我从山上下来，我去找老巫婆理论了。"

"为什么？"

"你没看见她是怎么写我的？"

"没有。"

"你看……"他从手提包里拿出一卷报纸。

他把报纸展开。

报纸上有一个黑色水笔画的圈。

"……在太阳大桥之家福利院正直善良的人们努力工作，向我们证明人类的希望尚未完全泯灭的同时，一些寄生虫正在利用他人的慷慨……"

"看见了？"教练愤怒地说，秃头上的血管一突一突。

"教练，这上面完全没有提到您啊，只是说有一些寄生虫。"

"我找那个老巫婆理论的时候，她就是这么叫我的。"

"您为什么觉得报上说的是您呢？"

"因为前两天我去找那个狗屁报社理论……"

"您去理论什么？"

"我去要个说法，为什么她在第一篇报道里完全不提我。"

"唉，教练。"

10月底，书店已经成了另一副模样。

门面上一个巨幅广告牌写着"沃兹咖啡"。遮盖网已经撤了，摆了几个花坛，门口的路面铺着石板。进门处是一个遮阳棚，两侧各一盏路灯。木质大门很宽，嵌着雕花玻璃。大门两边的大落地窗罩着深色塑料布，看不见里面的样子。一个巨大的万圣节装饰预告咖啡馆将于10月31日晚盛大开业。

"我们到时候做什么？"娜奥米问阿巴古克先生。

"跟以前一样，小姑娘。"

"以前都做什么？"我问道。

"布置亡灵祭坛[①]。"

[①] 10月末和11月初是墨西哥的亡灵节。亡灵节是一个欢乐多彩的节日，墨西哥人打扮成鬼怪骷髅上街狂欢，用鲜花和食物布置祭坛，纪念死者。

于是我有了主意，分别请他们俩。

"去干什么，小子？"

"过万圣节。"

"那个鲍德丑八怪也去吗？"

"不，他和他老婆过节去了。"

"他结婚了？"

"是的。"

"阿巴古克先生问您来不来万圣节派对？"

"在哪儿？"

"就这里，教练。"

"你们请那个丑八怪吗？"

"哪个丑八怪？"

"算了，我看看我有没有空。"

我又来到艾琳的公寓，用力敲了敲门，还是没人回应。我想请她参加福利院的万圣节派对。我需要见她。我连续几天梦见她，她无处不在，或是在图书馆里对我笑，或是坐在体育馆的看台上。在书店里，她招呼着客人，我一个劲儿给她买水；在黑灯瞎火的阁楼，我们猫着腰；在福特基金会的大厅，她穿着漂亮的连衣裙，裙子变作翅膀；她还在威尔斯公园的喷泉池里游泳，天上下着倾盆大雨，一艘大船向她靠近，我试图刹住船，眼看就要撞上她，呼！我惊醒时满头是汗。时钟指向 3:40。我睡不着，起床写请柬，请她参加10月31日的派对。

万圣节的准备当天开始。阿巴古克先生带来一堆彩纸做的小骷髅头。

"在墨西哥,人们常常在祭坛上放上食物,让来访的亡灵享用。"

"我知道,特兰神父总这么做。"

"特兰神父是谁?"娜奥米问我。

"一个疯家伙。"我只能如此回答。

"我们把亡灵节和万圣节一起庆祝,因为死亡不是那么严肃的事。"娜奥米说,"对吧,西恩先生?"

"是的,娜奥米,死亡不是那么严肃的事。"

我拿出早前装书的空纸箱,盖上梅切夫人给的白桌布。我们用彩纸装点桌子:紫、粉、白、绿、蓝、黄、红,还有梅切夫人很不情愿给的水果。

"这水果要烂了。"她说,"不过如果是给死人吃,那没事,他们不介意里面爬出两条虫。如果是给活人吃的,可要小心你们的肠胃。"说完,她做了个笑盈盈的鬼脸。

我们在四角放上蜡烛。

"这和上帝有关吗,阿巴古克先生?"

"死亡是人和虫的事,和其他无关。"

"那为什么要布置这些?会有亡灵来吃吗?"

"不信教不意味着连什么时候开派对都不知道。因为,你记住,最糟糕的派对也比最伟大的战争好太多。而且,我很喜欢吃糖骷髅头。"

"所以虽然您不信上帝,但是也庆祝圣诞节?"

"是的,孩子。"

下午五点,一切准备就绪。丰盛的祭坛上,明亮的蜡烛照亮了万寿菊。我们几个正在抓紧时间化装,我对大家说,一会儿要上街要钱,娜奥米瞪大眼珠看着我。

"上街要钱是什么意思?"

"就是到街上跟人要钱,攒起来买东西。"

"你从哪个星球来的,利波里奥?"

"我们村都是这样的。我以前会拿一个鞋盒子,挖几个洞,当作眼睛和嘴巴,在盒子里点一支蜡烛,过节的时候每天出门要钱。"

"这里叫作'不给糖,就捣蛋',我们打扮得漂漂亮亮的,成群结队去敲门,给人们唱歌,他们会给我们糖果,不会给钱。不过特鲁迪教练不在,不知道他们会不会让我们出门。"

"真无聊!只有糖果?还是给钱实在。"

下午六点,我已经长出了一对犄角。我想扮成魔鬼,所以用报纸卷了两个角,用绳子绑好,像戴帽子似的戴在头上。

"哈。"娜奥米笑着说,"你戴着这玩意,不像魔鬼,像山羊。"

"你才是母羊!"我用角顶了她一下。

其他小屁孩也都用床单、绷带和颜料等手头的材料装扮成各种模样：鬼怪、木乃伊、精灵、南瓜，还有两个小家伙不知在扮什么，我们一靠近，就嗷嗷怪叫。

梅切夫人化装成一个有魔法坩埚的厨房女巫，所谓魔法坩埚其实就是她平时煮饭的锅子。阿巴古克先生一身燕尾服，头戴礼帽，穿一双漆皮皮鞋，拿着一根乌黑发亮的木头拐杖。

"您这是扮谁，阿巴古克先生？詹姆斯·邦德？"

"不是什么詹姆斯·邦德，我扮的是侠盗丘乔。"

"那不是应该穿得破破烂烂的吗？鞋子咧嘴，裤子破洞之类的。"

"侠盗丘乔是个风流潇洒、风度翩翩的人物。他是个波菲利奥·迪亚兹时期[①]的人盗，专门劫富济贫，为此他总是打扮成有钱人的样子，才能屡屡得手。"

"像罗宾汉一样？"娜奥米打断道。

"没错，像罗宾汉一样，只不过他是现实生活中的罗宾汉。后来他被关进了最恐怖的监狱：圣胡安·德·乌鲁亚[②]。"

"像恶魔岛[③]一样？"

"比恶魔岛还要恐怖。但是丘乔逃出来了，没有人知道他死

---

① 指1877至1911年墨西哥总统波菲利奥·迪亚兹（1830—1915）执政期间。
② 圣胡安·德·乌鲁亚，位于墨西哥韦拉克鲁斯州的一个小岛上，原为殖民时期碉堡，后成为墨西哥最令人胆寒的监狱。
③ 恶魔岛，美国加利福尼亚州旧金山湾的一座小岛，因岛上关押重刑犯的联邦监狱而闻名。

在哪里，死了没有。"

"什么？"娜奥米问道，她的身边围了一圈小孩。

"人们打开他的棺材的时候，你们猜他们看到了什么？"阿巴古克先生故意制造悬念，举起双手，大喊一声，"全是石头！"他突然一跳，吓得周围的娃娃尖叫着跑到梅切夫人的怀里。

"你准备扮什么，娜奥米？"阿巴古克先生问。

"还能扮什么？当然是公主。"

七点整，阿巴古克先生和我打开福利院大门。我们在门上挂上橙色和黑色的彩带，以及画着南瓜的纸板。我在从门口到体育馆的路上摆上蜡烛。娜奥米已经扮成了公主，她戴着一顶报纸做的羽毛帽子，用彩色丝带系了一条辫子，穿着白色连衣裙。

"你是什么公主？迪士尼的？"梅切夫人问道。

"不，我是卡特里娜公主[①]。"

"那是什么公主？哪部电影里的？"

"不是哪部电影里的，她是唯一真正的公主。"

"但她就是一具白骨。"我对她说。我看过的一本相册里有个卡特里娜。

"没关系，重要的是她非常优雅。"娜奥米说。她牵着阿巴古克先生的胳膊，阿巴古克先生拉着她的轮椅，两人像国王王后似的向门口走去。

---

① 卡特里娜骷髅是墨西哥亡灵节的标志物。

不一会儿,阿巴古克先生的客人陆续来了,他的老朋友们个个上了年纪,晚上得早睡,所以非常准时。梅切夫人的妹妹也带着三个孩子来了,她装扮成一只乌鸦,身后跟着三只小乌鸦。

快到七点十五分的时候,维比夫人开着费尔蒙特车来了,特鲁迪教练坐在副驾驶位置。所有小孩、娜奥米和我都出门迎接。我们围住车,叫喊着:"不给糖,就捣蛋;不给糖,就捣蛋;不给糖,就捣蛋。"特鲁迪教练摇下窗户,把糖果分给每一个小孩,分完之后,他往前一低头,车里突然走出一个糟鼻恶魔。孩子们尖叫着四处乱窜。教练走下车,我想上前扶他一把,他对我说:

"我没事,小伙,谢谢。我没有看上去那么老。"

维比夫人一身护士打扮,头上戴着白色发网,脖子上挂着一个听诊器,嘴唇涂得血红,手上拿着一个道具针筒,专门吓唬小屁孩。

"来,小恶魔,我给你扎一针。"

他们立刻吓得魂飞魄散,捂着屁股逃走了。

这时,鲍德教练和W姐同时来了。我猜他们一开始没认出对方,他们穿过被疯护士追得四处乱跑的小孩。教练戴着一顶长假发,皮衣上绑着铁链,穿着皮裤和高筒靴,脸涂成了白色,像个地狱摇滚明星。W姐戴着粉红假发和假睫毛,涂着漆黑的眼影,嘴唇涂成了黑色。她穿着黑色超短裙,露出黑色吊带袜,穿着一双很高的鞋。

"小子。"W姐对我说,"你想鞭挞我吗?"说完,她笑得前仰后合。

梅切夫人拉着脸看着我。

"这个……我……"

"别紧张,小鬼。"她接着对我说,"开个玩笑。现在你该给我颗糖。"

"这……我……好的……哪一种?"

"我喜欢一种特别传统的、你们家乡的特产。"

"哪种?"

"老二棒棒糖。"她笑疯了。

说完,她一蹦一跳地往里走去。

"刚才和你在一块的性感尤物是谁?"鲍德教练问我,体育馆里响起了音乐。

我们拿出一台电脑,专门放音乐。我点了"13号大街"的歌,娜奥米不太情愿地当我们的DJ,因为除了她,没有人会敲键盘。第一首她就放了我点的歌。

"跳吧!"我兴奋地喊,用两个犄角在四周顶来顶去。

我在这个临时舞厅疯狂扭动起来。小屁孩跟我一块跳。娜奥米拉着阿巴古克先生,阿巴古克先生又拉上梅切夫人、梅切夫人的妹妹和三个小孩。特鲁迪教练拉着他老婆,我又拉过鲍德教练和W姐一起跳。孩子们在我们大腿的高度四处乱窜,大喊大叫,尽情撒野。娜奥米在轮椅上绕了一圈又一圈。我很开心地看着没认出彼此的鲍德教练和W姐愉快地一起跳舞。维比夫人靠在特鲁迪教练的胸口笑着,梅切夫人像只母狮子,从一个娃娃手里抢过一颗糖,正对他咆哮。阿巴古克先生跳着老年人的舞蹈,旁边围着小观众。娜奥米在轮椅上,像个陀螺似的旋转。我真的很开心,但还是时不时地,趁没人注意,张望门口。

第二场比赛的训练比第一场更艰苦。现在特鲁迪教练加入了我们,担任鲍德教练的助手。他们俩一心想把我练成拳王,我不得不在一半时间里完成两倍训练量,被四只眼睛盯着。早上喂完鸡之后,我出去跑步。梅切夫人绝望地看着鸡的数量锐减,因为两个教练都要给我这个皮包骨的运动员增加蛋白质和碳水化合物。鲍德教练从一家运动保健品商店买来了便宜的营养补充剂,还弄到了几罐蛋白粉,给我可怜的肌肉长长个儿。教练总说,纪律是成功的唯一途径。

"别偷懒,懒汉终将一事无成。训练!吃!睡!成功的三大基础。"

特鲁迪教练也附和道:

"听到了?小子,我早就这么跟你说了。"

一天早上,鲍德教练带来一包水泥。

"塞西不给我哑铃和杠铃,但是我在地下室找到了这玩意儿。"

"这是干吗的?"特鲁迪教练问道。

"一会儿你就知道了,教练。利波里奥,拿几罐奶油和两个水桶来。"

我按他的吩咐把东西找来。

鲍德教练撕开水泥袋,倒进一个桶里,接着向我要了一点沙袋里的沙,最后他往里加了几个石块,拿着铁锹加水搅拌起来。

"面包、卷饼马上出炉。"他说,"我们做个混凝土杠铃。这儿有几根管子。"

搅拌完之后,他把水桶用奶油灌满,把管子插在当中。

"等它风干,明天早上我们做另一头。简单吧?像做蛋糕一样。"

我们做了三组不同重量的哑铃,还有两个杠铃,用来练习卧推、深蹲、练胳膊、练背。

吃完午饭,我玩命地举哑铃。练完后,我就成了一棵枯树,全身上下都打不了弯。我走到图书馆,开始写准备塞进艾琳门缝的信。在马歇尔夫人捐赠的书海里,我的想法像潮水在笔下涌动。我想起了许多事,仿佛骨子里和肌肉深处的疼痛是一片风浪大作的汪洋。我像一个自我流亡者。我不停地写,不知为了什么,为了艾琳原谅我,或者为了理解我自己。

"你在写什么?"一天下午,娜奥米问我。

"东西。"

"什么东西?"

"表烦偶。"

"哟,笨蛋利波里奥。这个说法过时了,应该说'别烦本宝宝'。"

295

"呵呵。"

"我能看看吗?"

"不行!"

"为什么不行?"

"这是隐私。"

"这是情书吗?"

"不是。"

"肯定是,你刚才脸红了。"

"我是热的。"

"这里可不热,利波里奥。"

11月9日,我迎来了第二场比赛。这次是在加布里克宫。因为W姐撰写的、被《时事新闻》《开放日报》这些当地媒体转载的那篇文章,许多拉美裔期待着"蒙特祖玛的子孙、苏美尔人的羽蛇神、巴比伦人的印加王、阿兹特克人的赫拉克勒斯……"还有W姐的歪脑筋想出来的其他东西。

我和特鲁迪教练在更衣室做准备,他正在准备手套,鲍德教练对我说:

"外面有人找你。"

我感到太阳穴发出啪嗒一声。

我幻想着艾琳走进门,让这个空间凝固成纯粹的美丽。

"是谁?"我揪着心问鲍德教练。

"一位先生。"

我的心一沉，像个乍喜乍悲的神经病。

"比赛结束之后不行吗？"我的情绪猛地一沉，说道。

"我也这么说，那个白痴纠缠不休。"

"让他进来。"

那人进来之前，我就闻到了老板的臭味。

"呀，呀，小兔崽子，你也就能在这里骗口饭。让你不学习，榆木脑袋，现在只能靠两个拳头唬唬人。"

"您看，拳王，"鲍德教练挡在老板面前，问我，"我把这个肥猪踹出去行吗？"

"我帮您！"大块头特鲁迪教练大喝一声，站到老板身前。

这时，我看见老板的喉结几乎跑到了鼻尖。

"那个，什么……"老板脑门上全是汗。

"老板！"

两个教练闪到一旁。

老板走上前，一副已经被修理了的模样。

"这个……我……好……呃……"

"没事的，老板，他们开玩笑的。"

老板想惯常地露出一个狡黠的微笑，结果成了个苦瓜脸。

"我……这个……过来是因为……我看见咖啡馆的对面挂着黑丝带，你那个暗恋对象，那个小美妞，穿着丧服……我觉得你或许想知道这事……"

"什么！"我大喊一声，冲上前去，抓住他的衣领。老板的脸色变得煞白。

教练赶紧把我俩分开,免得老板吓得尿裤子。

"对不起,小伙,我真的很抱歉。"老板说。

我的灵魂已经飞出身外。

"我现在就得走。"我对教练们说。

"你不能走。"鲍德教练拦住我,对我说。

"我他妈怎么不能走!"我作势要打他们。

"好吧,你能走,但是你不应该走。"特鲁迪教练比较冷静地说。

"他们说得对,小子。"老板看到这景象,嘟囔了一句。

"你看,连这个肥猪都知道!"鲍德教练高声说,"如果你走了,就前功尽弃,没有回头路了。"

我阴沉着脸走上拳击台。似乎有很多人,有人喊着:"印第安,印第安,印第安。"另一些人喊着我对手的诨名:"杀手,杀手,杀手。"一个家伙冲我喊道:"杀手宰了你,印第安臭小子。"我什么都没听到,听到了也不明白。我出神地想,艾琳家里发生了什么?她是因此才消失了几个礼拜吗?是外公去世了吗?艾琳没有其他亲人,她会兑现原来的承诺,从楼顶飞走吗?

我被鲍德教练推上了台。

"集中注意力,年轻人。现在正好掂一掂你几斤几两。"教练给我戴上护齿,走下拳击台。

裁判示意双方选手。

对手长了一张狗脸,身上刺了很多文身,可能上辈子是一块画布。

"开始，快，时间不等人。"裁判最后交代我们的时候，我催促道。

文身狗脸冲我露出他的獠牙。

裁判把我俩分开。铃声一响起，我朝他猛扑过去。他摆出经典的防御姿势。时间不等人，我激发全身血管，催动满腔鲜血，把怒火倾泻到这个倒霉蛋身上。他还没来得及往后退一步，一记重炮已经在他的手套上爆炸，他的手套反弹到他的脸上。这一拳力道极大，他的两只脚嵌进台面，身子却直直向后，脑袋猛地着地。他倒地时，两手还没松劲，像只长相怪异的怪兽。

我转过身，跑到拳击台一角，把护齿吐在鲍德教练手上。

"我们走！"

加布里克宫的停车场里，娜奥米、阿巴古克先生和W姐已经在等我了。

"别急，孩子。"阿巴古克先生已经从特鲁迪教练那里知道了事情的经过，对我说道。

娜奥米和W姐走到车窗边。

"我很遗憾，小鬼。有时天不遂人愿，心愿总是落空，不想发生的事却老是发生。"W姐看了一眼鲍德教练，把头伸进车窗，亲了我一下。

娜奥米看着我的眼睛，送给我一朵报纸做成的小花。

"早点回来。"她说。

在特鲁迪教练的费尔蒙特车里，鲍德教练帮我摘掉手套。

关于比赛，他们一个字都没有提。

鲍德教练帮我擦了擦汗，递给我一件短袖上衣让我换上。我脱掉鞋子，换上裤子和运动鞋。

"从威尔斯公园走，对吧？"特鲁迪教练问道。

没等车停稳，我跳上人行道。真的，那儿挂着一条黑丝带，像一只巨大的黑色蝴蝶，我的视线模糊了。

"快去，我们马上就来。"鲍德教练对我喊道。

我飞奔到公寓门口，越过石阶，打开门，向艾琳家跑去。每跑一步，都会遇见陌生人。突然，一张熟悉的脸出现在我面前。

"孩子，你外公的去世让我很难过。"是亨利德先生，他给了我一个拥抱，"不论你和你表姐艾琳有什么需要，都可以来找我……我一直在这儿。"

此刻，我的灵魂从身上摔落，两条腿抖得像果冻。我喘不上气，慢慢地沿着走廊，朝艾琳公寓敞开的大门走去。这里的人我一个也不认识。我走到门边，看见几排椅子，我一点点往里走，远远看见屋里有一个灰色金属棺材，上面放满了鲜花，几只花环摆在周围。

不知为什么，我也不懂，但我流下了眼泪。泪水一点一滴涌出眼眶，我的胸口一阵窒息，像一座石像，呆呆站在门边。没事，死亡不是那么严肃的事，阿巴古克先生说的。但是，如果死亡是一件严肃的事呢？那是我们与所爱之人的永别，我们永远不会再见。我记得艾琳对外公的爱，我记得外公那天开心地把艾琳的照片一张张展示给我看,那时,他多么快乐、骄傲。生命怎么就逝去了?

"谢谢你过来,小伙。"我身后有一个声音,是艾琳的声音。我不敢转头,我不能看她。不能,因为我本应和她在一起,帮助她,拥抱她,安慰她,共同承受这一切。我不能看她,她绕过我,捧起我的脸,我面对着她。"谢谢,小伙,真的,谢谢。"我睁开眼睛,看见了她。她哭过,泪水又涌出来,慢慢地滑过脸颊,渐渐流向嘴角。我们看着彼此的眼睛,永恒地对视。她对我微笑,亲了亲我的脸颊。

"你没事吧,艾琳?"一个英俊高大的金发男人走到我们身边。

"没事。"艾琳用手背擦了擦眼泪,"你看,亚历山大,这是我的好朋友,利波里奥。"

亚历山大伸出手,对我说:

"我知道这不是个交朋友的场合,但是……艾琳的朋友就是我的朋友。谢谢你能来,在她这么艰难的时刻陪伴她。你想喝点什么吗,利波里奥?咖啡?"

鲍德教练走进来,身后跟着特鲁迪教练。我坐在屋里最后一排的椅子上。外公的棺材在我们的注视下渐渐失去温度。两个教练一人坐在我的一侧,我的世界已经崩塌,任何人说什么我都听不懂,只能静静看着周遭一切慢镜头播放。艾琳在前排,亚历山大坐在她身边,还有许多穿着黑色和深蓝色衣服的人。棺材后挂着外公画的一幅画,是那一幅在我看来吐满彩色唾沫的画。

铃声响起,一个穿着黑西装、领口别着白花的男人站起来,扶着拐杖说道:

"亚伯拉罕·瑞德作画,不为生计,只为快乐。这是幸福人与不幸人的区别。他一生幸福,直至生命的最后一刻……让我们为这位伟大的艺术家、父亲和外公鼓掌一分钟以示致意,愿他安息。"

掌声响起,艾琳低下头,站起来。我们都站起来。这掌声,山的那边应当也能听到。

我们下楼的时候,艾琳追上我。

"小伙!"

我们停下来,教练们看看艾琳,看看我,又互相看了一眼。

"我们在楼下等你,拳王。"鲍德教练把特鲁迪教练拉走了。

艾琳看着他们走远,她美丽的双眼转向我。

"谢谢你过来看我,真的。"

"我很想一直在这里,在你身边,在医院陪伴你。"我对她说,手扶着楼梯的木栏杆。

"你一直在。"她说,"那些美好的信。你不知道,是那些信帮助我度过悲伤,让我想起外公还在的日子。我想象你的过去,你在信中提到的教母,提到你逃出墨西哥、逃到美国之后的悲惨遭遇。在边境和沙漠,你的同胞们,佩佩,在那条晒得滚烫的马路上救了你一命。后来你认识了我,从在威尔斯公园见到我第一眼起,就爱上了我。我一直在想这些。你知道吗?……"她看着我,停顿了一下,接着说,"我猜那个高个儿就是特鲁迪教练,那个戴贝雷帽的就是鲍德教练吧,是吗?"她笑了笑,像以往一样美丽,似乎暂时忘记了悲痛。她停下来,因为亚历山大喊她回屋,招呼宾客。"小伙,你一定要记住:我永远不会忘记你,永远不会。"她转过身,消失在门后。

凌晨时分,我们回到福利院。鲍德教练和特鲁迪教练自始至终没说一句话,最后,他们让我今天休息,不用训练。

"好好休息,拳王。"他们走了。

梅切夫人为我打开门。

"唉,孩子,你怎么跟被人揍了似的。我给你来碗鸡汤。"

她走进厨房,热了一碗鸡汤,端到我面前。

她坐在我前面,静静看我把汤喝完。

"答应我一件事,小子。"她突然说道。我正努力把鸡汤咽进肚里,这汤像是湿润的石块,"答应我,永远不要伤害娜奥米。"

"我为什么要伤害她?"

"你别装作什么都不知道的样子。你没看见她看你的那副样子吗?她现在还是个小姑娘,但是总有一天她会长大。不管你因为什么伤害了她,我都会砸烂你的脑袋。"

起床一睁开眼,娜奥米凑着脑袋,看着我。

"我给你带了个甜面包,从他们嘴边抢来的。你也知道,利波里奥,这帮人永远吃不饱。"

"谢谢，娜奥米。"我一脸疲惫地朝她笑笑，接过面包。

"我已经看到吉诃德大战风车了。"

"是吗？你喜欢吗？"

"太喜欢了，我想当一个女吉诃德！"她一把抱住我。

"你会的，娜奥米，我相信你能成为吉诃德。"

"那你就是我的桑丘！"

她松开我，转过轮椅。

我躺在床上，看着她乐乐呵呵、咋咋呼呼地走远了。